GWADDOL

Gwaddol

Rhian Cadwaladr

Argraffiad cyntaf: 2024
ⓗ testun: Rhian Cadwaladr 2024

ISBN clawr meddal: 978-1-84527-945-5

ISBN elyfr: 978-1-84524-612-9

CYNGOR LLYFRAU CYMRU

Cyhoeddwyd gyda chymorth Cyngor Llyfrau Cymru

Cynllun y clawr: Eleri Owen

Cyhoeddwyd gan Wasg Carreg Gwalch,
12 Iard yr Orsaf, Llanrwst, Dyffryn Conwy, Cymru LL26 0EH.
Ffôn: 01492 642031
e-bost: llyfrau@carreg-gwalch.cymru
lle ar y we: www.carreg-gwalch.cymru

Argraffwyd a chyhoeddwyd yng Nghymru

Cyflwynedig i'm teulu

Diolch:
- i Nia Roberts, fy ngolygydd, am ei doethineb a'i brwdfrydedd, ac i bawb yng Ngwasg Carreg Gwalch
- i Gyngor Llyfrau Cymru am wneud cyhoeddi hwn yn bosib
- i Rhian a Rhys Davies am helpu efo acen Sir Benfro
- i Andrew am ei gefnogaeth barod bob amser
- ac yn olaf i chi'r darllenwyr am eich cefnogaeth.

Prolog

'Dyma chdi, cariad! Un Sex on the Beach i'r ddynes fwya secsi ar y traeth!'

'O, hyfryd! Diolch.'

Estynnodd Delyth yn awchus am y gwydr coctel yr oedd Medwyn, ei gŵr, yn ei gynnig iddi. Plannodd Medwyn gusan ar ei chorun cyn gosod ei Espresso Martini yn ofalus ar fwrdd bach a gollwng ei hun, yr un mor ofalus, i lawr ar y gwely haul agosaf at un Delyth. Rhoddodd ochenaid fodlon. Ac yntau wedi blino'n lân ar ôl cyfnod anodd yn ei waith fel is-reolwr cwmni argraffu oedd mewn dyfroedd dyfnion, roedd o wedi edrych ymlaen yn arw at yr wythnos hon o heddwch a haul yn Lanzarote. Am chydig ddyddiau, câi gyfle i ymlacio ac anghofio am y bygythiad i'w swydd, am y tro. Doedd o ddim wedi dweud gair am y bygythiad hwnnw wrth Delyth, cannwyll ei lygad ers eu dyddiau ysgol.

Tynnodd Delyth dop ei gwisg nofio i fyny wrth gymryd llymaid o'i diod. Roedd hi wedi bod yn gwylio merched oedd ddim ond chydig yn hŷn na hi'n cerdded ar hyd y traeth yn chwilio am wlâu haul mewn bicinis a gwisgoedd nofio fyddai'n gweddu'n well i gyrff ddegawdau'n fengach.

'Ydi gwddw hon yn rhy isel i mi, dŵad?'

'Nac'di, siŵr! Dwi newydd ddeud wrthat ti – chdi 'di'r ddynas fwya secsi ar y traeth,' atebodd Medwyn.

Gwenodd Delyth. Roedd hi'n gwybod nad oedd hyn yn wir, ond roedd hi'n licio'i glywed o beth bynnag.

'A chdi 'di'r dyn mwya secsi!' meddai, gan wenu'n gynnes ar ei gŵr.

Rhoddodd Medwyn ei law ar ei fol gwyn, blonegog a'i ysgwyd.

'Lwcus bo' chdi'n *chubby chaser*!' atebodd, dan chwerthin.

'Dwi 'di deud wrthat ti o'r blaen,' atebodd ei wraig, 'dim jest corff sy'n gwneud rhywun yn secsi!'

Gwenodd Medwyn a chwythu sws tuag ati.

Trodd Delyth yr ambarél binc oedd yn ei choctel rhwng ei bysedd.

'Efo pwy oeddat ti'n siarad ar y ffôn pan oeddat ti wrth y bar?'

Cododd Medwyn ei wydryn a chymryd sip o'i ddiod.

'Ti'm 'di bod yn siarad efo gwaith, naddo? 'Nest ti addo!' meddai Delyth yn flin, o'i weld yn oedi cyn ateb. Roedd hithau hefyd wedi bod yn edrych ymlaen at dreulio wythnos yn haul Lanzarote – dim ond nhw'u dau – a doedd hi ddim am i neb na dim darfu ar hynny.

'Naddo, naddo! Dwi'n cadw at fy addewid. Dim ond chdi sy'n cael fy sylw i wsnos yma. Chdi bia fi bob tamaid!' mynnodd Medwyn, gan estyn ei law allan i fwytho'i braich.

'Pwy oedd ar y ffôn 'ta?' mynnodd Delyth.

'Anna.'

Gollyngodd Delyth yr ochenaid leiaf.

'Be oedd hi isio?'

''Mond gofyn oeddan ni wedi cyrraedd yn saff,' atebodd Medwyn.

'Wel, mae hi'n gwybod hynny'n barod achos 'nes i yrru tecst iddi hi'n syth ar ôl landio,' meddai Delyth yn ddiamynedd.

'Ac i ddeud bod dy fam wedi bod acw'n barod i wneud yn siŵr ei bod hi'n iawn, er mai dim ond bore 'ma welon ni hi ddwytha,' ychwanegodd Medwyn.

Doedd hynny ddim yn synnu Delyth. Er bod Anna, eu merch, yn bedair ar bymtheg oed ac adref ar gyfer gwyliau'r haf ar ôl cwblhau ei blwyddyn gyntaf ym Mhrifysgol Lerpwl, roedd Myfi, ei nain, yn dal i'w thrin fel plentyn.

'Dach chi'ch dau yn dwndian gormod ar yr hogan 'na. Gobeithio na wnaeth hi ofyn am fwy o bres!'

Cymerodd Medwyn sip arall o'i ddiod.

'Med!' ebychodd Delyth. 'Mi adawon ni ddigon o bres i'w

chadw hi am fis – a dim ond am wsnos 'dan ni i ffwrdd! Dim rhyfedd nad ydi hi'n gwneud unrhyw ymdrech i chwilio am joban dros wyliau'r haf a chditha'n lluchio pres ati fel tasa fo'n gonffeti! Ti wedi gwario digon ar y gwyliau 'ma fel mae hi.'

Rhoddodd Medwyn ei wydr i lawr a phlygu ymlaen at ei wraig.

'Ty'd rŵan, paid â ffysian,' meddai. 'Dwi 'di deud wrthat ti droeon – 'sdim rhaid i chdi fwydro dy ben am bres. Gad i mi boeni am betha fel'na. Ty'd â sws i mi,' ychwanegodd yn chwareus, 'ac ella gei di *sex on the beach* go iawn wedyn!'

'Ma' gen ti ffroth ar dy drwyn!' meddai Delyth, yn meirioli yng ngwres ei sylw.

'Oes? Yn lle? Fama?' gofynnodd Medwyn, gan wthio'i drwyn i ganol ei bronnau nes ei bod yn cicio'i choesau yn yr awyr a gwichian chwerthin.

'Callia, wnei di! Mae 'na bobol o gwmpas!'

Cododd Medwyn ei ben ac eistedd i fyny'n sydyn. Rhoddodd ei law ar ei frest a chrychu ei wyneb.

'Asu ...' meddai, 'gen i boen diawchedig mwya sydyn ...' Plygodd ymlaen, ac wrth ochneidio'n uchel syrthiodd fel sach o datws ar draws Delyth.

'Be ti'n neud?' gwichiodd Delyth wrth wingo dan ei bwysau a cheisio atal ei diod ddrud rhag tasgu i bobman. 'Callia!' Dechreuodd ei wthio oddi arni ond roedd o'n rhy drwm. 'Med! Coda! Ti'n 'y mrifo fi. Medwyn, paid â gwneud lol!' Roedd hi'n dechrau gwylltio; weithiau byddai chwarae ei gŵr yn tueddu i fynd yn rhy bell. 'Med!' gwaeddodd, a defnyddio'i holl nerth i'w wthio oddi arni.

Rholiodd ei gŵr drosodd a glanio'n swp diymadferth ar ei gefn, a gwyddai Delyth yn syth nad gwneud lol oedd o. Roedd ei lygaid ynghau a'i wyneb wedi troi'n llwyd, a pherlau bach o chwys wedi ymddangos ar hyd ei dalcen. Gollyngodd ei gwydr coctel ar lawr gyda sgrech cyn disgyn ar ei gliniau wrth ei ochr.

Pennod 1

Dwy flynedd yn ddiweddarach

'Teipia'r *menu* 'ma, printia dri deg copi a dos â nhw i fyny i'r stafell fwyta cyn gynted â phosib,' meddai Kim Price, rheolwr Gwesty'r George, wrth Delyth gan osod darn o bapur blêr o'i blaen ac ôl saim a sgrifen traed brain y *chef* arno. Crychodd Delyth ei thalcen.

'Ond dwi'n gorffen fy shifft mewn pum munud, a dwi'n mynd i rywle wedyn,' meddai.

'Wel, os gafaeli di ynddi rŵan, neith hi'm cymryd llawer mwy na hynny i chdi!' meddai Kim, gan droi ar ei sawdl a martsio i lawr y coridor.

'Be ti'n feddwl ydw i? Superwoman? Mi gymrith fwy na phum munud i mi ddallt llawysgrifen y *chef*, y Kim Jong Un ddiawl!' gwaeddodd Delyth ar ei hôl ... yn ei phen. Feiddiai hi ddim lleisio'i theimladau'n uchel rhag iddi golli ei swydd. Roedd hi wedi mwynhau ei thri mis cyntaf fel derbynnydd yng ngwesty crand y George, yn enwedig pan nad oedd ei shifftiau'n cyd-fynd â rhai Kim. Yn sicr, roedd y swydd yn llawer llai o straen na'i swydd flaenorol fel derbynnydd mewn meddygfa. Yno, byddai'n cael ei diawlio'n ddyddiol gan gleifion blin oedd yn methu cael apwyntiad i weld doctor. Ac, yn bwysicach na hynny, roedd hi angen y cyflog. Ers i Medwyn, ei gŵr, farw'n frawychus o sydyn yn dilyn trawiad ar ei galon tra oedden nhw ar eu gwyliau yn Lanzarote ychydig dros ddwy flynedd ynghynt, roedd bywyd wedi bod yn anodd. Ar ben y sioc o golli ei ffrind gorau mor ddisymwth, buan y sylweddolodd ei fod o wedi gadael llanast ariannol iddi hi ei sortio, a dim ond dechrau cael ei thraed 'dani oedd hi. Diolch byth, roedd y bygythiad o orfod gwerthu ei chartref yn dechrau cilio; fyddai hi ddim wedi medru wynebu hynny, a hwnnw'n llawn atgofion am Medwyn. Fel arfer, fyddai hi ddim wedi poeni am orfod aros ychydig yn hwyrach yn ei gwaith gan nad oedd ganddi fawr ddim yn galw, ond roedd heddiw yn wahanol.

'Paid â chymryd sylw o Kim,' meddai Idris y porthor, oedd yn sefyll gerllaw ac wedi clywed y sgwrs. 'Dwi'n meddwl ei bod hi'n cael amser caled efo'r menopos, 'sti. Doedd hi ddim yn arfer bod mor flin.'

'Dim hi ydi'r unig un sy'n cael trafferthion efo'r menopos. Does dim rhaid iddi fod mor gas efo pobol eraill ...' dechreuodd ateb, ond torrwyd ar ei thraws gan y ffôn yn canu. 'Helô, Gwesty'r George Hotel, alla i'ch helpu chi, *can I help you*?' meddai, a thra oedd hi'n ateb yr alwad estynnodd am ei ffôn bach i adael i'w brawd, Robin, wybod y byddai hi ychydig yn hwyr ar gyfer eu cyfarfod.

* * *

'Ti 'di cofio dod â *brochures* o'r George?' gofynnodd Julie cyn gynted ag y llusgodd Robin ei hun drwy'r drws, un awr ar ddeg ers iddo fynd allan drwyddo. Fel trydanwr hunangyflogedig roedd o wedi hen arfer â gweithio ar ddyddiau Sadwrn. Ond roedd heddiw yn ddiwrnod poeth a'r gwaith wedi bod yn anodd, felly roedd ei amynedd yn fyr. Trodd ei gefn at ei wraig er mwyn hongian ei fag ar fachyn ger y drws, a chrychu ei wyneb. Damia! Roedd o wedi anghofio popeth am y taflenni.

'Ti 'di anghofio, do!' datganodd Julie, gan groesi ei breichiau a syllu ar ei gŵr. 'A faint o weithia sy raid i mi ddeud? Paid â rhoi dy fag ar y peg yna!'

Ochneidiodd Robin a'i symud i'r peg cywir, a dechrau tynnu ei sgidiau gwaith.

'Sori,' meddai. 'Ches i'm cyfle i nôl y *brochures*, ond 'di o ddim yn broblem achos mae Delyth yno rŵan. Yrra i neges iddi i ofyn ddaw hi â rhai efo hi.'

'Dwn i'm sut na chest ti gyfle a chditha 'mond yn gweithio i lawr y lôn.'

Doedd gan Robin ddim egni i esbonio iddi pa mor anodd oedd y job yn Rhosfawr, yr hen dŷ pedwar llawr roedd o'n ei ailweirio, na pha mor dynn oedd yr amserlen i'w orffen. Dylai fod wedi gweithio am o leiaf awr arall heno, ond gwyddai y byddai 'na le petai o ddim wedi dod adref yn unol â gorchymyn Julie.

'Ti mor chwit-chwat!' cwynodd Julie. 'A tydi dy chwaer fawr gwell. Mae pen blwydd dy fam wsnos i fory a does 'run ohonoch chi wedi trefnu dim! Wn i ddim sut oeddat ti'n manejo cyn i chdi 'nghyfarfod i, wir.'

''Sdim rhaid cael *brochure* y dyddia yma beth bynnag,' meddai Robin. 'Mi fydd popeth ar eu gwefan nhw.'

'Dwi 'di bod yn sbio ar hwnnw, siŵr, ond mi fasa'n lot haws tasa ganddon ni *brochure* bob un yn lle bod pawb yn gorfod craffu ar yr iPad,' atebodd Julie. 'Ac ar ôl i chdi newid dy sgidia, dos i nôl Chinese i ni – dwi'm 'di cael cyfle i wneud bwyd.'

'Be am gael sglod a sgod am newid bach?' awgrymodd Robin, gan feddwl am nosweithiau Sadwrn ei blentyndod pan fyddai ei fam yn ei yrru i'r siop jips ar waelod eu stryd efo powlen wydr a lliain sychu llestri glân. Byddai'n gwylio Keith Chippy yn rhoi pys ar waelod y bowlen cyn rhawio'r sglodion ar eu pennau a rhoi'r lliain dros y cwbl i'w gadw'n gynnes. A byddai yntau'n llosgi ei fysedd a'i geg wrth ddwyn ambell jipsan ar y ffordd adref.

'Paid â bod yn *boring*,' meddai Julie. 'Pwy sy'n bwyta ffish a tships dyddia yma, efo cymaint o ddewis mwy difyr i'w gael? Dos, reit handi, neu mi fydd Delyth wedi cyrraedd,' gorchmynnodd.

'Dwi newydd gael neges gan Delyth – mi fydd hi chydig yn hwyr,' meddai Robin, gan geisio dyfalu be oedd Julie wedi bod yn ei wneud drwy'r dydd fel bod ganddi ddim amser i wneud swper.

Gwasgodd Julie ei gwefusau at ei gilydd yn gylch bach crwn i wneud beth fyddai Ioan ac Osian, meibion Robin o'i briodas gyntaf, yn ei alw'n ei cheg twll tin iâr ... arwydd nad oedd hi'n hapus.

'Ond paid â phoeni, 'mond ryw ugain munud yn hwyr fydd hi,' meddai Robin, gan wenu. 'Rŵan, be ti isio o'r Chinese?' gofynnodd yn sionc.

* * *

'Joia dy noson!' galwodd Idris ar Delyth wrth iddi estyn am ei chôt a'i bag yn barod i adael y gwesty, chwarter awr yn hwyrach nag y dylai fod wedi gorffen ei gwaith. Roedd y bwydlenni wedi'u hargraffu a'u hanfon i'r ystafell fwyta.

'Dria i 'ngora,' atebodd.

'Ti'n cael mynd i rwla neis?' holodd Idris. 'Glywis i chdi'n deud dy fod di'n mynd i rwla ...' ychwanegodd wrth weld Delyth yn edrych arno'n ddiddeall.

'Ew, ti'n colli dim nag wyt, Idris!' chwarddodd Delyth. 'A nac'dw – wedi cael symans i dŷ 'mrawd ydw i. Mae Mam yn wyth deg yn go fuan, a 'dan ni isio trefnu rwbath i ddathlu.'

'Dewch â hi i fama am de pnawn! Lot yn ei frolio fo.'

'Hm, tydyn nhw ddim yn talu digon o gyflog i mi fedru gweithio yma *a* dod yma i fwyta!'

'Ti'n iawn yn fanna!' cytunodd Idris. 'Ac mae'n anodd credu bod Myfi yn wyth deg,' ychwanegodd wrth i Delyth gerdded heibio iddo tua'r drws ffrynt.

Stopiodd Delyth yn stond. 'Wyddwn i ddim dy fod di'n nabod Mam,' meddai mewn syndod.

'Mae pawb yn nabod dy fam, yn tydi – ma' hi'n un o gymeriadau'r dre 'ma. Dwi'n ei chofio hi'n ddynas cinio yn yr ysgol. Mi oedd hi wastad yn rhoi llwyaid ecstra o bwdin i mi, chwara teg iddi. Ma' hi'n dipyn o gês, tydi?'

'Ydi, ma' siŵr,' atebodd Delyth. Roedd hi wastad yn synnu at y ffordd yr oedd pobol eraill yn gweld ei mam, oedd yn aml yn wahanol iawn i'w phrofiad hi ohoni.

'Cofio'i chlywed hi'n siarad mewn cyfarfod yn erbyn cau'r llwybrau cyhoeddus tu ôl i'r stad ddiwydiannol unwaith. Tydi hi ddim yn cymryd unrhyw nonsens, nac'di – gweld drwy unrhyw lol a'i deud hi fel ma' hi!'

Gwenodd Delyth. Roedd hi'n adnabod y disgrifiad hwn.

'Deud wrthi bod Idris Coco-matin yn cofio ati,' ychwanegodd Idris.

'Coco-matin?' gofynnodd Delyth. Doedd hi erioed wedi clywed neb yn cyfeirio ato felly o'r blaen.

'Ia, llysenw'r teulu ydi o.'

'O! Pam Coco-matin?' gofynnodd yn chwilfrydig.

'Roedd Taid yn arfer cadw siop grosar yn Dre, a phan ddechreuodd o golli'i wallt mi ddechreuodd o wisgo wig – *toupée*. Yn ôl y sôn, roedd y wig yn edrych yn debyg iawn i fat sychu traed *cocoa matting*, felly mi fathodd rhyw wag yr enw Ifan Coco-matin. A dyna fuodd o byth ers hynny – a 'nhad yn Wil Coco-matin.'

'Roedd 'na hogan yn 'rysgol efo fi o'r enw Susan Coco-matin,' cofiodd Delyth.

Nodiodd Idris. 'Fy nghyfnither,' meddai. 'Mae 'na lot o Goco-matins hyd Dre 'ma!'

Gwenodd Delyth arno. 'Well i mi fynd. Dwi'm isio ffrae am fod yn hwyr – er, tydi 'mrawd ddim y gorau am gyrraedd ar amser ei hun!'

Cyn gynted ag y cyrhaeddodd hi'r car, estynnodd am becyn o greision o'i bag llaw. Stwffiodd lond dwrn i'w cheg gan obeithio na fyddai Robin a Julie yn ei chadw'n hir. Roedd hi wedi paratoi *chilli* y noson cynt a'i roi yn y crochan araf y bore hwnnw fel bod pryd poeth yn barod i'w merch, Anna, pan ddôi hi adref o'i gwaith yn yr archfarchnad leol. Ei gobaith oedd medru rhuthro adref i fwyta peth ohono cyn mynd i dŷ ei brawd, ond doedd ganddi ddim digon o amser i hynny. Un o fanteision gweithio yn y George oedd ei bod yn cael ei phrydau yn ystod ei shifft fel rhan o'i chyflog. Pan fyddai, fel heddiw, yn gweithio'r shifft dydd, yna dim ond brechdan neu bryd o'r bar fyddai hi'n ei gael. Ond pan fyddai'n gwneud shifft gyda'r nos, câi ddewis un o'r prydau blasus oddi ar brif fwydlen y gwesteion – ond doedd y staff ddim yn cael y pwdinau. Roedd hyn yn dipyn o siom, achos roedd pwdinau Chef Byron yn edrych yn nefolaidd.

Wrth droi i mewn drwy giatiau Bodlondeb, cartref Robin a Julie, synnodd Delyth o weld bod y dreif wedi'i drawsnewid â chobls newydd, crand. Ceisiodd gofio pryd oedd y tro diwethaf iddi fod yno … pan oedd yn danfon anrhegion Nadolig i'r teulu, efallai. Wrth gamu o'r car, oedodd am eiliad i edrych ar y tŷ mawr, urddasol. Yn ôl Robin, mae'n debyg bod tŷ ar y safle ers pedair canrif. Ond tŷ cadarn a godwyd yn ugeiniau'r ganrif ddiwethaf oedd o'i blaen, a'i bensaernïaeth ddiddorol yn nodweddiadol o'r cyfnod. Ceisiodd Delyth ddyfalu, fel y gwnaethai sawl gwaith o'r blaen, sut roedd ei brawd wedi medru fforddio'r ffasiwn dŷ, yn enwedig ac yntau wedi gorfod rhoi hanner gwerth ei gartref blaenorol i Mai, ei gyn-wraig, pan gafodd ysgariad bedair blynedd ynghynt. Roedd Bodlondeb wedi dechrau mynd â'i ben iddo pan brynodd Robin o, ac er iddo dreulio oriau maith yn gwneud llawer o'r gwaith atgyweirio ei hun, mae'n rhaid ei fod wedi costio ffortiwn fach iddo fo.

Agorodd drws y ffrynt a daeth Robin i'r golwg.

'Ro'n i'n meddwl 'mod i wedi clywed sŵn car,' meddai.

'Sori 'mod i'n hwyr,' ymddiheurodd Delyth wrth gamu i gyntedd y tŷ.

'Dim problem.' Estynnodd Robin ei law at ei chwaer. 'Ty'd â dy gôt yma, i mi gael ei hongian hi i chdi.'

'A thynna dy sgidia, plis!' meddai Julie wrth ymddangos y tu ôl iddo. Oedodd Delyth wrth gofio fod ganddi dwll mawr yn un o draed ei theits, ond ufuddhaodd yn ddi-gŵyn.

'Mae'r iwnifform 'na'n dy siwtio di,' meddai Julie â gwên fawr. 'Ti'n edrych yn dda.'

'Diolch,' atebodd Delyth, er nad oedd yn siŵr o'r ganmoliaeth. Roedd yn amau mai 'ti 'di twchu' oedd gwir ystyr ei geiriau. Tynnodd ei sgert i lawr yn hunanymwybodol a dilyn y cwpwl i'w hystafell fyw.

Suddodd i mewn i gadair foethus gan geisio cuddio'i bodyn noeth o dan ei throed arall.

'Sut mae'r hogia?' gofynnodd i'w brawd.

'O, iawn 'sti,' atebodd. Doedd o ddim wir eisiau trafod ei feibion rhag ofn iddo orfod cyfaddef nad oedd o'n gweld yr un o'r ddau yn aml bellach.

'Ioan wedi dod adra dros y gwyliau?' Roedd Ioan, mab hynaf Robin, yn fyfyriwr ym Mhrifysgol Caerdydd.

'Nac'di, mae o 'di cael job mewn pyb ac am aros lawr 'na dros yr haf,' atebodd cyn newid y pwnc. 'Sut mae Anna?'

'Ma' hi'n iawn, diolch. Prysur yn y siop rŵan 'i bod hi'n dymor fisitors.'

Ar ôl iddi gael llond bol ar y mân siarad, daeth Julie at bwynt y cyfarfod.

'Reit 'ta. 'Sa'n well i ni fwrw ati i drefnu parti Myfi – mae hi'n funud ola wedi'r cwbwl. Ddoist ti â'r *brochures*?' gofynnodd i Delyth.

Edrychodd Delyth yn syn arni. '*Brochures*?'

Suddodd calon Robin. Roedd o wedi anghofio gyrru neges i Delyth i ofyn amdanynt.

'Damia! Sori, ond ...' dechreuodd.

''Nest ti anghofio hynny hefyd?' meddai Julie'n flin, ond newidiodd tôn ei llais yn syth. 'Be wnawn ni efo hwn, dŵad?' meddai'n ysgafn wrth droi at ei chwaer yng nghyfraith. 'Ma'i go' fo fel gogor!' Cododd ac estyn am ei iPad. 'Ro'n i isio *brochures* te pnawn o'r George ond mae'r manylion ar hwn, debyg – er, dwi'n siŵr y medri di egluro'r cwbwl i ni, Delyth!'

Dychrynodd Delyth. Te pnawn yn y George? Oedd, roedd hi'n gyfarwydd iawn â'r fwydlen, ac yn gwybod y prisiau!

'Ewadd, ym ... dwn i'm fasa Mam isio rhyw ffýs fawr ...' dechreuodd, ond torrodd Julie ar ei thraws.

'Ti'm yn meddwl bod cyrraedd dy ben blwydd yn wyth deg yn achlysur digon sbesial i neud ffýs yn ei gylch o?' gofynnodd.

'Wel, ydi ... ydi siŵr, ond mae 'na ffýs ac mae 'na ffýs, yn does!'

A dweud y gwir, doedd Delyth ddim wedi meddwl gwneud mwy na gofyn i Anna wneud cacen a gwahodd ei mam draw am ginio neu swper. Roedd hi'n aros i gael gwybod pa shifftiau roedd hi'n eu gweithio cyn gwneud unrhyw drefniadau.

'Ro'n i'n meddwl, gan mai dydd Sul fydd hi, y basa'n neis mynd â hi i'r carferi yn Fron Heulog,' awgrymodd Robin. Edrychodd Julie arno fel petai wedi awgrymu mynd â'i fam am Happy Meal i McDonald's.

'Canolfan arddio ydi fanno, Robin!' meddai'n ddilornus.

Cyfeiriodd Delyth ei brawddeg nesaf at ei brawd.

'Gan y bydd hi'n debygol o fod yn anodd cael lle yn unlla ar fyr rybudd, tybed fasan ni'n medru cael te pnawn yma? Mi faswn i'n ddigon hapus i wneud y bwyd a dwi'n siŵr y basa Anna'n helpu – mae hi wrth ei bodd yn gwneud cacennau, tydi – ac mae ganddoch chi ddigon o le yma.'

Byddai hynny'n gweithio'n grêt, ystyriodd Robin, ac yn rhoi cyfle i'w fam weld y tŷ yn iawn. Dim ond unwaith neu ddwy oedd hi wedi bod yno, a doedd hi ddim wedi bod draw o gwbl ers iddyn nhw gael gwneud y dreif. Edrychodd i gyfeiriad ei wraig gan ddarllen ei hwyneb yn syth. Roedd o wedi dod yn dipyn o giamstar ar hynny.

'Dwn i'm,' meddai. 'Beryg nad oes 'na'm cweit digon o le yma.'

'Be?' ebychodd Delyth. 'Mae ganddoch chi hen ddigon o le yma, siŵr! Fyddwn ni ddim yn griw mawr, na fyddwn? Chi'ch dau a'r hogia, fi ac Anna – a beryg y bydd hi isio dod â Cai, ei chariad, efo hi – Anti Jên ac Yncl Bob, ac Yncl Dewi ... faint 'di hynny? Deg? Mae hwnnw'n ffigwr bach neis.'

'Ond be am "y genod" fel mae dy fam yn eu galw nhw: Gwenda, Enid a Joan?' gofynnodd Julie. 'Fedran ni ddim peidio gwadd ei ffrindiau gorau hi, siŵr – maen nhw'n ffrindiau ers dyddia'r ysgol.'

'Mae Enid wedi marw ers deufis,' atgoffodd Robin hi.

'O, yndi siŵr! Ddylwn i fod wedi cofio hynny achos chdi aeth â dy fam i'r cnebrwn, 'de? Wel, well i ni wadd y ddwy arall tra medran ni felly, tydi, cyn iddyn nhw'tha fynd!'

'Mae Joan newydd symud i gartref henoed,' meddai Robin. 'Ei chric'mala hi 'di gwaethygu a fedar hi ddim edrych ar ôl ei hun bellach.'

'Wel, geith hi ddod o 'na am y pnawn, siawns?' wfftiodd Julie. 'Dim carchar ydi o! Mi fedar un o'i theulu ddod â hi.'

Yn anfoddog, dechreuodd Delyth gytuno â'i chwaer yng nghyfraith. Byddai ei mam wrth ei bodd yn gweld ei ffrindiau a'i theulu ynghyd.

'A be am eich cefndryd a'ch c'neitherod?' holodd Julie. 'Plant ei brawd a'i chwaer?'

'Dwi'm yn meddwl y basan nhw'n disgwyl cael gwahoddiad,' atebodd Robin. 'Tydi Mam ddim 'di gweld dau ohonyn nhw ers blynyddoedd.'

'Rheswm arall pam y dylen ni eu gwadd nhw. Faint sy 'na?'

'Wyth, os wyt ti'n cyfri *plus ones*,' atebodd Delyth.

'Mae hynny'n dod â ni i ddau ddeg un – a Myfi wrth gwrs – yn gwneud dau ddeg dau. Tydi hynny ddim llawer, nac'di?' cyhoeddodd Julie.

'Wel, dwi'n siŵr y basan ni'n medru gwneud lle i ddau ddeg dau yn fama. Mae 'na le i tua pymtheg yn y *conservatory*,' awgrymodd Delyth.

''Di hynny ddim yn bosib, sori,' atebodd Julie'n bendant. 'Nac'di, Robin?'

'Ym, wel … nac'di …' ffwndrodd Robin wrth drio'i orau i feddwl pam. Torrodd Delyth ar ei draws.

'Os mai poeni na fydd fy mwyd i'n ddigon crand ydach chi, mi fasan ni'n medru ordro bob dim gan Becws Melys. Dwi 'di clywed bod eu bwyd nhw'n fendigedig, ac yn rhesymol.' Mi fyddai archebu bwyd i ddau ar hugain yn dipyn o glec, meddyliodd, ond yn dipyn rhatach na the pnawn yn y George.

'Mae'r *decorators* yma bryd hynny, yn anffodus,' cyhoeddodd Julie. Edrychodd Robin yn syn arni, fel petai o'n clywed y newyddion am y tro cyntaf.

'Ar benwsnos?' gofynnodd Delyth.

'Ia! Maen nhw mor brysur … chwarae teg, maen nhw wedi cytuno i ddod yma ar benwsnos. Fiw i mi ganslo neu dyn a ŵyr pryd y basan nhw'n medru dod wedyn,' meddai'n ddifrifol. 'A does neb arall cystal â nhw ffor'ma,' ychwanegodd, jest rhag ofn i Delyth awgrymu rhywun arall. Cododd i estyn llyfr nodiadau a beiro allan o ddrôr y ddresel.

"Dewch i ni weld rŵan 'ta. Dau ddeg dau ar gyfer te pnawn yn y George – faint ydi o y pen?' gofynnodd, gan daro llygad ar yr iPad.

'Dau ddeg un y pen, dau ddeg pump os ydach chi isio gwydraid o Prosecco hefyd,' meddai Delyth. Ebychodd Robin mewn syndod.

'*Twenty five quid* am sgwaria bach o frechdan a chwpwl o gacennau?'

'Ti'n cael mwy na jest hynny, siŵr. Sbia ar y llun, mae o'n edrych yn fendigedig,' meddai Julie gan wthio'r iPad dan ei drwyn. 'Wyt ti'n cael disgownt, Delyth?'

'Nac'dw, yn anffodus,' atebodd hithau.

'Mae o'n ddrud ar y diawl! Does dim rhaid i ni fynd i wario'n wirion, nag oes ...' dechreuodd Robin, ond torrodd Julie ar ei draws.

'Ond meddylia pa mor falch fydd dy fam ohonat ti am wneud hyn iddi. Mi fydd hi wedi gwirioni,' meddai Julie gan wybod sut i daro'r targed – mi wnâi Robin unrhyw beth i blesio'i fam.

'Beryg na fydd 'na'm lle! 'Dan ni'n brysur iawn ar benwsnosa,' mynnodd Delyth efo tinc o banig yn ei llais. Roedd hi wedi gwneud y syms yn ei phen: pum cant a hanner o bunnoedd! Oedden nhw'n disgwyl iddi hi dalu hanner hynny, ar fyr rybudd, ac ar ei chyflog bach hi? Ac ar ben hynny mi fyddai ei mam yn disgwyl anrheg go lew ar ei phen blwydd arbennig.

'Wel do, mi ydach chi wedi'i gadael hi'n hwyr,' cyhuddodd Julie. 'Mae ei phen blwydd hi wsnos i fory! Ond mi ffonia i rŵan, rhag ofn.' Cododd ei ffôn a cherdded i'r cyntedd i wneud yr alwad. Edrychodd Delyth ar Robin.

'Ti'm yn meddwl bod hyn braidd yn ormod?' gofynnodd. 'Mi fasa'n costio dros bum can punt.'

Ochneidiodd Robin. Gwyddai nad oedd Delyth yn debygol

o fod yn ennill pres mawr, ac roedd pethau'n dynn arno yntau hefyd. Ar y llaw arall, gwyddai y byddai ei fam wrth ei bodd. Ond yn bennaf, gwyddai nad oedd troi ar Julie wedi iddi benderfynu ar rywbeth.

'Dim ond unwaith ma' rhywun yn wyth deg, 'de,' meddai, 'a jest dychmyga pa mor hapus fydd hi! Mi fydd hyn yn gyfle i ni dalu'n ôl iddi am y cwbwl mae hi wedi'i wneud i ni dros y blynyddoedd.'

Doedd hi ddim wedi gorffen talu'n ôl i Myfi am gnebrwn Medwyn eto, meddyliodd Delyth. Mi fasa hi'n lloerig tasa hi'n gwybod bod ei merch yn talu am barti yn hytrach na'i thalu hi'n ôl. Ond doedd wiw iddi ddweud hynny wrth Robin gan na wyddai o ei bod hi wedi gorfod mynd ar ofyn eu mam er mwyn talu bil yr ymgymerwr.

'Dwi'm yn siŵr fedra i 'i fforddio fo, Robin,' meddai Delyth yn blaen. 'Mae petha'n reit dynn ar y funud.'

'Paid â phoeni. Mi wna i ...' dechreuodd, ond caeodd ei geg pan welodd Julie yn hwylio'n ôl i mewn i'r ystafell.

'Wedi'i sortio!' datganodd. 'Tri o'r gloch wsnos i fory. Dwi 'di bwcio i ddau ddeg dau, gan obeithio y bydd pawb yn medru dŵad.' Estynnodd am ei llyfr nodiadau a'i beiro. 'Mi fydd hynny yn bum cant pum deg o bunnoedd,' meddai, gan nodi'r rhifau. '*Plus* pedwar deg am gacan a tua deg am falŵns – ddeudwn ni dri chant yr un, ia? 'Di hynny ddim yn ddrwg o gwbwl, nac'di?'

I chdi ella, Lady Muck, efo dy gyflog Cyngor Sir! meddyliodd Delyth cyn agor ei cheg i ateb. 'Wel, a bod yn onest, mae o'n lot i fi ar y funud,' meddai'n betrusgar.

'Ella 'sa'n decach i ni dalu chydig mwy ...?' awgrymodd Robin.

Syllodd Julie arno a gwneud ceg twll din iâr. 'Dwi ddim yn gweld pam ddylian ni. Hanner a hanner fyddai'n deg, yndê?' Yn amlwg doedd hi ddim yn ystyried rhoi ceiniog o'i phres ei hun tuag at barti ei mam yng nghyfraith. Ar hynny, caeodd ei llyfr nodiadau a chodi ar ei thraed. 'Wel, dyna ni bob dim wedi'i sortio,' datganodd, i nodi bod y drafodaeth ar ben.

Agorodd Delyth ei cheg i ddweud rhywbeth, ond ni ddaeth y geiriau. Edrychodd ar ei brawd yn y gobaith y byddai o'n ei chefnogi, ond cododd hwnnw a gadael yr ystafell.

'Mi a' i i nôl dy gôt di,' mwmialodd wrth fynd.

'Paid â phoeni, Delyth, mae'n amlwg dy fod di'n brysur, neu mi fasat ti wedi trefnu rwbath erbyn hyn. Felly mi drefna i bob dim,' meddai Julie, cyn rhoi'r teledu ymlaen a gadael Delyth i ddilyn ei brawd i'r cyntedd yn dawel.

Pennod 2

'Shiwww! Sgiat!' Chwifiodd Myfi liain sychu llestri yn wyneb y gath fawr goch oedd newydd ddal aderyn yn ei chlwtyn bach taclus o ardd gefn. 'Dos o 'ma, y blydi giaman ddiawl!'

Rhuthrodd y gath oddi yno gan adael y prae wrth ei thraed. Gwthiodd Myfi'r robin goch yn ysgafn efo blaen ei slipan, ond doedd dim arwydd o fywyd yn y belen fach bluog.

'Ti'n OK, Mrs T?' Trodd Myfi i wynebu Meera, ei chymydog, a safai'r ochr arall i'r wal isel oedd rhwng gerddi'r ddau dŷ yn edrych arni â'i llygaid duon yn llawn pryder.

'Yndw tad, thanciw, del. That bloody cat again! She's got my robin this time.'

'Cymraeg, plis, Mrs T!'

'O, Duw ia, sori.' Roedd Meera wedi dysgu Cymraeg yn rhyfeddol o dda yn y flwyddyn a hanner ers iddi symud i Gymru o Lerpwl, ac yn awyddus i fachu ar bob cyfle i ymarfer. Ond roedd Myfi yn ei chael hi'n anodd i beidio â throi i'r Saesneg. 'Mae'n ddigon drwg fod y wiwar felltith 'na'n dwyn bwyd yr adar, y petha bach,' ychwanegodd.

'Cath drwg,' ebychodd Meera gan grychu ei thrwyn. 'Be 'di enw fo?'

'Pwy? Y gath? 'Sgin i'm syniad. A taswn i'n gwybod pwy bia hi, mi faswn i'n mynd yno i gwyno,' atebodd Myfi.

'Ro'n i'n meddwl fy mod i wedi clywed ti'n dweud *shoo* rhywbeth?' meddai Meera'n ddryslyd.

Edrychodd Myfi arni yr un mor ddryslyd am ennyd, cyn ateb.

'O! Giaman ti'n feddwl! Na, enw ar gath yn ein hiaith ni'r Cofis ydi "giaman".'

Ochneidiodd Meera. 'Mae dysgu Cymraeg yn anodd –

geiriau gwahanol yn y de a'r gogledd, a hefyd geiriau eraill *just for* Caernarfon!'

'Mi wyt ti'n gwneud yn briliant, del! Codi cwilydd ar y Saeson sy'n dod yma a disgwyl i ni newid ein ffordd i'w siwtio nhw!' meddai Myfi.

Gwenodd Meera. 'Ond Saesnes ydw i, Mrs T!'

Edrychodd Myfi arni heb ddweud dim am eiliad – ar ei chroen llyfn, brown a'i gwallt hir, tywyll oedd wedi'i glymu'r tu ôl i'w phen. Doedd hi erioed wedi meddwl amdani fel Saesnes.

'Wel, ia ...' dechreuodd. 'Dwi'n gwybod mai o Loegr y doist ti yma, ond ...' Caeodd ei cheg. Gallai glywed llais Delyth yn ei phen: 'Mam, ddylsach chi ddim deud petha fel'na. Mi fydd pobol yn meddwl eich bod chi'n hiliol!'

Lledodd gwên Meera. Plygodd dros y wal a chyffwrdd braich yr hen wraig.

'Peidiwch poeni ... *I know what you mean!*'

Gwasgodd Myfi ei llaw. 'Mi fyddi di'n gweld dy hun fel Cymraes mewn dim, ond fyddi di byth yn Gofi go iawn chwaith. Rhaid i chdi fod wedi cael dy eni o fewn walia tre C'narfon i fod yn un o'r rheiny! Rŵan, 'sa'n well i mi symud y deryn bach 'ma cyn i'r gnawes gath 'na ddod yn ôl a'i fwyta fo!'

Llusgodd yn ei slipas draw at wal y tŷ i nôl rhaw fechan, a phlygu i godi'r aderyn gan duchan. Doedd plygu i lawr ddim mor hawdd ag yr arferai fod. A dweud y gwir, doedd dim byd mor hawdd ag yr oedd ers talwm. Roedd hi wedi dechrau nosi a phrin roedd hi'n medru gweld yr aderyn, er gwaethaf trwch ei sbectol.

'Wyt ti isio fi gwneud hynna?' gofynnodd Meera.

'Na, dwi'n iawn diolch ...' atebodd, ond wrth iddi geisio sythu teimlodd y byd yn dechrau troi a llen ddu yn disgyn drosti. Dechreuodd ei choesau wegian oddi tani. Gollyngodd y rhaw yn glep ar lawr, gan afael yn sigledig yng nghefn cadair bren gerllaw.

'O, diar,' meddai, wrth bwyso ar y gadair ac anadlu'n drwm.

Dychrynodd Meera wrth ei gweld yn simsanu a llamodd dros y wal tuag ati.

'Wyt ti'n OK?' gofynnodd, gan roi ei braich o amgylch ysgwyddau'r hen wraig. Nodiodd Myfi. 'Eistedd!' gorchmynnodd Meera.

Ufuddhaodd Myfi a'i gosod ei hun yn ofalus yn y gadair.

'Dwn i'm be ddoth drosta i!' meddai. 'Rhyw hen bendro.'

'Ti teimlo'n sâl?' gofynnodd Meera.

Cymerodd Myfi anadl ddofn arall. 'Nac'dw, achan,' cyhoeddodd. 'Dwi'n iawn rŵan. Codi i fyny'n rhy sydyn 'nes i, ma' siŵr.' Dechreuodd godi ar ei thraed a rhuthrodd Meera i afael ynddi eto.

'*Hold on*,' meddai. '*Rest* bach gynta.'

Gafaelodd Myfi ym mraich Meera a'i thynnu ei hun i fyny.

'Rhy oer i ista'n 'rar, hogan! Dwi'n ocê rŵan.'

Derbyniodd gymorth Meera i gerdded i'r tŷ, serch hynny. Roedd y byd wedi stopio troi o'i chwmpas, ond roedd y sioc wedi rhoi tro yn ei stumog ac roedd hi'n teimlo chydig yn simsan.

'Mi wna i ffonio doctor?' awgrymodd Meera ar ôl iddi osod Myfi yn ei chadair esmwyth yn yr ystafell fyw.

'Ew, na! Dwi'n iawn rŵan, 'sti. Doedd o'm byd ond henaint!'

Edrychodd Meera'n bryderus arni. Roedd gwedd yr hen wraig yn welw o hyd.

'Mi wna i ffonio un o plant ti?' cynigiodd.

Ysgydwodd Myfi ei phen. ''Sdim isio'u poeni nhw am ddim byd. Ella bod Delyth yn gweithio beth bynnag, ac mi fydd Robin 'di blino'n lân, siŵr o fod. Mae'r ddau yn gweithio mor galad, 'sti.'

'Os ti'n siŵr?' meddai Meera. Doedd hi ddim yn teimlo'n hapus yn gadael yr hen wraig ar ei phen ei hun. '*How about* i fi wneud paned i ni?'

Gwasgodd Myfi law Meera. Doedd hi ddim am styrbio'r plant, ond doedd hi ddim isio bod ar ei phen ei hun chwaith.

Roedd y bendro wedi dychryn mwy arni nag yr oedd hi'n fodlon ei gyfaddef i'w chymydog, yn enwedig gan mai dyma'r trydydd pwl roedd hi wedi'i gael yn yr wythnos ddiwethaf. Derbyniodd y cynnig yn ddiolchgar.

'Mi fasa panad yn lyfli, ac mae 'na ddarn o'r dorth frith 'na gest ti'r diwrnod o'r blaen, honno wnaeth Delyth, yn y tun.' Roedd Meera wedi bod yn galw'n rheolaidd i sgwrsio er mwyn ymarfer ei Chymraeg, a Myfi'n mwynhau cael ei chwmni.

Ymhen dim roedd y lliw wedi dod yn ôl i'w bochau, y straeon amrywiol am gymeriadau lliwgar yr ardal yn llifo, a sŵn chwerthin yn llenwi'r tŷ unwaith eto. Ond ar ôl i Meera fynd, a hithau wedi addo y byddai'n ffonio'r doctor yn syth petai hi'n cael pendro arall, cododd Myfi a chloi drysau'r tŷ cyn eistedd yn ôl yn ei chadair. Roedd yr hen deimlad pryderus oedd wedi bod yn ei phoeni ers dyddiau yn ei hatal rhag mynd i'w gwely. Doedd hi ddim am orwedd yno am oriau yn methu cysgu ac yn hel meddyliau. Gwell oedd disgwyl nes y byddai wedi blino'n llwyr, fel y gallai syrthio i gysgu'n syth. Rhoddodd y teledu ymlaen i ladd y tawelwch a chwilio am rywbeth ysgafn i'w wylio, rhywbeth efo miwsig. Roedd hi'n mwynhau miwsig. Setlodd i wylio rhaglen ddogfen ar Roy Orbison, ond ymhen dim roedd tôn wylofus ei lais wedi cryfhau ei theimlad o bryder. Newidiodd y sianel yn frysiog. Ochneidiodd. Roedd cymaint o sianeli, a dim byd difyr i'w wylio!

Edrychodd ar y cloc; roedd hi bron yn ddeg o'r gloch. Ystyriodd ffonio Robin ond newidiodd ei meddwl gan ei bod braidd yn hwyr. A beth bynnag, petai Julie'n ateb, beryg y basa hi'n gwneud rhyw esgus i'w nadu hi rhag siarad efo fo. Julie a'i ffys a'i ffalsio ... roedd hi wastad yn hynod glên – yn rhy glên, ym marn Myfi – ond doedd Myfi ddim yn wirion. Roedd hi wedi gweld drwyddi reit o'r dechrau, ac wedi ceisio rhybuddio Robin i beidio â rhuthro i'r berthynas yn fyrbwyll. Ond, am unwaith, doedd o ddim wedi gwrando ar ei fam. Byth ers iddyn nhw briodi flwyddyn a hanner ynghynt, ar ôl dim ond ychydig fisoedd o garwriaeth, a symud i'w tŷ mawr crand, roedd Julie wedi bod yn trio'i gorau i gymryd Robin oddi wrthi a'i hawlio iddi hi ei hun yn llwyr. Er ei fod o'n dal i alw'n rheolaidd, doedd o ddim yn aros cyhyd – wastad angen rhuthro yn ôl at Julie am ryw reswm neu'i gilydd. Ond gwyddai na fyddai'r gnawes yn llwyddo; ei Robin Goch hi oedd o, a wnâi o byth droi ei gefn ar ei fam. Gwenodd. Doedd Julie ddim yn licio iddi ei alw yn Robin Goch, medda fo, gan ddweud ei fod o'n hen enw plentynnaidd. Ond Robin Goch oedd o wedi bod iddi hi ers pan anwyd o, efo'i fop o wallt cyrliog, coch. Roedd y cyrls wedi mynd erbyn hyn a'r coch yn fwy o wyn, ond roedd yr enw wedi aros.

Am eiliad ystyriodd ffonio Enid: roedd hi'n un am aros ar ei thraed yn hwyr, ond cofiodd nad oedd Enid ar ben arall unrhyw ffôn mwyach. Sleifiodd y cwestiwn roedd hi wedi bod yn ceisio'i osgoi ers marwolaeth ei ffrind i'w phen – pa un ohonyn nhw fyddai nesa? Ochneidiodd. Doedd dim pwynt anwybyddu'r peth, meddyliodd. Roedd hi'n mynd i farw, fel Dafydd ei gŵr, Enid, ei rhieni a'i chymdogion, a dros dri chwarter y rhai oedd yn yr un dosbarth â hi yn yr ysgol. Roedd rhesi o gerrig beddau wedi ymddangos ym mynwent y llan ers y tro cyntaf iddi wylo ar lan bedd yno. Gwyddai y byddai ei diwedd yn dod yn gynt yn hytrach nag yn hwyrach, a hithau bron yn wyth deg oed. Doedd ganddi ddim ofn marw … ond doedd hi ddim yn barod i fynd eto. Roedd ganddi bethau roedd yn rhaid iddi eu gwneud a'u dweud, pethau roedd hi wedi bod yn eu hosgoi. Mi a' i ati o ddifri ar ôl fy mhen blwydd, meddai wrthi ei hun.

Pennod 3

Gosododd Delyth y caead yn ôl ar y crochan araf yn flin.

'Blydi hel, ma' isio mynadd!' ebychodd. Dim ond llwyaid o'r *chilli* oedd ar ôl, a hithau ar lwgu gan na chafodd gynnig cymaint â phaned yn nhŷ Robin. Mae'n siŵr fod Anna wedi rhoi ei siâr hi i Cian, ei chariad, meddyliodd, gan ddiffodd swits y teclyn.

'Anna!' gwaeddodd. 'Anna!' Dim ateb. Cerddodd i waelod y grisiau a gweiddi eto, ond yn ofer. Roedd ei merch wedi gadael y tŷ heb ddiffodd y teledu na chloi'r drws, er gwaethaf ei haddewidion i beidio â gwneud hynny eto.

Edrychodd Delyth yn y ffrij yn y gobaith y byddai rhywbeth newydd wedi ymddangos yno ers iddi adael y tŷ i fynd i'w gwaith, ond na. Doedd dim ynddi ac eithrio'r hanner potel o lefrith, y lwmpyn bach o gaws, y letusen a'r tri thomato oedd yno'r bore hwnnw. A hithau'n gweithio mewn archfarchnad ac yn cael disgownt staff, byddai'n deg meddwl y byddai Anna yn gwneud y siopa bwyd weithiau, ond na. Roedd hi'n gadael hynny i'w mam – ynghyd â'r rhan fwyaf o'r gwaith tŷ. Gwyddai Delyth fod bai arni hi am beidio â mynnu fod ei merch yn tynnu ei phwysau, ond roedd yn haws jest gadael iddi a gwneud y gwaith ei hun. Roedd yn gas ganddi ffraeo efo Anna achos doedd dim modd ennill, a honno'n mynnu cael y gair olaf bob tro.

Estynnodd am baced o greision o'r cwpwrdd a mynd â nhw i'r ystafell fyw i'w bwyta, gan estyn ei llyfr cownt bach o'i bag llaw wrth iddi fynd. Ers i Medwyn farw roedd hi wedi dechrau cofnodi faint roedd hi'n ei wario. Fo oedd yn gyfrifol am bwrs y tŷ drwy gydol eu bywyd priodasol, a wnaeth hi erioed gymryd fawr o ddiddordeb, gan wario'n hapus heb gwestiynu oedd digon o arian yn dod i mewn. Erbyn hyn roedd hi'n difaru na chymerodd fwy o sylw. Cafodd goblyn o sioc o ddarganfod bod Medwyn wedi mynd i ddyled yn enw'r ddau ohonyn nhw, a'i bod hi, o ganlyniad, yn gyfrifol am y cwbl ar ôl ei farwolaeth. Roedd ganddi ryw frith gof o lofnodi dogfen i godi'r ddyled, ond chymerodd hi fawr o sylw o'i chynnwys, gan ymddiried yn llwyr yn ei gŵr. Drwy lwc, roedd o wedi parhau i dalu am ei bolisi yswiriant bywyd ac roedd hwnnw wedi clirio'r morgais ar y tŷ. Ond roedd wedi codi lwmp mawr o'i bensiwn er mwyn gwneud gwaith ar y tŷ dair blynedd yn ôl pan gyrhaeddodd ei ben blwydd yn 55 oed, felly pensiwn bach a etifeddodd Delyth. Wrth edrych yn ôl, dylai fod wedi sylweddoli nad oedd eu ffordd o fyw yn cyd-fynd â'u hincwm: y gwyliau tramor a char newydd sbon bob un. Fe gâi Anna unrhyw beth a fynnai, gan gynnwys y ffôn, yr iPad a'r gliniadur diweddaraf ... a'r car y llwyddodd i'w droi ar ei ben wrth fynd rownd cornel yn rhy sydyn, ychydig fisoedd yn unig ar ôl pasio'i phrawf gyrru.

Ar ôl iddi wneud ei syms yn fanwl – gweithio allan yn union faint fyddai ei chyflog nesaf a faint fyddai'r biliau – allai hi ddim gweld sut ar y ddaear y gallai fforddio tri chan punt am barti ei mam. Roedd un peth yn sicr: allai hi ddim gofyn i'w mam am fenthyciad arall! Fyddai hi erioed wedi mynd ar ei gofyn i dalu am angladd Medwyn petai ganddi ddewis arall. Roedd hi wedi gobeithio'n ddistaw bach y byddai ei mam wedi rhoi'r arian iddi; wedi'r cyfan, byddai'n etifeddu hanner stad ei mam, beth bynnag. A phwy a ŵyr, efallai y byddai Delyth yn mynd o flaen ei mam. Roedd hi'n gwybod o brofiad pa mor fregus oedd bywyd. Ond benthyciad gafodd hi, ac ordors i'w dalu'n ôl yn rheolaidd. Hwyrach y byddai Kim yn gadael iddi weithio ychydig o oriau ychwanegol, meddyliodd. Fyddai dim ots ganddi wneud hynny. Wedi'r cwbwl, doedd ganddi ddim byd arall i'w wneud. Ateb arall fyddai gofyn i Anna gyfrannu. Roedd arni gelc go dda o arian i'w mam eisoes gan nad oedd hi wedi talu ceiniog am ei lle ers misoedd, er iddyn nhw gytuno pan benderfynodd adael y brifysgol y dylai hi roi £150 y mis o'i chyflog at ei chadw. Clywodd y drws ffrynt yn agor.

'Anna? Chdi sy 'na?' galwodd.

'Naci, dyn diarth wedi dod i ddwyn bob dim sgin ti!' atebodd Anna.

'Hy! Eith o'm yn bell. 'Sgin i'm byd gwerth ei ddwyn!' atebodd Delyth. 'Er, mi allai rhywun fod wedi cerdded i mewn a dwyn bob dim achos 'nest ti'm cloi'r drws! A diolch i chdi am gadw peth o'r ...' Tawodd yn sydyn pan sylwodd ar wyneb Anna wrth iddi gerdded i mewn i'r ystafell.

'Be sy 'di digwydd? Be ti 'di neud?'

'Be ti'n feddwl?' gofynnodd Anna'n amddiffynnol.

'Dy geg di! Mae hi wedi chwyddo i gyd. Wyt ti wedi cael slap?'

'Ha, ha. Doniol iawn!' atebodd Anna.

Cododd Delyth a mynd ati i edrych yn iawn arni, yn methu deall.

'Wyt ti wedi bwyta rwbath 'ta? Mae'n edrych fel tasat ti wedi cael rhyw *allergic reaction*,' meddai'n bryderus.

Symudodd Anna oddi wrthi. 'Ti'n hilêriys,' meddai'n flin. 'Ti'n gwybod yn iawn be ydi o!'

Sylweddolodd Delyth yn sydyn beth oedd wedi digwydd i'w merch.

'Ti 'di cael yr hen *lip fillers* 'na!'

Aeth Anna at y drych ar y pentan a syllu arni ei hun.

'Mae o 'di chwyddo rywfaint rŵan, ac mi ddiflannith y cochni,' atebodd. 'Erbyn fory mi fydd gen i wefusau perffaith!'

'Perffaith?' gwaeddodd Delyth. 'Doedd 'na affliw o ddim byd yn bod ar dy wefusau di! Ond ma' dy wyneb di'n edrych fatha tin babŵn rŵan!'

Roedd hi mor flin nes ei bod wedi dechrau crynu. Roedd hi'n ddigon drwg pan gafodd Anna fodrwy drwy ei thrwyn, ac yn waeth byth pan gafodd datŵs ar hyd ei breichiau, ond rŵan roedd hi'n edrych yn hurt bost.

'Ti'n hogan mor dlws! I be ti isio difetha dy hun fel hyn?' gofynnodd mewn syndod llwyr.

'O leia dwi 'di dewis edrych fatha tin babŵn, a ddim wedi cael fy ngeni fel'na!' poerodd Anna.

Cipiodd ei haerllugrwydd anadl Delyth am funud, a gollyngodd ei hun i'r gadair freichiau.

'A faint dalist ti am hyn?' gofynnodd yn dawel.

''Di hynny ddim o dy fusnes di. Fy mhres i ydi o. *God knows*, dwi'n gweithio'n ddigon caled yn y shit lle 'na i'w gael o.'

'Wyt ti wedi gorffen talu'r ddyled am dy gar, felly?' gofynnodd Delyth. Ar ôl i Medwyn farw roedd hi wedi mynnu fod Anna'n ysgwyddo'r cyfrifoldeb am dalu'r pum mil o bunnau o ddyled am ei char – hynny neu ei werthu am gar rhatach. Dewis cadw'r car wnaeth hi.

''Di hynny'n ddim byd i neud efo chdi chwaith!' atebodd.

Estynnodd Delyth am hances bapur o'i phoced a chwythu ei thrwyn yn swnllyd.

'Dwn i'm be fasa dy dad yn ddeud,' meddai.

'Wel, dydi o ddim yma i fedru deud dim byd, nac'di!' gwaeddodd Anna. 'Dwi'n mynd i 'ngwely!' Martsiodd allan o'r ystafell gan roi clep i'r drws ar ei hôl.

Eisteddodd Delyth yn llonydd gan afael yn ei dwylo i geisio'u stopio rhag crynu. Doedd dagrau ddim ymhell, ond yn lle ymroi iddyn nhw cwffiodd yn eu herbyn. Doedd hi ddim wedi crio ers y diwrnod hunllefus hwnnw yn Lanzarote. Am fisoedd ar ôl hynny roedd hi fel petai ar *automatic pilot*, wedi ei merwino. Dim ond wrth iddi ddechrau dadmer yn araf bach, fel bysedd oer sy'n llosgi wedi i'r gwaed ddechrau llifo'n ôl iddynt, y daeth y boen. Nid yn unig boen ei cholled, ond y boen a'r sioc o ddarganfod bod Medwyn wedi cuddio'u dyled rhagddi.

Fyddai Anna byth wedi meiddio gwneud y pethau gwirion 'ma iddi hi ei hun petai ei thad yn dal yn fyw, meddyliodd Delyth, a fyddai hi byth wedi meiddio bod mor haerllug efo hi. Roedd ei hymddygiad allan o reolaeth. Cofiodd sut y gallai Anna droi ei thad rownd ei bys bach, ond roedd ganddo yntau hefyd yr un ddawn i'w rheoli hi.

'Arnat ti mae'r bai am hyn i gyd!' gwaeddodd at y gadair wag gyferbyn â hi, gan syllu ar y pant yr oedd pen-ôl ei gŵr wedi'i wneud yn ei chlustog. 'Tasat ti ddim wedi'n gadael ni, mi fasa hi wedi aros yn y brifysgol, a bron â graddio rŵan!'

Gafaelodd yn y peth agosaf i law, ei ffôn, a'i daflu at y gadair. Roedd hi wedi maddau i Medwyn am adael llanast ariannol, gan wybod mai diffyg trefn oedd y rheswm amdano yn hytrach nag unrhyw dwyll; doedd dim drwg yn perthyn iddo. Ond roedd hi'n ei chael yn anodd maddau i'w gŵr am fynd a'i gadael. Teimlodd y lwmp yn ei gwddw, hwnnw fu'n ei phoeni am fisoedd ar ôl i Medwyn farw, yn dychwelyd. Ceisiodd godi i nôl diod o ddŵr, ond methodd. Doedd ei chorff ddim yn gwrando arni. Eisteddodd yn ei hunfan am awr arall cyn cael y nerth i symud a mynd i'w gwely. Awr unig arall, awr o boeni a phryderu ac ysu ... ysu am gwmni, ysu am gael trafod a chwerthin a gwyntyllu syniadau, ysu am glywed y geiriau 'paid â phoeni, mi fydd bob dim yn iawn' – y frawddeg y byddai Medwyn wastad yn ei defnyddio petai ganddi unrhyw bryderon. Roedd hi a Medwyn wedi bod yn gwpwl tu hwnt o agos, y ddau wedi byw i'w gilydd ers eu dêt cyntaf. Ac roedd hithau wedi colli cysylltiad efo'i ffrindiau fesul un, nes bod neb ar ôl. Neb y gallai ei ffonio unrhyw awr o'r dydd jest i gael sgwrs. Arferai fod yn reit agos at Robin, ond roedd yntau hefyd wedi ymbellhau ers iddo gyfarfod Julie. Fyddai'r syniad o ffonio'i mam am sgwrs ddim wedi croesi ei meddwl.

Ar ôl iddi, o'r diwedd, fedru llusgo'i hun i fyny'r grisiau, gorweddodd reit ar erchwyn y gwely mawr gan droi ei chefn ar y gwagle wrth ei hochr. Roedd y dicter a ddôi drosti'n rheolaidd ers dwy flynedd yn mynd a dod fel llanw a thrai, ac yn ei blino'n lân. Syrthiodd i gwsg aflonydd.

Fore trannoeth roedd Anna wedi codi o'i blaen, ac yn y gegin pan ddaeth hi i lawr i wneud ei brecwast. Roedd y chwydd yn ei gwefusau wedi mynd i lawr rywfaint, o'r hyn y medrai Delyth ei weld, achos y peth cyntaf wnaeth Anna pan glywodd ei mam yn dod i mewn oedd troi ei chefn arni. Roedd tymer Delyth wedi gostegu erbyn hyn a theimlai'n euog am weiddi ar ei merch y noson cynt. Penderfynodd mai'r peth callaf fyddai iddi anwybyddu'r gwefusau a sôn am rywbeth hollol wahanol.

'Ches i'm cyfle i ddeud wrthat ti neithiwr, ond 'dan ni wedi trefnu te pnawn i ddathlu pen blwydd Nain dydd Sul nesa,' meddai.

'Yn lle?' gofynnodd Anna gan gario ymlaen i wneud ei phaned heb droi at ei mam, na chynnig gwneud un iddi hi.

'Yn y George.'

'Posh! Ti'n cael disgownt?'

'Nac'dw, yn anffodus.'

'Mi wna i gacan,' cyhoeddodd Anna.

Suddodd calon Delyth. Doedd hi ddim am godi gwrychyn Anna eto, ond roedd Julie wedi bod yn reit bendant ynglŷn ag archebu cacen gan fecws proffesiynol. Ac roedd hi a Robin wedi cytuno'n ddistaw.

''Sdim rhaid i chdi. Mae Anti Julie am ordro un o Becws Dre,' meddai.

Trodd Anna ac edrych arni. 'Wel, gei di ddeud wrthi am beidio achos *dwi* yn gwneud cacan i Nain. A 'di Julie ddim yn anti i fi!' cyhoeddodd.

'Wel ydi, mae hi, achos mae hi 'di priodi dy Yncl Robin,' cywirodd Delyth hi.

'Pwy 'di hi i ddeud wrthan ni be i neud, eniwê?' gofynnodd Anna'n flin. ''Di hi 'mond yn nabod Nain ers pum munud!'

Gwnaeth Delyth benderfyniad sydyn ynglŷn â gwrychyn pwy oedd waethaf i'w godi, a daeth i'r casgliad y câi Robin ddelio efo Julie.

'Ocê, 'sdim isio gwylltio,' meddai. 'Gei di wneud y gacan 'ta, os ti'n meddwl y medri di wneud un ddigon da.'

Roedd hi'n difaru dweud ei geiriau olaf yn syth. Dyna'r math o beth fyddai ei mam yn ei ddweud wrthi hi – rhyw sylw bach oedd yn ymddangos yn ddiniwed ond a fyddai'n tanseilio hyder rhywun. Ceisiodd feddwl am rywbeth positif i'w ddweud i wneud iawn am y sylw negatif, ond chafodd hi ddim cyfle gan i Anna afael yn ei mỳg teithio, oedd yn llawn o goffi erbyn hyn, a gadael yr ystafell.

'Fydda i ddim adra i ginio na swper. Ac ma' Cai yn dod i barti Nain, neu dwi ddim yn dŵad.'

'Wrth gwrs geith Cai ddŵad ...' galwodd Delyth ar ei hôl, ond boddwyd diwedd ei brawddeg gan sŵn clep y drws ffrynt yn cau.

Pennod 4

Deffrodd Myfi i sŵn adar bach yn canu drwy ei ffenest agored. Gorweddodd yn ei gwely am ychydig yn gwrando ar y tiwnio, ac ar ei chorff. Symudodd ei chymalau'n ofalus. Pa ran ohoni fyddai'n brifo heddiw, tybed? Cododd ar ei heistedd yn weddol ddidrafferth efo dim ond un saeth o boen drwy waelod ei chefn, a dim pendro. Erbyn iddi godi o'i gwely a gwisgo amdani, daeth i'r casgliad ei bod hi'n teimlo'n dipyn gwell heddiw ac na fyddai'n rhaid poeni'r doctor wedi'r cyfan.

Araf oedd ei thaith i lawr y grisiau serch hynny. Gafaelodd yn dynn yn y canllaw a chamu i lawr pob gris yn ofalus. Doedd hi ddim am lithro, fel y gwnaeth y llynedd. Y clwt ar ei llygad ar ôl cael tynnu cataract gafodd y bai bryd hynny, ond doedd yr hen garped brau yn sicr ddim wedi helpu. Y canlyniad oedd iddi droi ei ffêr yn ddrwg, ac roedd gwendid ynddi ers hynny. Mynnodd Robin ei bod hi'n cael carped newydd, ac er nad oedd Myfi'n hoff o wario, roedd hi'n falch ei bod wedi gwrando arno ac wedi prynu'r carped newydd, neis oedd ar y grisiau erbyn hyn.

Cyn gwneud brecwast rhaid oedd bwydo'r adar. Felly, agorodd ei thun cacen a thynnu gweddillion y dorth frith ohono. Byddai hwn yn drît bach iddyn nhw, meddyliodd. Doedd hi ddim yn ffansïo'i gorffen ei hun; braidd yn sych oedd hi, gan nad oedd Delyth 'mo'r orau am wneud bara brith. Mi fasa'n well petai hi'n gadael y cacennau i Anna. Roedd honno wedi etifeddu dawn ei nain ar ochr ei thad, oedd yn enwog drwy'r ardal am ei chacennau priodas crand. Roedd yr un wnaeth hi ar gyfer priodas Delyth a Medwyn yn arbennig – tair haen a phob un wedi'i haddurno'n gywrain efo blodau siwgr o liw melyn golau.

Datglodd y drws cefn a chamu i'r ardd. Roedd hi'n

ddiwrnod braf, a'r gwynt ysgafn yn ei gwneud hi'n dywydd delfrydol i sychu dillad. Dyna wnâi hi heddiw, meddyliodd, golchi dillad gan gynnwys dillad gwely'r llofft sbâr ... er nad oedd neb wedi cysgu ynddo ers i Anna droi'n ddeunaw a dechrau aros adref ei hun pan oedd ei rhieni i ffwrdd. Ysgydwodd ei phen wrth feddwl beth fyddai barn ei rhieni petaen nhw'n gwybod ei bod hi'n golchi dillad ar y Sul, a beth fydden nhw'n ei ddweud ynglŷn â'r ffaith nad oedd hi'n mynd i'r capel mwyach. Doedd hi ddim wedi tywyllu fanno ers blynyddoedd lawer.

Ar ôl golchi'r dillad âi am dro i lawr i'r cei, penderfynodd. Byddai'n siŵr o weld rhywun am sgwrs ar ddiwrnod mor braf. Roedd dyddiau Myfi'n hirach nag y buon nhw, a gwaith llenwi arnyn nhw. Roedd hi wedi aros yn ei gwaith fel cogyddes ysgol nes iddi gael ei pherswadio i ymddeol pan oedd hi'n saith deg dau. Bryd hynny roedd ei hwythnosau'n un bwrlwm, a'i gwaith fel cynghorydd lleol yn ei chadw'n brysur gyda'r nosau. Testun balchder personol iddi oedd bod yn aelod o'r cyngor. Roedd amryw wedi synnu pan roddodd ei henw ymlaen fel ymgeisydd, ac ambell un yn amau gallu dynes cinio ganol oed, oedd heb gael fawr o addysg, i ddeall cymhlethdodau'r swydd. Ond roedd coleg bywyd wedi rhoi addysg dda i Myfi, a'i meddwl chwim a'i phersonoliaeth gyfeillgar, ddi-lol wedi'i gwneud hi'n gynghorydd poblogaidd. Cafodd ei siomi'n fawr pan na chafodd ei hailethol bum mlynedd yn ôl, a hithau wedi rhoi chwarter canrif o wasanaeth i'w phlwyf. Roedd Robin a Delyth wedi ceisio'i darbwyllo na ddylai gymryd y peth yn bersonol; y tebygolrwydd oedd bod pobol yn ei gweld hi'n rhy hen yn saith deg pump oed. Lol oedd peth felly ym marn Myfi; roedd pobol hŷn na hi yn cael eu hethol i redeg gwledydd! Er, roedd yn rhaid iddi gyfaddef ei bod hi o'r farn fod Joe Biden yn llawer rhy hen i fod yn Arlywydd America.

Gallai glywed adar y to yn clebran yn y llwyn wrth iddi falu'r gacen yn ddarnau a'u gosod ar y bwrdd adar. Ond doedd 'run o'r adar am fentro ati, yn wahanol i'r hen robin goch druan. Mi fyddai o wedi bod wrth ei thraed yn casglu'r briwsion oddi ar y llawr.

'Blydi giaman ddiawl! Gwn ma' honna angen!' mwmialodd yn uchel.

'Efo pwy dach chi'n siarad?'

Neidiodd Myfi wrth glywed llais Delyth, oedd yn sefyll yn y drws cefn. Gafaelodd yn ymyl y bwrdd adar i'w sadio'i hun.

'Asiffeta! Wyt ti'n trio rhoi hartan i mi, hogan?'

'Sori,' atebodd Delyth. 'Do'n i'm yn trio'ch dychryn chi. Eich clywed chi'n siarad efo rhywun ...'

'Siarad efo'r adar o'n i, 'de!' atebodd, fel petai hynny'r peth mwyaf normal yn y byd i'w wneud. 'Mi wyt ti allan yn gynnar iawn ar fore Sul,' meddai, wrth gerdded heibio i Delyth a mynd i mewn i'r tŷ.

'Ar y ffordd i 'ngwaith ydw i, a jest galw'n sydyn i wneud yn siŵr bo' chi'n iawn,' meddai Delyth. Wrth ddilyn ei mam i'r gegin sylwodd ar yr hyn roedd hi wedi'i roi ar y bwrdd adar, a phenderfynodd na fyddai'n trafferthu gwneud torth frith iddi eto.

'Dwi'n *champion*,' meddai Myfi. 'Rêl boi. Ddoist ti â phres mis yma?'

Estynnodd Delyth am ei phwrs o'i bag llaw ac estyn can punt allan ohono.

'Do, dyma fo i chi.'

Roedd hi wedi bod yn talu can punt y mis yn ôl i'w mam ers angladd Medwyn ac eisoes wedi talu dwy fil pedwar cant, a bron i fil arall i fynd.

'Be 'di hwnna sgin ti? Handbag newydd eto?' gofynnodd Myfi.

'Naci siŵr! Ma' hwn gen i ers blynyddoedd,' atebodd Delyth, gan ystyried nad oedd hi wedi cael bag llaw newydd ers o leiaf dair blynedd.

'Dwi'm yn cofio'i weld o,' taerodd Myfi.

'Wel, mi rydach chi – droeon,' taerodd Delyth yn ôl.

'Hmm. Sgin ti amser am banad?'

'Nag oes, sori. Rhaid i mi fynd neu mi fydda i'n hwyr.'

'Iawn, dos di 'ta.'

Doedd Delyth ddim wedi bod yn hollol onest efo'i mam. Byddai hi wedi medru aros am baned ond roedd Myfi wedi codi'i gwrychyn yn syth, a doedd hynny'n ddim byd newydd. Roedd yn well ganddi gyrraedd ei gwaith yn gynnar nag aros yng nghwmni ei mam.

Dechreuodd ffôn bach Myfi ganu, a chwiliodd amdano'n wyllt. Gwelodd Delyth o ar ben y microdon, a gafaelodd ynddo a'i estyn i'w mam, gan sylwi mai Robin oedd yno.

'Haia, 'ngwas i! Ti'n iawn?' meddai Myfi'n dyner gan droi ei chefn ar Delyth. Arhosodd Delyth i glywed y sgwrs.

'Yndw tad, dwi'n *champion*, diolch i chdi am ofyn. Ti am ddod draw i gael panad efo dy fam pnawn 'ma ... o, da iawn! Mi wna i gacan i ni.'

'Dwi am fynd rŵan 'ta,' meddai Delyth, ond ni chymerodd Myfi unrhyw sylw ohoni, dim ond parhau â'i sgwrs efo Robin.

Wrthi iddi gamu i mewn i'w char clywodd Delyth lais yn galw'i henw. Trodd i weld y ddynes oedd yn byw'r drws nesa i'w mam yn amneidio arni o'i drws ffrynt. Aeth ati.

'Ddrwg gen i *to disturb you*,' meddai Meera. 'Roeddwn i'n meddwl sut mae Myfi bore 'ma?'

'Mae hi'n iawn, diolch,' atebodd Delyth.

'O, dwi'n balch,' gwenodd Meera. 'Oeddwn i'n poeni ... gweld car chi a meddwl bod hi wedi cael *funny turn* arall.'

'*Funny turn?*'

'Wel ia, wnaeth hi gael un ddoe, yn yr ardd. A diwrnod o'r blaen hefyd.'

'Wnaeth hi ddim deud gair wrtha i,' meddai Delyth yn bryderus.

'Wnaeth hi *promise* i mi i fynd i weld y meddyg,' meddai Meera.

'Rhyfedd iddi beidio â sôn,' meddai Delyth. 'Diolch am ddeud, beth bynnag.'

Dechreuodd droi oddi wrthi cyn newid ei meddwl a

chwilota yn ei bag llaw am ddarn o bapur a beiro.

'Ga' i roi fy rhif ffôn i chdi?' gofynnodd.

'Cei siŵr.'

'Jest rhag ofn ... plis, ffonia fi os ... os oes 'na rwbath.' Rhoddodd y papur i Meera. 'A diolch, Meira.'

Derbyniodd Meera y darn papur. '*Meera*,' meddai.

'Sori, Meera!'

Ystyriodd Delyth fynd yn ôl i dŷ ei mam i'w holi, ond penderfynodd siarad efo Robin yn gyntaf. Mi rôi hi ganiad iddo ar ôl gorffen ei gwaith.

'*Bedbugs* yn dy bigo di?' gofynnodd Idris pan gerddodd Delyth i mewn i'r George. Edrychodd Delyth yn syn arno. 'Ti'n gynnar!' esboniodd Idris.

'O! Ia, ha ha!' atebodd Delyth â gwên. 'Dwi'n caru'r lle 'ma gymaint nes 'mod i'n meddwl 'swn i'n treulio mwy o amser yma!'

'Isio mwy o 'nghwmni i wyt ti go iawn, 'de?'

Cochodd Delyth. 'Do'n i'm yn gwybod dy fod di'n gweithio bore 'ma ...' mwmialodd.

'Tynnu dy goes di ydw i!' chwarddodd Idris gan roi ei law ar ei braich.

Rhoddodd Delyth chwerthiniad bach gwan, yn teimlo embaras ynglŷn â'i bochau gwridog. Pam oedd rhaid iddi fod wedi cochi? Roedd o'n digwydd iddi ers ei harddegau, ac yn gwneud iddi deimlo'n hunanymwybodol a phlentynnaidd. Roedd hi'n falch pan redodd Iestyn, y porthor ifanc, atynt â'i wynt yn ei ddwrn.

'Idris! Ty'd, brysia!' meddai. 'Ma'r lifft 'di mynd yn styc eto, ac mae 'na ddynas ynddo fo'n sgrechian fatha peth gwirion!'

Rholiodd Idris ei lygaid a rhoi'r hambwrdd roedd o'n ei gario yn nwylo Delyth.

'Ei di â hwn i'r hen gwpwl sy'n eistedd y lownj fach, plis? Mr a Mrs Morgan ydi'u henwau nhw.'

Edrychodd Delyth ar y jwg coffi, y jwg llefrith a'r ddwy

gwpan a soser oedd ar yr hambwrdd, ac ar gefn Idris yn diflannu i lawr y coridor. Doedd hi erioed wedi gweithio fel gweinyddes, ond pa mor anodd allai o fod?

I ffwrdd â hi i'r lolfa fach. Dim ond un cwpwl oedd yno, felly roedd dod o hyd i'w chwsmeriaid yn hawdd. Gwenodd yn ddel arnyn nhw.

'Your coffee,' meddai yn ei Saesneg crandiaf wrth blygu i osod yr hambwrdd ar y bwrdd coffi isel.

'O, *thank you*, cariad,' meddai'r hen wreigan mewn acen ddeheuol. Wrth i Delyth godi i fyny, ychwanegodd, 'Could you pour it for us, please? Our hands aren't as steady as they were.'

Gwenodd Delyth yn glên. 'Wrth gwrs.'

'Cwmrâg y'ch chi! Da iawn, mae'n dda clywed y staff yn siarad Cwmrâg,' meddai'r gŵr.

Cododd Delyth jwg ym mhob llaw fel roedd hi wedi gweld staff y gwesty yn ei wneud droeon. 'Du 'ta gwyn?' gofynnodd.

'Gwyn, os gwelwch chi'n dda,' atebodd y ddau efo'i gilydd.

Dechreuodd dywallt y coffi a'r llefrith yr un pryd i'r gwpan gyntaf. Roedd y bwrdd yn isel a hithau'n plygu o uchder, a llwyddodd i dywallt y coffi i'r gwpan a'r llefrith i'r soser. Cochodd at ei chlustiau am yr eildro'r bore hwnnw, ac ymddiheuro'n llaes.

'O diar, dwi mor sori! Dim *waitress* ydw i, dach chi'n gweld, jest helpu allan. Derbynnydd ydw i,' esboniodd, 'a tydi hyn ddim mor hawdd ag y mae o'n edrych!'

Drwy lwc roedd y cwpwl yn glên ac yn deall yn iawn. Ar eu gwyliau i ddathlu eu priodas aur oedden nhw. Ac ar ôl iddi orffen tywallt y baned – un jwg ar y tro – arhosodd Delyth yn gwrtais i chwarae'r gêm Gymreig arferol efo nhw: ceisio dod o hyd i rywun yr oedd pawb yn ei adnabod. Fel roedd hi'n digwydd bod, roedd un o ffrindiau coleg Anna yn gymydog i'r gwesteion.

Erbyn iddi gyrraedd y dderbynfa roedd Kim y tu ôl i'r ddesg.

'Ti'n hwyr!' brathodd, ac er i Delyth ymddiheuro ac esbonio pam, ni feiriolodd agwedd Kim.

Edrychodd Delyth ar y cloc mawr uwchben y dderbynfa – dim ond saith munud yn hwyr oedd hi.

'Mi wna i'r amser i fyny ar ddiwedd fy shifft,' cynigiodd, ond anwybyddodd Kim ei sylw.

''Dan ni wedi cael ffigyrau terfynol trip Wallace Arnold at wsnos nesa ac mae 'na ddwy stafell ddwbl wedi canslo. Felly, dwi isio i chdi ryddhau'r rheiny,' meddai, 'a thwtia rywfaint ar y lle 'ma, wnei di? Mae 'na rywun wedi gwneud llanast o'r stand *brochures* eto.'

'Iawn, dim problem,' meddai Delyth yn sionc. Roedd hi wedi penderfynu trio'i gorau i fod yn glên a chyfeillgar efo Kim, ond gwyddai nad oedd pwynt gofyn heddiw a oedd unrhyw siawns am shifftiau ychwanegol.

'Mi fydda i yn fy swyddfa os oes 'na rwbath yn codi,' meddai Kim, 'ond paid â fy styrbio i os nad oes wirioneddol raid.'

Rhoddodd Delyth ochenaid o ryddhad. Roedd hi'n falch pan oedd Kim yn dewis gweithio yn y swyddfa gefn yn hytrach na bod wrth y dderbynfa efo hi. Gwelodd Idris yn brysio tuag ati.

'Diolch am helpu gynna,' meddai. 'Mae'r blydi lifft 'na yn boen yn din, ac ma' raid i mi alw'r *engineer* allan eto. Lwcus ei fod o wedi dangos i mi sut i gael pobol allan ohono fo'r tro dwytha, neu mi fasa'r ddynas druan 'na'n sownd ynddo fo nes i'r boi gyrraedd o Lerpwl. Yn y cyfamser, fedar neb ddefnyddio'r lifft. Wnei di arwyddion i mi i'w rhoi ar y drysau, plis? Ac mi a' i i chwilio am John y gofalwr iddo fo gael ffonio'r cwmni trwsio.'

Nodiodd Delyth a dechrau gwneud yr arwyddion yn syth.

'O, a rhagrybudd i chdi,' galwodd Idris wrth gerdded i ffwrdd, 'mae'r ddynas oedd yn y lifft yn flin iawn. Mae hi'n clostroffobig medda hi, ac wedi ypsetio'n lân. Dwi'n siŵr y bydd hi yma mewn munud i drio cael ad-daliad neu rwbath.'

Suddodd calon Delyth – beryg y byddai'n rhaid iddi styrbio Kim i sortio hynny. Yn y cyfamser gwelodd yr hen gwpwl oedd yn y lolfa fach yn dod tuag ati.

'Gwedwch wrtho i – wes siop yn y dre yn gwerthu gwisgoedd nofio?' gofynnodd y gŵr.

'Mae hi'n addo glaw fory, felly ry'n ni am fentro i'r sba!' ychwanegodd ei wraig fel petai hi'n gwneud rhywbeth anturus a dewr.

'So ni rio'd wedi bod mewn sba,' meddai'r gŵr, 'ond feddylion ni, man a man i ni neud, gan bo fe'n dod yn y pris!'

'Wel, mae hi'n *now or never*!' meddai ei wraig. ''Wy wastad 'di ffansïo mynd miwn i jacŵsi.'

'Gwedwch wrtho i, odi'r sawna'n dwym iawn?' gofynnodd y gŵr.

'Tydw i ddim wedi bod ynddo fo fy hun, ond tydyn nhw ddim yn rhy boeth os ydach chi'n aros ar y fainc isaf. Peidiwch ag aros yn hirach na munud neu ddau os nad ydach chi wedi arfer.'

'So chi'r staff yn cael disgownt?' gofynnodd y wraig.

'O, ydan. Gawn ni ddefnyddio'r sba ar amseroedd tawel am ddim, dwi jest ddim wedi bod hyd yma,' atebodd Delyth.

'Wel, fe ddwedwn ni wrthoch chi os yw e werth e!' meddai'r hen wraig.

Ar ôl iddi roi cyfarwyddiadau iddyn nhw sut i ddod o hyd i'r siop oedd yn gwerthu dillad nofio, gwyliodd Delyth y cwpwl yn cerdded fraich ym mraich drwy ddrws mawr y gwesty. Gwenodd, yn falch fod cwsmeriaid clên fel nhw i'w cael, nid jest rhai blin fel Mrs Lifft. Meddyliodd wedyn am y sba, a pham nad oedd hi wedi cymryd mantais o'r cynnig i ddefnyddio'r lle. Y gwir oedd nad oedd ganddi ddigon o hyder i fynd yno ar ei phen ei hun, er bod nifer yn gwneud hynny. Penderfynodd ei bod am fentro – doedd dim rheswm pam ei bod yn teimlo rheidrwydd i ruthro adref at Anna ar ddiwedd pob shifft, a hithau ddim yno hanner yr amser beth bynnag.

'Idris! Ti'n gwybod pryd 'dan ni'r staff yn cael defnyddio'r sba am ddim?'

'Unrhyw bryd rhwng saith a phump. Mi fydda i'n mynd yn rheolaidd. Ffansi mynd wyt ti?'

'Wel ... ia. Meddwl 'swn i'n rhoi cynnig arni.'

'Ac i'r *gym*?' gofynnodd.

'Meddwl mwy am y pwll a'r jacŵsi o'n i ...'

'Mae'n lyfli yno. Pryd oeddat ti'n meddwl mynd? Ddo' i efo chdi. Dangos i ti be 'di be.'

Dychrynodd Delyth. Doedd o erioed wedi meddwl ei bod yn gofyn iddo ddod efo hi?

'O, dwi'm isio creu trafferth i ti, siŵr,' meddai.

'Duw, 'sa'n neis ca'l cwmni,' meddai Idris. 'Ro'n i'n meddwl mynd yn syth ar ôl gwaith fory, a deud y gwir. Dwi ar y shifft gynnar ac yn gorffen am hanner awr wedi tri. Be ti'n weithio fory?'

'Ym ... dwinna ar y shifft honno hefyd, fel mae'n digwydd.'

'Dyna fo 'ta: dêt!' cyhoeddodd Idris efo gwên lydan.

Ac am y trydydd tro'r bore hwnnw, gwridodd Delyth. Roedd hi wir yn gobeithio mai ffordd o siarad neu dynnu coes oedd o, yn hytrach na dêt go iawn! Doedd mynd ar ddêt efo unrhyw un byth eto ddim wedi croesi ei meddwl. Dim ond ers dwy flynedd roedd hi'n weddw, ac roedd hi'n bum deg chwe blwydd oed. Roedd Idris o gwmpas yr un oed â hi, tybiodd; doedd pobol eu hoed nhw ddim yn mynd ar ddêts, siŵr iawn! Gwthiodd y syniad o'i meddwl. Tybed oedd Idris mewn perthynas? Doedd y pwnc erioed wedi codi yn yr ambell sgwrs yr oedden nhw wedi'i chael ers iddi ddechrau gweithio yn y gwesty.

Ar ei ffordd adref galwodd Delyth yn y garej ar gyrion y dre i nôl petrol. Wrth gerdded yn ôl i'w char, sylwodd ar yr hen gwpwl o'r gwesty yn eistedd ar wal isel gerllaw. Roedd golwg wedi ymlâdd ar Mr Morgan ac roedd Mrs Morgan yn edrych arno'n bryderus. Croesodd y ffordd tuag atynt.

'Helô,' meddai. 'Ydi popeth yn iawn?'

'O, helô!' meddai Mrs Morgan. 'Odi, glei, jest ca'l gorffwys bach y'n ni,' esboniodd.

'Ni wedi cerdded chydig gormod heddi, 'wy'n credu,' ategodd ei gŵr.

'Fasach chi'n licio i mi roi lifft yn ôl i chi i'r gwesty?' cynigiodd Delyth.

'O, na, so ni moyn tarfu ...' dechreuodd Mr Morgan.

'Bydden ni'n ddiolchgar iawn, os nad yw e'n ormod o drwbwl,' meddai Mrs Morgan ar ei draws.

'Dim o gwbwl!' meddai Delyth. 'Mae'r car wrth y pwmp petrol yn fanna gen i. Arhoswch chi fan hyn ac mi ddo' i â fo rownd atoch chi.'

Wrth i'r ddau adael y car o flaen y gwesty, ceisiodd Mr Morgan wthio papur deg punt i law Delyth, ond gwrthododd ei dderbyn.

'Ew, dwi'm isio pres, siŵr,' mynnodd. 'Dwi'n falch o fod wedi medru helpu.'

'Chi'n garedig iawn, diolch o galon,' meddai Mrs Morgan. 'Odi eich rhieni'n dal 'da chi?' gofynnodd.

Cafodd Delyth ei synnu gan y cwestiwn. 'Dim ond Mam,' atebodd.

'Gwedwch wrthi ei bod hi wedi'ch magu chi'n dda,' meddai Mrs Morgan efo gwên.

Gwyliodd Delyth y ddau yn cynnal ei gilydd wrth gerdded at ddrws ffrynt y gwesty, eu cariad a'u gofal o'i gilydd yn amlwg. Sylweddolodd gyda thon o dristwch na fyddai hi'n cael y fraint o rannu ei henaint efo'i henaid hoff, cytûn.

Pennod 5

Agorodd Robin ddrws Bodlondeb led y pen â gwên yr un mor llydan.

'Ty'd i mewn, ty'd i mewn! 'Sdim rhaid i ti ganu'r gloch, siŵr!' meddai. Rhoddodd goflaid gynnes i'r dyn ifanc, tal a safai o'i flaen a chamu yn ei ôl er mwyn edrych arno'n iawn. 'Ti 'di tyfu eto!' ebychodd wrth sylweddoli ei fod bellach yn gorfod codi'i ben er mwyn edrych i lygaid ei fab ieuengaf, fel yn achos ei fab hynaf.

'Dwi'n chwe troedfedd a dwy fodfedd rŵan!' broliodd Osian.

'Mi fydd yn rhaid i ni roi cath ar dy ben di!' meddai Robin, ac edrychodd Osian yn hurt arno. 'Hen ddywediad!' esboniodd Robin. 'Ty'd i mewn.'

Trawodd Osian olwg bryderus i mewn i'r tŷ a gwyddai Robin yn syth mai chwilio am Julie oedd o.

'Fel ddeudis i wrthat ti gynna, mae Julie wedi mynd i weld ffrind a fydd hi ddim adra am o leia awr a hanner arall. Gawn ni lonydd i gael sgwrs iawn.'

Cyn camu i mewn i'r tŷ, trodd Osian ei ben a thynnu sylw Robin at y car Corsa bach coch y tu allan.

'Ydi dy fam wedi cael car newydd?' gofynnodd ei dad mewn syndod. 'Smart iawn.'

Gwenodd Osian. 'Nac'di, fy nghar i ydi o,' cyhoeddodd yn falch.

Agorodd llygaid Robin led y pen.

'Dy gar di? Argian, ma' raid eu bod nhw'n dy dalu di'n eithriadol o dda yn y siop jips 'na!'

Roedd Osian wedi pasio'i brawf gyrru ar ei ymgais gyntaf dri mis ynghynt – ddeufis cyn ei ben blwydd yn ddeunaw.

Gwyddai Robin ei fod yn gweithio pob shifft a gâi i hel digon o arian i brynu ei gar ei hun, ond roedd o wedi disgwyl y byddai hynny'n cymryd misoedd, os nad blynyddoedd. A mater arall oedd medru fforddio'i redeg o. Byddai wedi bod wrth ei fodd petai wedi medru ei helpu o ac Ioan i brynu car bob un, ond roedd Julie wedi llwyddo i'w berswadio i roi pob ceiniog oedd ganddo ar ben y morgais mawr i brynu Bodlondeb. Gan ei fod yn bum deg pedwar oed a Julie ddim yn bell o'i hanner cant, doedd morgais rhad ddim wedi bod yn opsiwn. Ar ôl i'r llog ar y morgais godi'n sylweddol yn ddiweddar, chydig iawn o'i gyflog oedd dros ben i dalu'r biliau misol. Erbyn hyn roedd o'n difaru'i enaid ei fod o wedi gadael i Julie ei berswadio i gymryd y ffasiwn faen melin o ddyled.

'Mi roddodd Mam rywfaint o bres i fi tuag ato fo, ond Nain sydd wedi rhoi'r rhan fwyaf,' meddai Osian. 'A dwi wedi talu am y siwrans a'r dreth.'

'Wel, 'dwyt ti'n hogyn lwcus!' meddai Robin. Chwarae teg i'w gyn fam yng nghyfraith. Roedd y car yn siŵr o fod yn werth o leiaf bum mil.

Camodd allan i edrych ar y car yn fanylach a gadael i Osian ddangos popeth iddo'n falch. Teimlodd ryddhad o sylwi nad oedd injan bwerus ynddo, a rhoddodd ddarlith i Osian ynglŷn â gyrru'n ofalus, gan bwysleisio mai dim ond rŵan yr oedd o'n dysgu gyrru o ddifri. Ar ôl iddyn nhw fynd i'r tŷ, siarsiodd Robin ei fab i gofio diolch yn iawn i'w nain am ei haelioni.

'Dwi wedi gwneud, siŵr!' atebodd Osian. 'Ac wedi gaddo mynd â hi am sbin i Sir Fôn i weld Anti Jên wsnos nesa.'

Crychodd Robin ei dalcen. Doedd o ddim yn cofio fod gan Mai fodryb o'r enw Jên ar Ynys Môn. Ar y llaw arall, roedd ganddo fo Anti Jên: chwaer ei fam oedd yn byw yng Ngwalchmai.

'Pa nain sy 'di prynu'r car i ti?' gofynnodd yn sydyn.

'Nain Myfi 'de!'

Trodd Robin ei gefn ar ei fab i wneud paned, gan geisio cuddio'r syndod ar ei wyneb. Ble ar y ddaear oedd ei fam wedi cael y fath arian?

'Be mae Ioan yn ddeud am y ffaith dy fod ti wedi cael car?' holodd Robin. Doedd Ioan ddim wedi dangos yr un awydd â'i frawd bach i ddysgu gyrru, gan ddweud y byddai car yn fwy o drafferth na'i werth iddo ac yntau'n fyfyriwr yng Nghaerdydd.

''Di o'm yn boddyrd,' atebodd Osian, a diolchodd Robin am hynny. Gallai fod wedi teimlo cenfigen fawr fod ei nain wedi gwario cymaint ar ei frawd bach. 'Achos ma' Nain 'di talu rhywfaint o'i ddyled coleg o. Felly mae *o quids in* hefyd, a 'sgynno fo ddim lle i gwyno.'

Wnaeth Robin ddim cuddio'i syndod y tro hwn, a throdd i wynebu ei fab.

'Be?' ebychodd. 'Ydi dy nain wedi ennill y loteri neu rwbath?'

'Ro'n i'n meddwl 'sa chdi'n gwybod,' synnodd Osian.

'Nag o'n, gwybod dim. Wel ... chwarae teg iddi, wir. Faint yn union gest ti ganddi felly?'

'Pedair mil, 'run fath â Ioan.'

Lledodd llygaid Robin a gollyngodd ei wynt mewn chwiban. Rhoddodd baned o goffi yn llaw Osian a'i annog i eistedd, gan estyn am y ddwy *éclair* siocled roedd o wedi'u prynu yn sbesial a'u gosod ar ddau blât. Gwenodd Osian. Roedd o'n hoff iawn o *éclairs*, a rhwng cegeidiau dechreuodd adrodd ei hanes yn yr ysgol ac ar y cae pêl-droed, ac yn y siop jips.

Er ei fod wrth ei fodd yn clywed hanes ei fab, yn enwedig gan fod cyfleoedd fel hyn i'r ddau gyfarfod wyneb yn wyneb wedi mynd yn brinnach yn ddiweddar, roedd meddwl Robin yn mynnu crwydro at weithred hael ei fam. O ble ar y ddaear y daeth yr arian? Anghofiodd gadw llygad ar y cloc, a neidiodd pan glywodd sŵn y drws cefn yn agor a Julie yn cerdded i mewn. Cododd ar ei draed.

'O, haia cariad! Ti adra!' meddai.

Edrychodd Julie ar Osian.

'Osian!' meddai. Ystumiodd ei cheg yn wên lydan ond arhosodd ei llygaid yn llonydd. 'Dyma syrpréis. Do'n i ddim yn gwybod dy fod ti'n galw heno.' Taflodd edrychiad i gyfeiriad ei gŵr gan godi ael arno.

Cododd Osian ar ei draed hefyd wrth i Robin ddweud, 'Wedi dod i ddangos ei gar newydd i ni mae o.'

'*Chdi* bia'r car coch 'na?' synnodd Julie. 'Ro'n i'n meddwl tybed un pwy oedd o.'

'Ia ... ym ... dwi'n gorfod mynd rŵan. 'Di Mam ddim yn licio i mi aros allan yn hwyr ar ddiwrnod ysgol,' meddai Osian, a'i chychwyn hi am y drws.

'Call iawn,' meddai Robin. 'Mi wna i dy ddanfon di at y car, yli.'

''Sdim rhaid i chdi fynd o f'achos i, 'sti,' cyhoeddodd Julie drwy ei gwên ffals.

Doedd hi erioed wedi gwneud fawr o ymdrech i guddio'r ffaith nad oedd ganddi amynedd efo meibion Robin, ac roedd yr hogiau'n synhwyro hynny. Roedd diffyg ymdrech ei wraig i sefydlu perthynas dda â'r ddau yn siom fawr i Robin, ac roedd yn loes calon ganddo weld Ioan ac Osian yn ymbellhau oddi wrtho o'r herwydd. Roedd o wedi ceisio cael gair efo Julie am y peth, ond dweud wrtho am stopio dwndian y bechgyn wnaeth hi, gan ychwanegu eu bod yn oedolion bellach, a ddim angen eu tad. Serch hynny, roedd o wedi dal i wneud ei orau i'w gweld, ond gwyddai fod y bechgyn yn gwneud esgusion rhag galw i Fodlondeb os oedd eu llysfam yn mynd i fod yno. Byddai Julie hefyd yn mynnu ei sylw pan fyddai'n ceisio gwneud trefniadau i gyfarfod ei feibion. Roedden nhw wedi mynd yn rhy hen iddo fedru eu gorfodi i ddod draw, wrth gwrs, ond roedd o'n dal i obeithio y byddai pethau'n gwella. Yn sicr, roedd Julie wedi meirioli rhywfaint pan ddechreuodd Ioan yn y coleg, gan nad oedd Robin yn gyrru arian mwyach i'w gyn-wraig ei gynnal. Wyddai hi ddim fod Robin yn dal i roi pres i Ioan drwy ei drosglwyddo'n syth i'w gyfrif banc yn hytrach na'i roi i Mai. Roedd o'n credu bod dyletswydd arno i'w helpu drwy'r coleg, ond roedd yn rhaid iddo gyfaddef ei fod o'n reit falch pan gyhoeddodd Osian nad oedd o am fynd i'r brifysgol ar ôl cwblhau ei arholiadau. Mynd yn brentis efo cwmni teliffon oedd ei fwriad, a châi ei hyfforddiant yno am ddim, a chyflog wrth ddysgu ei grefft. Fyddai o ddim mor ddibynnol ar ei rieni, nac yn mynd i ddyled enfawr. Roedd gan Robin ofn mynd i ddyled, a gweithiai oriau ychwanegol er mwyn osgoi hynny, ond bu'n anodd gan fod cymaint o waith angen ei wneud ar Bodlondeb.

Cyn cau drws y car ar Osian agorodd Robin ei waled, ac ar ôl rhoi cip sydyn dros ei ysgwydd i sicrhau nad oedd Julie'n gwylio, estynnodd chwe phapur deg punt allan ohoni a'u rhoi i Osian.

'Dwi'n gwybod nad ydi o'n lot, ond ddyla hwn lenwi'r tanc i chdi.' Gwasgodd law ei fab wrth roi'r arian iddo. 'Paid â bod yn ddiarth,' meddai, wrth wylio'r car yn gadael drwy niwl dagrau annisgwyl. Ochneidiodd a throi am y tŷ.

Roedd Julie yn disgwyl amdano a chroen ei thin ar ei thalcen.

'Pam na ddeudist ti wrtha i ein bod ni'n mynd i gael fisitor?' gofynnodd.

Roedd Robin yn ysu i ddweud wrthi nad 'fisitor' oedd ei fab, ac y dylai gael cerdded i mewn i dŷ ei dad fel leciai o, ond ddwedodd o 'mo hynny.

'Wyddwn i ddim ei fod o'n dŵad, sori. Jest landio wnaeth o.'

'A lle gath o bres i brynu car?' gofynnodd Julie'n siarp.

Dyna oedd yn ei phoeni, meddyliodd Robin. Roedd hi'n meddwl mai fo dalodd am y car.

'Mam brynodd o iddo fo.'

'Dy fam!' ebychodd Julie. 'O ble 'sa dy fam yn cael pres i brynu car?'

'Dyna dwi wedi bod yn ei ofyn i mi fy hun!' atebodd Robin.

'Oeddat ti'n gwybod 'i bod hi am wneud?'

'Na, gwybod dim tan heno,' sicrhaodd Robin hi.

Camodd Julie yn nes ato. A hithau'n gwisgo sodlau uchel roedd ei thrwyn bron â chyffwrdd ei drwyn yntau. Syllodd i'w lygaid.

'Ti'm yn deud clwydda wrtha i, nag wyt, Robin?' gofynnodd yn dawel.

'Nac'dw siŵr!' taerodd Robin, gan gamu'n ôl oddi wrthi.

'Ti'n gwybod 'mod i'n medru deud pan ti'n deud clwydda, yn dwyt?' meddai Julie gan gamu ar ei ôl.

'Dwi ddim yn deud clwydda. Pam fyswn i?' taerodd Robin. Trawodd ei gefn yn erbyn y wal wrth iddo gamu ymhellach oddi wrthi.

Edrychodd Julie arno am eiliad. 'Be sy'n mynd ymlaen 'ta? Ma' hi wedi cael y pres o rwla.'

'Dwn i'm, os nad ydi hi wedi penderfynu gwario unrhyw gynilion oedd ganddi,' atebodd Robin.

'Faint o gynilion ti'n meddwl sydd ganddi?' gofynnodd Julie.

'Wn i ddim. 'Swn i'm yn meddwl y basa ganddi lawer. Doedd hi ddim yn ennill lot, a chafodd hi ddim byd ar ôl Dad.'

'Wel, mae'r car 'na wedi costio chydig filoedd. Ydi hi wedi rhoi rwbath i Ioan ac Anna hefyd?' holodd ymhellach.

Dechreuodd Robin deimlo'n anghyffforddus, fel petai'n droseddwr yn cael ei holi gan dditectif. Am eiliad ystyriodd beidio â dweud wrthi am yr arian gafodd Ioan, ond roedd yr oerni yn ei llygaid yn codi dychryn arno ac roedd ganddo ofn cael ei ddal yn dweud celwydd. Penderfynodd ddweud y gwir wrthi.

'Ma' siŵr fod Anna wedi cael pres hefyd felly, yn tydi,' meddai Julie, wedi iddo orffen siarad.

Cododd Robin ei ysgwyddau.

Edrychodd Julie i fyw ei lygaid eto. 'Wyt *ti* wedi cael rwbath?'

'Naddo siŵr, mi faswn i wedi deud,' taerodd.

'Mi fydd yn rhaid i chdi holi Delyth i weld be mae hi'n wybod,' gorchmynnodd Julie.

'Wel ... mae gan Mam hawl i wario'i phres fel licith hi, 'does,' mentrodd Robin. 'Tydi o'n ddim o'n busnas ni na neb arall, a deud y gwir.'

'Os wyt ti'n hapus ei bod hi'n gwario dy etifeddiaeth di ...' brathodd Julie.

'Do'n i ddim yn disgwyl y basa ganddi bres i'w adael i mi beth bynnag,' mynnodd Robin, ond roedd Julie'n dal i saethu cwestiynau ato.

'Ond mi wyt ti'n disgwyl cael hanner gwerth y tŷ, 'dwyt? Ydi hi wedi gwneud ewyllys?'

Roedd Robin wedi cael digon o sefyll a'i gefn wrth y wal, a chamodd i ffwrdd er mwyn dechrau clirio'r cwpanau oddi ar y bwrdd.

'Paid â cherdded i ffwrdd pan dwi'n siarad efo chdi, plis!' meddai Julie rhwng ei dannedd, ac ailadrodd ei chwestiwn mewn llais mwy pendant. 'Ydi hi wedi gwneud ewyllys?'

Gollyngodd Robin ei hun i gadair gyfagos cyn ateb.

'Do, mae hi wedi gwneud ewyllys. Mi aeth hi at dwrna i wneud un ar ôl i Dad farw, ond dwi erioed wedi holi be sydd ynddi. 'Swn i'n meddwl y bydd bob dim yn cael ei rannu'n hafal rhyngdda i a Delyth,' meddai. Roedd o wedi cymryd hynny'n ganiataol tan y funud honno.

'Dwi'n meddwl y dylsat ti gael mwy na Delyth,' cyhoeddodd Julie. 'Chdi sy'n gwneud y mwya i dy fam. Atat ti mae hi'n troi bob gafael, felly 'di hynny 'mond yn deg!'

Dim ond rhywun heb blant fyddai'n meddwl fel'na, meddyliodd Robin, oedd ddim wedi ystyried am eiliad ei fod o'n haeddu mwy na'i chwaer.

'Dwn i'm am hynny ...' dechreuodd. Doedd o ddim yn teimlo'n gyfforddus o gwbwl efo trywydd y sgwrs.

'Mi fasa'n well i chdi drio ffendio be sy'n mynd ymlaen rhag ofn i dy fam wneud rwbath gwirion,' meddai Julie ar ei draws. 'A deud y gwir, mi fasa'n well i ti drefnu i gael *power of attorney* cyn gynted â phosib.'

Doedd Robin erioed wedi ystyried y syniad hwnnw. '*Power of attorney*?' meddai'n amheus. 'Wn i ddim am hynny. Mi fasa'n rhaid cael Mam i gytuno, a dwi'm yn meddwl y basa hi'n rhy hapus. Ac mae hi o gwmpas ei phetha yn iawn, tydi, 'di o ddim fel tasa hi wedi dechra ffwndro.'

'Wel, dyna'r pwynt, 'de!' meddai Julie'n ddiamynedd. 'Ti'n

gorfod gwneud *cyn* iddi ddechra ffwndro! Fasa fo ddim yn gyfreithlon gwneud *wedyn*! A tasa dy fam yn gorfod mynd i'r sbyty, am ba reswm bynnag, fysat ti ddim yn cael mynd i godi pres iddi, na thalu biliau na dim, heb gael *power of attorney*.'

Ystyriodd Robin ei geiriau. Roedd yr hyn roedd hi'n ei ddweud yn gwneud synnwyr, ond doedd o erioed wedi busnesa ym mhethau ei fam, a byddai'n anodd iawn iddo ddechrau rŵan.

'Siarada efo hi,' gorchmynnodd Julie.

'Mi siarada i efo Delyth,' meddai Robin, gan feddwl efallai mai dyletswydd ei chwaer fawr fyddai arwain yn hyn o beth.

'Oes raid i chdi siarad efo honna? Beryg y bydd hitha isio cael *power of attorney* hefyd,' brathodd Julie'n flin, 'ac mi fasa cael y ddau ohonoch chi yn ... wel, yn creu trafferth. Chdi 'di ffefryn dy fam, 'de? Mae hynny'n hollol amlwg. Chdi fasa hi isio i fod yn gyfrifol am ei phres hi, dwi'n siŵr o hynny. Jest dos i siarad efo dy fam.'

'Dwn i'm ... 'swn i'n teimlo'n annifyr ...'

'Dyna chdi eto – ti mor blydi gwan, Robin! Paid â bod yn gymaint o fabi a jest gwna fel dwi'n gofyn, wnei di? Ti'm yn dallt mai er dy les di mae hyn?' meddai Julie'n ddiamynedd gan daro'i dwrn ar y bwrdd a gwneud iddo neidio.

Ochneidiodd Robin. 'Iawn, ocê, ga' i air efo hi fory,' meddai'n ddistaw gan benderfynu siarad efo Delyth yn gyntaf, beth bynnag ddywedai Julie.

'A tra 'dan ni'n sôn am bres a ballu, dwi wedi bod yn meddwl,' parhaodd Julie. 'Mae costau fy nghyfrif banc i wedi codi eto, a meddwl o'n i y basa fo'n gwneud lot gwell synnwyr tasa ganddon ni 'mond un cyfrif banc rhyngddon ni. Felly, be ti'n feddwl fasa ora: i mi gau f'un i ac ychwanegu f'enw i at d'un di, 'ta fel arall rownd?'

Dychrynodd Robin. Doedd o ddim yn credu y byddai hynny'n syniad da o gwbwl.

'Ym, dwn i'm,' meddai. 'Mae 'nghyfrif i gen i ers pan o'n i'n un ar bymtheg oed. Ond mi fedran ni agor cyfrif newydd ar y cyd os leci di?'

'Wyt ti'n blydi thic 'ta be?' gwaeddodd Julie. 'Cael llai o gostau banc 'di'r syniad, nid mwy!'

Llyncodd Robin ei boer. 'Falla fedri di chwilio am fanc rhatach?'

Llamodd Julie tuag ato a rhoi ei dwylo un bob ochr i'w ben, a gafael yn frwnt yn ei wallt.

'Sgin ti rwbath i'w guddio, Robin? Dyna sydd?' gwaeddodd yn ei wyneb.

Tynhaodd pob cyhyr yn ei gorff a daeth ysfa drosto i'w gwthio i ffwrdd. Gwyddai ei fod o'n gryfach na hi ac y gallai ei gwthio i ben arall yr ystafell yn hawdd. Ond allai o ddim symud, dim ond sefyll yn wyneb y storm, yn rhyfeddu sut y gallai dynes mor dlws edrych mor hyll. Doedd o ddim wedi dychryn, nid fel y tro cyntaf iddi droi arno ychydig fisoedd ar ôl iddyn nhw briodi, ac yntau wedi meddwl tan hynny pa mor lwcus oedd o i fachu dynes mor ddeniadol.

'Nag oes siŵr,' meddai. 'Ac ocê, ocê, drefna i apwyntiad efo'r banc!'

Gollyngodd Julie ei wallt. 'Da iawn,' meddai. Heb edrych arno, cerddodd allan o'r ystafell.

Yn hytrach na dilyn Julie i'r ystafell fyw aeth Robin yn syth i'w wely, gan obeithio y byddai'n llwyddo i gysgu cyn i'w wraig ddod i fyny'r grisiau. Ond troi a throsi wnaeth o, gan neidio bob tro y clywai unrhyw sŵn. Roedd ffrwydradau Julie yn dod yn amlach y dyddiau yma, gan olygu ei fod yntau ar bigau'r drain drwy'r amser, yn ofni dweud na gwneud dim fyddai'n ei gwylltio. Pan glywodd sŵn ei thraed ar y grisiau, trodd ei gefn ar ei hochr hi o'r gwely a chlosio cyn belled ag y gallai at yr ymyl. Pan lithrodd ei wraig o dan y cwrlid, caeodd ei lygaid yn dynn ac anadlu'n ddwfn yn y gobaith y byddai'n meddwl ei fod o'n cysgu. Teimlodd ei breichiau'n lapio amdano a gwres ei hanadl ar ei war. Tynhaodd ei gyhyrau eto. Clywodd sibrwd yn ei glust.

'Sori, Rob, dwi mor sori 'mod i wedi gweiddi arnat ti gynna.' Cusanodd Julie ei wddw'n ysgafn a gwasgu ei breichiau'n dynnach amdano. 'Blydi hormons,' ychwanegodd. 'Maen nhw'n 'y ngwneud i'n nyts. Dwi'm yn bwriadu bod yn gas, wir yr, ond fedra i'm peidio. Dwi jest ... mae o fel ... fel petai 'na rwbath yn dod drosta i a fedra i 'mo'i stopio fo. Mae o'n erchyll o beth. Tasat ti'n ddynas, 'sat ti'n dallt.' Cusanodd ei wddw a dechreuodd ei dwylo grwydro hyd ei frest. 'Ti'n werth y byd i fi, 'sti,' sibrydodd. 'Faswn i byth, byth yn dy frifo di'n fwriadol, ti'n gwybod hynny, yn dwyt, cariad?' Dechreuodd redeg ei thafod yn araf i lawr cefn ei wddw a theimlodd Robin groen gŵydd yn codi dros ei gorff. Dechreuodd ei galon bwmpio'n gryfach, gan atsain yn ei glustiau. Roedd ei feddwl yn dweud wrtho am aros yn llonydd, am ei hanwybyddu a pheidio â throi tuag ati, ond trodd ei ben fel petai ganddo ddim rheolaeth ar ei gorff. Chwiliodd Julie am ei wefusau. Roedd blas mint past dannedd arni wrth iddi ei gusanu'n feddal. 'Ti'n maddau i fi, yn dwyt?' meddai, ar ôl tynnu'n ôl oddi wrtho. Llithrodd ei llaw i lawr ei frest a dros ei stumog, ac ebychodd Robin wrth iddi gyrraedd ei tharged a'i fwytho. 'Mae'n edrych fel dy fod ti!' sibrydodd.

Saethodd gwefr drydanol drwyddo. Ochneidiodd a throi gweddill ei gorff tuag ati, wedi syrthio unwaith eto o dan ei swyn.

Pennod 6

Estynnodd Delyth i ben draw ei drôr dillad isaf am ei gwisg nofio. Daliodd hi i fyny o'i blaen, ac wrth wneud hynny dechreuodd deimlo'n benysgafn. Eisteddodd ar y gwely. Doedd hi ddim wedi gwisgo'r siwt nofio ers y diwrnod y bu Medwyn farw. Wrth ei dal yn ei llaw llifodd yr atgofion am y diwrnod uffernol hwnnw drosti fel afon o fwd yn ei phwyso i lawr, yn ei gorfodi i gofio'r panig a'r dychryn a'r anhrefn a ddilynodd. Pobol yn rhuthro i bob man, y daith i'r ysbyty yn yr ambiwlans, a hithau'n methu deall yr iaith yr oedd pawb o'i chwmpas yn ei pharablu. Y sgwrs ffôn anodd, anodd honno efo'i mam yn gofyn iddi esbonio i Anna beth oedd wedi digwydd – sgwrs nad oedd hi'n ddigon dewr i'w chael ei hun. Y rhyddhad o weld Robin, oedd wedi hedfan i Lanzarote i'w helpu efo'r trefniadau i gael corff Medwyn adref ac i fod yn gwmni iddi i hedfan yn ôl. Sylwodd wrth edrych i lawr fod ei dwylo'n crynu. Cododd a gwthio'r wisg i'r bin sbwriel bach yng nghornel yr ystafell. Pam yn y byd wnaeth hi ei chadw? Allai hi ddim mynd i'r sba, ystyriodd. Doedd ganddi 'run wisg nofio arall ... ffawd oedd hyn, mae'n rhaid, yn dweud wrthi nad oedd hi i fod i fynd. Byddai'n rhaid iddi feddwl am ryw esgus i'w roi i Idris.

Edrychodd ar ei watsh: roedd hi'n rhedeg yn hwyr a doedd ganddi ddim amser i wneud brecwast, ond roedd ei hawch am fwyd wedi diflannu beth bynnag.

Pan gyrhaeddodd y George, roedd Delyth yn falch nad oedd Kim yn gweithio'r un shifft â hi. Yr hyfryd Donal, ei dirpwy, oedd yng ngofal y gwesty.

Gwyddel rhadlon oedd Donal ac, yn wahanol i Kim, roedd ei dymer yn wastad a fawr ddim yn ei gynhyrfu. Allai Delyth ddim peidio â llonni yn ei gwmni hwyliog, ac erbyn iddi weld Idris ganol y bore roedd hi'n teimlo'n siomedig na allai hi fynd efo fo i'r sba. Pan esboniodd iddo nad oedd ganddi wisg nofio, awgrymodd Idris y dylai bicio i'r siop i nôl un yn syth ar ôl iddi orffen ei shifft, ac y byddai o'n disgwyl amdani. Cytunodd yn ddi-lol.

'What are you two planning, then?' gofynnodd Donal yn fusneslyd wedi i Idris adael y dderbynfa.

'Nothing, just ... well ... Idris is going to show me the ropes in the spa later on. I've never been before,' esboniodd Delyth.

'Oooh, very nice!' meddai Donal â gwên awgrymog.

'Oh, no ... it's nothing like that. We're just ... it's just ...'

Wrth iddi geisio esbonio i Donal mai jest ffrindiau oedden nhw, dechreuodd ei bol rwgnach yn uchel gan ychwanegu at ei hembaras. Dechreuodd Donal chwerthin.

'Well, it sounds like you'd like an early lunch anyway!' meddai. 'You can take your break at mid-day and I'll take mine later.'

Diolchodd iddo, yn falch fod trywydd y sgwrs wedi newid. Gan ei bod yn ymwybodol fod Robin yn gweithio gerllaw, penderfynodd ofyn iddo ymuno efo hi am ginio yn y bar. Roedd hi wedi bwriadu ei ffonio fo'r noson cynt i drafod yr hyn ddywedodd Meera wrthi am ei mam, ond anghofiodd yn llwyr – ac roedd hi angen dweud wrtho fod Anna am wneud cacen ben blwydd ei nain. Gofynnodd i Donal gadw llygad ar y ddesg gan esgus ei bod angen mynd i'r tŷ bach, er mwyn medru gyrru tecst i'w brawd. Atebodd Robin yn syth a dweud y byddai yno am ddeuddeg ar ei ben. Roedd ganddo yntau rywbeth yr oedd o am ei drafod efo hithau.

Digon distaw oedd hi ym mar ffrynt y George, ac eisteddodd Delyth wrth fwrdd tawel mewn cornel lle medrai weld Robin yn dod i mewn. Doedd dim rhaid iddi ddisgwyl yn hir. Gwelodd ei brawd hi'n syth, a cherddodd tuag ati efo gwên.

'Iawn, Titw?' gofynnodd gan ddefnyddio llysenw ei phlentyndod.

'Iawn, Robin Goch,' atebodd, gan ddilyn ei esiampl. 'Chdi?'

'Fedra i'm cwyno.'

'Dwi 'di gordro *lasagne* i chdi,' meddai Delyth. 'Meddwl y basat ti isio mwy na brechdan ar ôl gweithio'n galed drwy'r bore.'

Estynnodd Robin am ei waled. 'Lyfli, diolch. Faint oedd o?'

Gwnaeth Delyth ystum arno i gadw ei arian.

'Trît i fy hoff frawd, yli!'

'Dy unig frawd!' chwarddodd Robin. 'Diolch yn fawr, ond dwi'n mynnu ...' dechreuodd, ond esboniodd Delyth ei bod wedi archebu'r *lasagne* fel cinio staff, ac felly nad oedd angen talu amdani. Prynodd frechdan iddi'i hun, gan fod honno'n rhatach.

'Reit, 'sgin i 'mond ryw ugain munud, felly well i mi ddod yn syth at y pwynt,' meddai Delyth, ac aeth ati i esbonio'i phryder am ei mam yn sgil yr hyn roedd ei chymydog wedi'i ddweud.

Edrychodd Robin yn boenus arni.

'Tydi hi ddim 'di sôn gair wrtha i,' meddai. 'O'dd hi i weld yn iawn pan o'n i yno'n cael paned efo hi ddoe. Ond ar y llaw arall, dwi wedi dod i ddallt wedyn nad ydi Mam yn deud bob dim wrtha i.'

'Be ti'n feddwl?' holodd ei chwaer.

'Osian ddaeth acw ddoe yn ei gar newydd – yr un mae Mam wedi rhoi pedair mil o bunnau tuag ato fo!'

Rhythodd Delyth arno, a gwyddai Robin yn syth nad oedd hi'n gwybod dim am y peth.

'Y?' meddai. 'Lle gafodd hi'r fath bres?'

Cododd Robin ei ysgwyddau. 'Ac ma' hi wedi rhoi'r un faint i Ioan!' Disgynnodd ceg Delyth yn agored. 'Gobeithio nad wyt ti'n meindio 'mod i'n gofyn, ond ydi hi wedi rhoi pres i Anna hefyd?'

'Ym ... nac'di ...' atebodd. 'Wel, dwi'm yn meddwl, beth bynnag. Tydi honno ddim yn deud bob dim wrtha i, chwaith.' Meddyliodd am y *lip fillers* a'r llawes o datŵs roedd hi wedi'u cael ychydig wythnosau ynghynt – mae'n siŵr bod y rheiny wedi costio cannoedd. 'Ond *mae* hi wedi bod yn gwario'n helaeth yn ddiweddar,' ychwanegodd.

Dechreuodd Robin chwarae efo mat cwrw cyn mentro'i gwestiwn nesaf.

'Wyt ti wedi cael rwbath ganddi?'

Roedd Delyth yn falch fod eu bwyd wedi cyrraedd er mwyn iddi gael munud i feddwl cyn ateb ei gwestiwn. Oedd hi am gyfaddef ei bod wedi cael benthyg pres i dalu am angladd Medwyn? Wedi'r cwbwl, roedd ei mam wedi ei siarsio i gadw'r peth rhyngddyn nhw'u dwy. Dechreuodd deimlo'n flin. Doedd benthyg pres ddim yr un fath â jest cael y pres. Roedd hi'n talu'n ôl yn ffyddlon i'w mam ... talu am angladd, neno'r tad, nid car!

'Benthyciad mae'r hogia wedi'i gael, 'ta rhodd?' gofynnodd, er mwyn gwneud yn siŵr ei bod wedi deall yn iawn.

'Rhodd,' atebodd Robin.

O glywed hyn, allai Delyth ddim peidio â dweud wrth ei brawd am y benthyciad.

'A ti'n gorfod talu pob ceiniog yn ôl iddi?' gofynnodd Robin.

'Pob ceiniog,' cadarnhaodd Delyth. 'A hynny ar amser. Os feiddia i fod ddiwrnod yn hwyr, ma' hi'n holi amdano fo.'

Ysgydwodd Robin ei ben. 'Ma' hyn yn rhyfedd iawn,' meddai. 'Ti'n meddwl fod Mam yn dechra colli arni?'

'Nac'di siŵr!' atebodd Delyth yn syth. Doedd y syniad hwnnw ddim wedi ei tharo cyn y funud honno, ond ystyriodd am eiliad. 'Wel, dwi'm yn meddwl, beth bynnag. Wyt ti?'

Ysgydwodd Robin ei ben. 'Dwi'm 'di amau dim hyd yma,' meddai. 'Roeddat ti'n sôn fod Meera'n deud ei bod hi'n cael *funny turns*. Be 'di'r rheiny, a be sy'n eu hachosi nhw?' Eisteddodd y ddau mewn tawelwch am funud, y ddau'n ystyried eu mam mewn goleuni gwahanol. Daeth y ddau i'r un casgliad: roedden nhw wedi cymryd iechyd Myfi'n ganiataol, yn ddiarwybod yn hytrach nag yn fwriadol, heb wir ystyried ei dyfodol, ac wedi anwybyddu'r arwyddion clir fod eu mam yn heneiddio.

Penderfynodd Robin anwybyddu gorchymyn Julie.

'Ti'n meddwl ddylsan ni drio perswadio Mam i lofnodi *power of attorney*?'

Roedd Delyth wedi clywed am y peth, ond doedd hi ddim yn deall yn iawn beth roedd o'n ei olygu. Eglurodd Robin iddi fod dau fath: un yn rhoi hawl dros faterion ariannol a'r llall yn rhoi hawl dros faterion iechyd a lles.

'Ti'n meddwl y basa hi'n cytuno?' gofynnodd Delyth. 'Ma' hi'n reit breifat ynghylch petha fel'na, yn tydi? Dwi erioed wedi meiddio sôn dim wrthi am faterion pres.'

'Dwn i'm,' meddai Robin, 'ond mae hi bron yn wyth deg, tydi, a ti'n clywed am gymaint yn cael dementia. A tasa hi'n gorfod mynd i'r sbyty rŵan ac yn gorfod aros yno am wsnosa, fasan ni ddim yn cael twtsiad ei phres hi i dalu biliau'r tŷ na dim.'

'Wel, pan ti'n ei roi o fel'na ... ella 'sa'n well i ni gael gair efo hi.'

'Dwi'n fodlon gwneud, os wyt ti isio?' cynigiodd Robin.

'Be ti'n feddwl? Yn fodlon cael gair efo hi, 'ta yn fodlon cymryd yr hawliau?' gofynnodd Delyth.

Meddyliodd Robin am yr hyn roedd Julie wedi'i ddweud am beidio â chynnwys Delyth, ac oherwydd bod ganddo lawer mwy o ofn croesi Julie na dim arall, 'Mi wna i'r ddau,' cynigiodd.

Cnodd Delyth ei brechdan yn araf. Doedd hi ddim yn siŵr am hyn. Hi oedd yr hynaf, ac os mai dim ond un ohonyn nhw oedd am gario'r cyfrifoldeb, tybed ai hi ddylai wneud?

'Rho amser i mi feddwl am y peth.'

'Wel, paid â chymryd gormod o amser ... mae'r petha 'ma'n gallu cymryd wsnosa i'w trefnu. Mae 'na gost hefyd, ond paid â phoeni am hynny. Dala i am bob dim.'

Edrychodd Delyth ar ei brawd. Beth oedd ei frys o, tybed? Dechreuodd deimlo ychydig yn anesmwyth, gan synhwyro fod mwy y tu ôl i gais Robin.

'*Dwi'n* fodlon cymryd y cyfrifoldeb,' cyhoeddodd. 'Fi 'di'r hynaf, wedi'r cwbwl.'

Byddai Robin wedi bod yn ddigon hapus i gytuno, oni bai am Julie. Oedodd am eiliad cyn ymateb.

'Mae'n bosib i'r ddau ohonon ni gael yr hawl ar y cyd,' meddai.

'Wel, wnawn ni hynny 'ta?' awgrymodd Delyth. 'Dyna fyddai'r peth tecaf i'w wneud.'

Nodiodd Robin. 'Ella 'sa'n well i ni weld be ddeudith Mam,' awgrymodd, a chytunodd Delyth i hynny.

Bwytaodd y ddau mewn distawrwydd am ychydig, y ddau ar goll yn eu meddyliau eu hunain. Mewn gwirionedd, roedd Robin yn awyddus i godi pwnc hollol wahanol – rhywbeth yr oedd o wedi meddwl holi Delyth yn ei gylch ers talwm, ond doedd o ddim yn gwybod sut i ddechrau'r sgwrs. Penderfynodd ofyn y cwestiwn ar ei ben.

'Del...' meddai. 'Ti 'di cyrraedd y menopos?'

Bu bron i Delyth dagu ar ei brechdan o glywed y fath gwestiwn gan ei brawd, o bawb.

'Argol! O lle ddaeth hynna? Do, ers blynyddoedd.'

'Sut beth ydi o? Ac ydi pawb yn cael yr un symptomau?'

'Wel, mae'n dibynnu. Mae pawb yn wahanol. Dwi'n cael pyliau poeth ar y diawl ers chwe blynedd, ond tydi rhai merched ddim yn eu cael nhw. Mae Idris y porthor yn meddwl fod Kim, fy mòs i, wedi cyrraedd y menopos am ei bod hi'n flin ac yn annifyr efo pobol.'

Gwrandawodd Robin yn astud wrth i Delyth redeg drwy druth o symptomau.

'Dwi ddim yn cofio Mai yn cael dim o hynna,' meddai, wrtho'i hun yn hytrach nag wrth ei chwaer. 'Fyddi di'n cael y pyliau blin 'ma?'

'Na, dwi 'di bod yn lwcus, a deud y gwir. Yr unig beth dwi wedi'i gael heblaw'r hot fflyshys ydi cosi yn y nos, ac ambell ddiwrnod lle dwi'n brifo drostaf.'

Gwrandawodd Robin mewn syndod. Roedd y cwbwl yn swnio'n erchyll iddo fo, ond eto roedd Delyth yn ystyried ei hun yn ffodus.

'Pam ti'n holi hyn i gyd?' gofynnodd Delyth, oedd eisoes wedi dyfalu mai Julie oedd y rheswm.

'Jest meddwl o'n i. Rhyw hanner gwrando ar ryw sgwrs ar y radio y diwrnod o'r blaen a meddwl cyn lleied dwi'n ddallt amdano fo,' esboniodd Robin. Doedd o ddim am sôn am Julie, rhag ofn i Delyth sôn rhywbeth wrthi. Fyddai ei wraig ddim yn hapus petai'n gwybod ei fod o wedi bod yn ei thrafod efo'i chwaer.

'Da iawn chdi am addysgu dy hun, wir! Bechod na fasa 'na fwy o ddynion yr un fath â chdi,' meddai Delyth. 'Ydi Julie'n diodda?' mentrodd ofyn.

Rhoddodd Robin ei ben i lawr er mwyn osgoi llygaid treiddgar ei chwaer.

'Wel, mae hi'n cwyno'i bod hi'n methu cysgu a ... wel ... mae hi'n gallu bod yn oriog weithiau,' atebodd, gan fethu dweud celwydd.

'O, druan,' meddai Delyth, yn meddwl mwy am ei brawd na'i chwaer yng nghyfraith. 'Dwi 'di clywed straeon am ferched sy wedi diodda'n enbyd efo *mood swings* a thymer ddrwg. Mae o'n reit gyffredin, 'sti. Mi wnaeth 'na ddynas o'n i'n gweithio efo hi ers talwm luchio cabatsien goch i ganol wyneb ei gŵr am iddo feiddio deud bod yn well ganddo gabaij gwyn. Mi gath o lygad ddu a thrwyn gwaed. Ac mi daflodd rhywun arall dwi'n ei nabod bowlen o bwdin reis ar lawr y gegin a rhedeg o'r tŷ yn crio am fod ei gŵr hi wedi deud nad oedd o isio pwdin, a hitha wedi mynd i drafferth i'w wneud o!'

Nodiodd Robin ei ben – roedd o'n gallu cydymdeimlo efo'r ddau ŵr.

'Ond 'sdim rhaid i ferched ddiodda, cofia. Mae 'na help i'w gael. Ydi Julie ar HRT?' gofynnodd Delyth. Cododd Robin ei sgwyddau – wyddai o ddim. 'Os nad ydi hi, deud wrthi am fynd i siarad efo'i doctor i weld be fedar hi ei awgrymu.'

Diolchodd Robin i'w chwaer am yr wybodaeth cyn codi ar ei draed.

'Well i mi fynd neu mi fydda i ar ei hôl hi.' Rhoddodd ei law ar ysgwydd Delyth. 'Diolch am y cinio. Paid â sôn wrth Julie 'mod i wedi sôn, na wnei?'

'Ddeuda i 'run gair!' addawodd Delyth.

Wedi iddo ddechrau cerdded i ffwrdd galwodd Delyth ar ei ôl, wedi cofio rhywbeth yn sydyn.

'Deud wrth Julie nad oes isio iddi ordro cacen ben blwydd i Mam. Mae Anna yn mynnu gwneud un.'

Suddodd calon Robin. Byddai'n rhaid iddo ddewis yr amser gorau i ddweud hynny wrthi. Doedd Julie ddim yn licio unrhyw newid yn ei chynlluniau.

'Ti wedi f'atgoffa i,' meddai, 'ma' Julie wedi archebu blodau o siop Lili Wen i'w rhoi ar y byrddau ym mharti Mam.'

Agorodd llygaid Delyth led y pen – i be oedd isio gwneud y fath ffys? A pham oedd raid mynd i'r siop flodau ddrutaf yn Dre? Oedden nhw'n disgwyl iddi hi gyfrannu at y rhain hefyd?

Sylwodd Robin ar y dychryn yn ei llygaid. 'Ond paid â phoeni, ni sy'n talu amdanyn nhw.'

Rhoddodd Delyth ochenaid o ryddhad a chrychodd Robin ei dalcen wrth feddwl y byddai'n rhaid iddo gofio ychwanegu hanner cost y blodau o'i boced ei hun cyn rhoi cyfraniad Delyth at y parti i Julie.

Chafodd Delyth ddim amser i ystyried ei sgwrs â Robin am weddill y pnawn gan fod y dderbynfa fel ffair, ond wrth gerdded tuag at y sba aeth dros y cyfan yn ei phen. Oedd Anna wedi cael arian gan ei nain, tybed? Penderfynodd mai'r unig ffordd o gael ateb oedd gofyn iddi yn blwmp ac yn blaen.

Wrth gyrraedd y sba, oedd mewn anecs yng nghefn y gwesty, dechreuodd deimlo'n nerfus. Sbeciodd drwy'r ffenest i weld pa mor brysur oedd hi yno, ac roedd hi'n falch o weld fod y lle yn reit ddistaw. Doedd y pwll ddim yn un mawr, jest digon o le i ryw chwech o bobol nofio'n ôl ac ymlaen yr un pryd, ond dim ond dau oedd ynddo heddiw. Gorweddai dwy wraig – mam a merch, yn ôl pob tebyg – wedi'u lapio mewn tywelion mawr gwyn, yn sgwrsio ar wlâu haul. Doedd neb yn y jacŵsi, a'i ddŵr yn llonydd. Tu ôl iddo roedd dau ddrws pren – un i'r sawna a'r llall i'r ystafell stêm, dyfalodd. Neidiodd pan glywodd lais y tu ôl iddi.

'Chwilio amdana i wyt ti?'

'Idris! 'Nest ti 'nychryn i! Na, jest sbio ydi hi'n brysur ydw i.'

'Awn ni i mewn 'ta?' Daliodd Idris y drws iddi. 'Ar ôl i chdi gofrestru wrth y ddesg yn fanna, dos drwodd ... mae stafell newid y merched ar y chwith. Wela i di yn y pwll!'

Nodiodd Delyth a cherdded drwy'r drws agored. Dechreuodd ei nerfusrwydd droi'n bryder. Doedd hi ddim wedi ystyried y byddai gofyn iddi nofio; roedd hi wedi meddwl mai eistedd yn y jacŵsi a'r sawna fyddai hi. Doedd hi ddim yn nofiwr cryf, a phan fyddai hi ar ei gwyliau, eistedd wrth y pwll yn darllen ac yfed coctels oedd ei syniad hi o hwyl, nid neidio i mewn iddo a nofio.

'Sadia,' meddai wrthi'i hun. 'Mi fydd hyn yn hwyl. Ti'n mynd i fwynhau dy hun.'

Roedd hi'n amser maith ers iddi wneud rhywbeth pleserus er ei mwyn ei hun a neb arall, a doedd hi ddim yn siŵr iawn sut i ymddwyn. Anadlodd yn ddwfn wrth newid i'r wisg nofio roedd hi wedi'i phrynu'n frysiog ar ddiwedd ei shifft, ac edrych arni'i hun yn y drych hir wrth fynedfa'r pwll. Roedd top y wisg las, blaen yn hongian braidd. Ystyriodd stwffio dwy hosan i'r cwpanau fel yr arferai ei wneud pan oedd hi yn ei harddegau – ymhell cyn dyddiau'r *chicken fillets* plastig. Ond fyddai hynny ddim yn gweithio, a hithau'n mynd i'r dŵr. Symudodd y top o gwmpas i geisio gwneud iddo ffitio'n well gan gwffio'r awydd i newid yn ôl i'w dillad a rhuthro oddi yno. Cymerodd un anadl ddofn arall cyn ufuddhau i'r arwydd 'shower before entering the pool' a chamu i'r gawod am drochfa sydyn cyn lapio'i thywel o'i hamgylch a mentro'n betrus i gyfeiriad y pwll. Roedd Idris ynddo eisoes, yn codi'i law i geisio tynnu ei sylw. Cerddodd yn hunanymwybodol tuag ato, gan afael yn dynn yn ei thywel.

'Ty'd i mewn, mae o'n gynnes braf! gorchmynnodd Idris.

Petrusodd Delyth. 'Dwi'm isio mynd ar draws y rhai sy'n nofio,' meddai, ond y gwir oedd bod ganddi ofn. Doedd hi ddim wedi nofio go iawn ers blynyddoedd. Beth petai hi wedi anghofio sut?

Synhwyrodd Idris ei bod yn gyndyn i fentro i'r pwll.

'Awn ni i'r jacŵsi gynta,' meddai, gan ddringo allan o'r dŵr a'i harwain at y pwll swigod. Allai Delyth ddim peidio â sylwi ar ei gorff cyhyrog a'r trwch o flew ar ei goesau a'i frest. Roedd yn amlwg ei fod yn mynd i'r gampfa yn ogystal â'r pwll, ac wedi edrych ar ôl ei hun, fel y basa'i mam yn ei ddweud. Allai hi chwaith ddim peidio â chymharu ei gorff ag un Medwyn, efo'i fol meddal, gwyn a'i goesau dryw ... yr unig gorff yr oedd hi wedi cydorwedd ag o.

'Ty'd laen, ma' hi'n lyfli yma!' galwodd Idris o'r jacŵsi. Chwipiodd Delyth ei thywel i ffwrdd yn sydyn a'i daflu ar wely haul cyfagos. Yna, dringodd yn sydyn i lawr i'r dŵr cynnes cyn gynted ag y gallai fel na châi Idris gyfle i astudio'i chorff hithau, ei rychau a'i floneg llac.

Lapiodd y dŵr fel blanced gynnes o'i hamgylch. Pwysodd Idris y botwm i gychwyn y jacŵsi a saethodd swigod i fyny o'i chwmpas gan wneud iddi siglo. Collodd ei balans a glanio'n glewt ar lin Idris, oedd yn eistedd ar y fainc islaw lefel y dŵr. Neidiodd mewn dychryn wrth deimlo'i groen yn erbyn ei chroen hi, a chan ymddiheuro'n daer, symudodd ymhellach oddi wrtho. Chwerthin wnaeth Idris.

Eisteddodd Delyth ar y fainc a gadael i'r dŵr ei phwnio. Rhoddodd ei phen yn ôl a chau ei llygaid, yn bennaf i guddio'i hembaras o lanio ar lin Idris. Yn raddol, teimlai ei chorff yn ymlacio ac yn ysgafnhau. Rhoddodd ochenaid fodlon.

'Braf, tydi!' meddai Idris.

'Bendigedig!'

Gorweddodd y ddau yn ôl yn y dŵr gan fân siarad am hyn a'r llall am ryw chwarter awr, cyn i Idris awgrymu eu bod yn mynd i'r ystafell stêm. Gafaelodd Delyth yn ei thywel a'i lapio o'i hamgylch eto cyn camu i'r gofod myglyd, ond mynd i mewn fel yr oedd o wnaeth Idris. Doedd neb arall yno, drwy lwc – roedd o'n fwy o gwpwrdd nag ystafell ym marn Delyth. Eisteddodd Idris wrth ei hochr, a gwnaeth Delyth ei gorau i osgoi'r temtasiwn i syllu ar ei gorff. Gobeithio nad oedd o wedi sylwi ar ei llygaid yn crwydro. Edrychodd i lawr ar ei choesau ei hun a dychrynodd o weld pa mor flewog oedden nhw. Doedd hi ddim wedi meddwl am eu siafio ers dros ddwy flynedd, ac roedd y dŵr wedi tywyllu'r blew a'u trefnu'n stribedi hirion ar ei choesau. Rhoddodd un goes y tu ôl i'r llall i drio cuddio rhywfaint arnyn nhw, a diolchodd am y pwff o stêm a gododd i lenwi'r lle.

'Ydi hi'n rhy boeth yma i chdi?' gofynnodd Idris.

'Na, mae'n iawn, ond dwi'm yn meddwl y medra i aros yma'n hir.'

'Gwell peidio os nad wyt ti wedi arfer,' meddai Idris. 'Ti 'di bod mewn *steam room* o'r blaen?'

'Do, ond dwi'm yn cofio pryd fues i ddwytha chwaith. Pan aethon ni i westy dros y flwyddyn newydd ryw dro, flynyddoedd yn ôl, oedd hi, ma' siŵr.'

'Efo'r teulu?'

'Jest fi a'r gŵr.'

'Faint sydd ers i ti ei golli o? Hynny ydi, os ti ddim yn meindio 'mod i'n gofyn, 'lly.'

'Dwy flynedd a dau fis,' atebodd Delyth yn syth. 'A na, dwi ddim yn meindio i chdi ofyn.'

'Mae o wedi bod yn gyfnod anodd i chdi.' Datganiad, nid cwestiwn.

Trodd Delyth i edrych arno. 'Do,' cytunodd. Roedd rhywbeth yn llygaid Idris a wnaeth iddi feddwl ei fod o'n deall ei phoen. Tybed oedd yntau hefyd wedi dioddef colled? Roedd hi'n ei weld o drwy lygaid gwahanol heddiw – ei weld o fel dyn yn hytrach na dim ond Idris y Porthor. Mae'n siŵr ei fod o'n dipyn o bishyn pan oedd o'n ifanc, ystyriodd, efo'i lygaid tywyll a'i wallt du cyrliog, oedd bellach yn glaer wyn ar ei arleisiau. A dweud y gwir, meddyliodd, roedd o'n ddyn golygus rŵan, heb sôn am pan oedd o'n ifanc. Doedd dim syndod bod y merched hŷn oedd yn dod ar y tripiau bysys yn gwybod ei enw ac yn piffian chwerthin fel genod ysgol o'i gwmpas. Rhyfedd nad oedd hi ei hun wedi sylwi ar hyn nes iddi ei weld yn hanner noeth. Teimlodd ei hun yn dechrau cochi, a throdd ei phen oddi wrtho.

'Sori, ddyliwn i ddim bod wedi sôn,' meddai Idris, yn amlwg wedi cymryd y ffaith ei bod hi wedi troi oddi wrtho fel arwydd ei bod wedi cynhyrfu wrth sôn am ei gŵr.

'Mae'n iawn,' meddai Delyth. 'Dwi ddim yn meindio siarad am Medwyn; dwi jest ddim wedi arfer. Mae pawb fel petaen nhw'n osgoi sôn amdano fo, rhag ofn i mi styrbio, ma' siŵr. Fel'na mae hi wedi bod reit o'r dechra. Ro'n i wedi clywed y *cliché* 'na am bobol yn croesi'r stryd i dy osgoi di ar ôl i chdi gael profedigaeth, a wnes i erioed gredu bod hynny'n wir – ond mae o. Dwi wedi gweld pobol dwi'n eu nabod yn iawn yn troi i lawr eil arall yn Tesco yn lle'u bod nhw'n gorfod fy mhasio i.'

'Ro'n i'n ei nabod o, 'sti,' cyhoeddodd Idris.

'Oeddat ti?' gofynnodd Delyth. 'Ond wn i ddim pam dwi'n synnu – ti'n nabod pawb!'

'Ro'n i yn 'rysgol efo fo – roedd o flwyddyn yn hŷn na fi. Boi iawn oedd Medwyn.'

Gwenodd Delyth. 'Oedd, mi oedd o. Coblyn o foi iawn. Mi fues i'n lwcus.'

Bu distawrwydd rhyngddyn nhw am eiliad cyn i Delyth ailgydio yn y sgwrs, yn falch o gael y cyfle i siarad am Medwyn. Ond ymhen ychydig funudau roedd y gwres wedi mynd yn ormod iddi a'i hwyneb wedi dechrau edrych fel tomato.

'Ty'd, awn ni'n ôl i'r jacŵsi,' awgrymodd Idris.

Roedd yn rhaid iddyn nhw rannu'r pwll swigod efo pobol eraill y tro hwn: Mr a Mrs Morgan, yr hen gwpwl welodd Delyth y diwrnod cynt, y ddau'n chwerthin yn braf ac yn amlwg yn mwynhau eu profiad cyntaf mewn sba.

'Mi gawsoch chi wisgoedd nofio felly!' meddai Delyth wrth gamu i lawr i'r dŵr atynt.

'O, helô! Wnes i ddim eich nabod chi heb eich dillad!'

meddai Mr Morgan efo gwên lydan. 'Ry'ch chithe wedi mentro 'ma hefyd, felly!'

'Do,' meddai Delyth. 'Mi godoch chi awydd arna i ddoe.'

'Ac Idris! Shw'mae?' meddai'r hen ddyn, gan ysgwyd llaw Idris yn gynnes.

'Y'ch chi'ch dou 'da'ch gilydd?' gofynnodd Mrs Morgan, yn fusnes i gyd.

'Ydan,' atebodd Delyth, cyn ychwanegu'n frysiog, 'nac'dan! Hynny ydi, 'dan ni ddim *efo'n* gilydd … jest wedi dod yma efo'n gilydd.'

'O, wela i!' meddai Mr Morgan gan wenu.

'Be dach chi'n feddwl o'r sba?' gofynnodd Delyth, i droi'r sgwrs.

'Wel, ma' fe'n brofiad gwahanol!' chwarddodd Mrs Morgan. ''Sa i 'di arfer cael bàth 'da phobol eraill!'

'Y profiad agosa 'wy wedi'i ga'l yw rhechen yn y bàth!' meddai Mr Morgan gan chwerthin yn uchel ar ei jôc ei hun.

'Ooo, Dil!' meddai Mrs Morgan, yn hanner ei geryddu wrth chwerthin efo fo.

Dechreuodd Delyth ac Idris chwerthin hefyd, nes bod eu sŵn yn atsain o'u hamgylch a'r ddwy ddynes ar y gwlâu haul yn troi i edrych arnyn nhw.

Wrth yrru adref y prynhawn hwnnw teimlai Delyth yn lanach ac yn ysgafnach nag roedd hi wedi teimlo ers talwm iawn, y tu mewn a'r tu allan, ac allai hi ddim peidio â gwenu wrth feddwl am y profiad yn y sba. Ond, wrth gofio, sylweddolodd fod y rhan fwyaf o sgwrs Idris a hithau wedi bod amdani hi, ac nad oedd hi'n gwybod llawer mwy am Idris nag yr oedd hi cynt. Roedd treulio amser efo fo wedi rhoi awch iddi ddarganfod mwy amdano. Cofiodd pa mor gyfforddus oedd hi yn ei gwmni, yn gallu ymlacio a bod yn hi ei hun. Wrth feddwl amdano teimlodd gyffro yng ngwaelod ei bol, rhyw deimlad greddfol, dieithr, nad oedd hi wedi'i deimlo ers blynyddoedd … teimlad oedd yn ei chyffroi a'i dychryn yr un pryd.

Pennod 7

'Sut wyt ti heddiw, Mrs T?' gofynnodd Meera wrth gamu i mewn i dŷ Myfi ar gyfer ei sesiwn ymarfer Cymraeg, cyn ei gwers y diwrnod canlynol.

'Go lew 'sti, del. Ty'd drwadd, dwi jest isio gorffan clirio'r bwrdd.'

'O, sori am ... *disturb*? Ti isio fi dod yn ôl?'

'Na, na dim o gwbwl. Chymrith hi 'mond dau funud i glirio llestri pryd i un,' atebodd Myfi gan gerdded tua'r gegin. Roedd hi'n falch o weld Meera – doedd dim llawer o hwyliau wedi bod arni'r diwrnod hwnnw, a doedd hi ddim wedi camu dros drothwy'r drws na gweld neb drwy'r dydd.

Dilynodd Meera hi i'r gegin a gosod cwdyn papur ar y bwrdd.

'Dwi wedi dod â'r rhain i ti. Samosas – *recipe* fy mam.'

'Ww, lyfli. Ti'n ffeind iawn,' meddai Myfi gan agor y bag yn eiddgar. 'Be ydyn nhw, dŵad?'

'Tebyg i *pasties* bach.'

'Ydyn nhw'n sbeisi?' gofynnodd Myfi'n amheus.

'Ydyn, ond ddim yn boeth iawn,' sicrhaodd Meera hi.

'Dwi'm yn meindio dipyn o sbeis, 'de, ond mi nath y cyrri dwytha 'na ges i gen ti i dop 'y mhen i chwysu! 'Dan ni am ga'l un rŵan, efo panad?'

'Dwi'n iawn, diolch. Dwi wedi cael llond bol.'

'O na – fedri di'm deud hynny!' meddai Myfi. 'Tydi o'm yn swnio'n iawn!'

'Be? Wedi cael llond bol?'

'Ia. It means you're fed up, not full up.'

'OK. Beth ydi'r ffordd cywir?' gofynnodd Meera, yn awyddus i ddysgu.

'Dwi newydd gael sgram,' atebodd Myfi.

'Dwi newydd gael sgram,' ailadroddodd Meera.

''Na chdi. Gymri di banad, yn gwnei?'

'Ia, plis,' atebodd Meera gan eistedd wrth y bwrdd a gwylio Myfi'n taflu bocs pei *steak & kidney* a charton pwdin siocled i'r bin, a hwylio i wneud paned.

'Be oedd y gair ddwedaist ti,' gofynnodd, 'pan wnes i ofyn sut wyt ti?'

'Be ddeudis i, dŵad? Go lew, dwi'n meddwl. Ia, go lew.'

'Be ydi "go lew"? *Champion* neu *knackered* wyt ti'n dweud fel arfer!'

Ystyriodd Myfi cyn ateb. 'Go lew ydi ... ym ... duwadd, fedra i'm meddwl am y gair Saesneg – ym ... *not good, not bad* mae o'n feddwl, am wn i.'

Edrychodd Meera arni'n bryderus. 'Dim *champion* heddiw?'

'Na,' atebodd Myfi gyda gwên gam. 'Dim *champion* heddiw.'

'Wyt ti'n sâl?' holodd Meera, gan edrych i fyw llygaid yr hen wraig.

'Ew, nac'dw, dwi'n ocê 'sti. Jest ... wel, gas gen i'r adeg yma o'r flwyddyn.'

Edrychodd Meera ychydig yn ddryslyd arni.

'Ti ddim yn hoffi haul?' gofynnodd.

'Yndw! Yndw, dwi'n licio haul yn iawn. Ddim yn licio heddiw, y dyddiad heddiw ...' Roedd Myfi'n difaru ei bod wedi sôn dim, a newidiodd y pwnc. ''Ma fo dy de di, yli, heb siwgwr fel ti'n licio fo. Rŵan, well i ni fwrw iddi i neud dy hômwyrc di neu mi eith hi'n hwyr.'

'Bwrw? Isn't that rain?' gofynnodd Meera'n ddryslyd, ar ôl deall nad oedd Myfi am ddatgelu mwy. Edrychodd Myfi'r un mor ddryslyd yn ôl arni. Roedd hi wrth ei bodd yn helpu ei chymydog i ddysgu Cymraeg ond ewadd, doedd o ddim yn hawdd!

'*Yes, it means rain, and it means* ... o'r nefoedd, *shall we get on with it?*'

'Oh. OK.' Estynnodd Meera ei ffeil o'i bag a'i rhoi ar y bwrdd.

Sylweddolodd Myfi ei bod wedi swnio'n ddiamynedd ac anghwrtais, ac ystyriodd geisio esbonio nad dyna'i bwriad, cyn ailfeddwl.

'Be sgin ti wsnos yma, 'ta?' gofynnodd yn glên.

'Dwi'n gorfod gorffen y brawddegau yma,' esboniodd Meera, a darllen, 'Rhaid i mi beidio â bwyta cnau achos ...'

'Dwi'n *allergic* iddyn nhw!' atebodd Myfi'n syth.

Oedodd Meera cyn sgwennu dim i lawr. Roedd Myfi'n edrych mor falch ohoni'i hun a doedd ganddi 'mo'r galon i'w chywiro. Ysgrifennodd 'mae gen i alergedd' gan wybod na fyddai golwg Myfi yn caniatáu iddi fedru darllen ei llawysgrifen.

'Does dim rhaid i mi fynd i'r gwaith achos ...' darllenodd Meera.

'Dwi 'di riteirio!' meddai Myfi heb oedi.

'Da iawn!' meddai Meera, ac ysgrifennu 'rydw i wedi ymddeol'.

'Be 'di'r nesa?' gofynnodd Myfi, yn dechrau mwynhau ei hun.

'Does dim rhaid i ti helpu achos ...' darllenodd Meera.

'Dwi'n gallu gwneud fy hun yn *champion*!'

Gwenodd Meera. Roedd hi wedi deall ers talwm na allai ddibynnu'n llwyr ar Myfi i'w helpu efo ffurfiau cywir y Gymraeg. Penderfynodd wneud gweddill y brawddegau ei hun a symud ymlaen i'r rhan nesaf.

'Mi fyddwn ni'n trafod y dyfodol fory,' meddai. 'A dwi'n gorfod ysgrifennu chwech gair sy'n dod i fy meddwl wrth feddwl am y dyfodol.'

Crychodd Myfi ei thalcen. Doedd hi ddim yn licio meddwl am y dyfodol. Roedd llwybr ei bywyd wedi mynd yn anodd ei gerdded yn ystod y blynyddoedd diwethaf. Gwyddai mai gwaethygu fyddai pethau, felly gwell peidio â meddwl am hynny a byw un dydd ar y tro.

'Well i *ti* ateb hwnna, yli,' meddai. 'Mae gen ti fwy o ddyfodol i feddwl amdano na fi, a beryg y basa'n geiriau ni'n dra gwahanol!'

Clywsant sŵn y drws ffrynt yn agor a llais yn gweiddi.

'Haia, Nain! Fi sy 'ma!'

'Anna!' meddai Myfi'n llawen wrth glywed llais ei hwyres. 'Ty'd drwadd, cariad – yn y gegin ydan ni.' Cododd ar ei thraed i'w chyfarch gan roi coflaid iddi, ond camodd yn ôl yn syth i gael golwg well arni. 'Be ti 'di neud i dy *chops*, dŵad?' gofynnodd, gan graffu ar wyneb y ferch ifanc.

'Peidiwch chi â dechra! Dwi 'di cael Mam yn 'y mhen i'n barod,' meddai Anna, gan edrych heibio'i nain ar Meera.

'Ti'n nabod Meera Drws Nesa, yn dwyt?' gofynnodd Myfi. Nodiodd Anna a dweud 'Iawn?' wrth y cymydog.

'Ydw, diolch,' atebodd honno, gan godi ar ei thraed a chasglu ei phethau ynghyd.

''Sdim rhaid i chdi fynd, Meera bach,' meddai Myfi. 'Fedar Anna 'ma helpu chdi'n well na fi, yli – nath hi flwyddyn o golij, 'sti. *Not just a pretty face*, hon!'

'Mae'n iawn, mi ddo' i eto fory i ddweud faint o farciau gawson ni am y gwaith cartref!' meddai Meera.

Edrychodd Anna o un i'r llall.

'Wedi bod yn helpu Meera efo'i Chymraeg dwi,' esboniodd Myfi. 'Ma' hi'n mynd i'r *classes* 'na yn yr Institiwt – 'di pasio ecsams yn barod, cofia! Mi fydd hi'n siarad Cymraeg cystal â fi *in no time!*'

Ar ôl iddyn nhw ffarwelio â Meera, gosododd Anna fag neges ar y bwrdd a thynnu pecynnau bwyd ohono fesul un.

'Dwi 'di dŵad â'r rhain i chi, Nain. O'dd 'na lwyth o betha yn y cabinet *offers* heno. Gosododd becyn o fefus, cyw iâr bychan, bag o salad, stecen a dysgl blastig o dreiffl ar y bwrdd. Roedd Myfi wedi gwirioni.

'Wwww, stêc,' meddai, 'a treiffl! Dyma drît! Faint sydd arna i i chdi, del?'

'Dwi'm isio pres amdanyn nhw, siŵr,' meddai Anna gan gymryd pwrs Myfi o'i llaw a'i roi yn ôl yn ei bag llaw. 'Roeddan nhw'n rhad iawn beth bynnag.'

'Diolch i ti, cariad, ti werth y byd,' meddai Myfi gan lygadu'r pwdin. 'Mae'r treiffl 'na braidd yn fawr i un. Gymri di beth efo fi rŵan?' gofynnodd. 'Mae o angen ei fwyta heddiw, yli!'

'Wel, os dach chi'n mynnu,' gwenodd Anna.

Ar ôl i'r ddwy fwynhau'r treiffl, aeth Anna â'r powlenni at y sinc i'w golchi. Torchodd ei llewys.

'Blydi hel!' ebychodd Myfi. 'Ti 'di cael tatŵ arall!' Cododd ar ei thraed a gafael ym mraich Anna. 'Dangos,' gorchmynnodd, cyn astudio'r patrwm o flodau lliwgar oedd yn ymestyn o'i phenelin i'w harddwrn, gan redeg ei bys drosto. Sylwodd ar y gair 'Dad' wedi'i blethu yng nghanol y dail a'r blodau.

'Pryd gest ti hwn?' gofynnodd.

'Rhyw dair wsnos yn ôl. 'Nes i 'mo'i ddangos o i chi 'cofn i chi ymateb fel nath Mam.'

'Nath hi ffys, ma' siŵr,' meddai Myfi, gan graffu'n fanylach at y tatŵ. 'Tlws iawn. Mae'r boi nath hwn yn dipyn o artist.'

'Hogan ydi hi.'

'Hogan 'ta! Rhain 'di'r bloda roedd dy dad yn 'u tyfu yn 'rar, yntê?'

Gwenodd Anna, yn falch fod ei nain nid yn unig i'w gweld yn hoff o'r tatŵ, ond wedi gweld ei arwyddocâd yn syth, yn wahanol i'w mam.

'Ia,' meddai.

'Wel, dwi'n meddwl y basa dy dad yn falch iawn ohono fo.'

Lledodd gwên Anna. 'Dach chi'n meddwl? O'dd Mam yn meddwl y basa fo'n ei gasáu o.'

'Duw, paid â chymryd sylw o dy fam!' meddai. 'Dwi'n licio'r syniad – rwbath i gofio am dy dad, 'de, a'i gadw fo efo chdi.' Edrychodd yn fanwl ar y tatŵ eto. 'Ydyn nhw'n medru rhoi tatŵs ar hen groen sy'n *wrinkles* byw, dŵad?'

'Be dach chi'n feddwl?'

'Fasa'r hogan 'ma'n medru rhoi tatŵ i mi?'

Chwarddodd Anna'n uchel. 'Peidiwch â mwydro! Dach chi'm isio tatŵ, siŵr!'

'A pham ddim? Ma' dy nain wedi mynd yn rhy hen i lot o betha, ond ddim i bob dim. Does 'na'm byd i fy nadu i rhag cael un, nag oes?'

Stopiodd Anna chwerthin wrth sylweddoli fod ei nain o ddifrif.

'Dach chi ddim yn sîriys?'

'Ydw, tad!' meddai Myfi, nad oedd wedi ystyried y peth tan y funud honno. 'Jest un bach, i fyny 'mraich fan hyn. Rwla lle faswn i'n medru ei weld o.'

'Wel, mi fasa Tesni'n medru ei neud o i chi, dwi'n siŵr.'

Po fwyaf roedd hi'n meddwl am y peth, y mwyaf roedd Myfi'n licio'r syniad.

''Di o'n brifo?' gofynnodd.

'Na, dim llawer, os mai jest un bach dach chi'n gael,' atebodd Anna. 'Llun be fasach chi isio?'

'Llythyren 'swn i isio.'

'Pa lythyren?'

'D.'

'D am Dafydd – enw Taid!' meddai Anna.

Edrychodd Myfi arni. 'Ia, ia, dyna chdi,' meddai. 'Fedri di 'i drefnu o i mi?'

'Medraf, ac mi ddeuda i wrthach chi be wna i – mi dala i amdano fo fel presant pen blwydd i chi. Dwi 'di bod yn trio meddwl be i'w gael i chi.'

'*Go on* 'ta!' meddai Myfi. Edrychodd y nain a'r wyres ar ei gilydd a dechrau chwerthin fel dau blentyn drwg ar fin gwneud drygau.

'Fedra i'm disgwyl i weld wyneb Mam pan welith hi o!' meddai Anna.

'Paid â deud dim wrthi nes y bydda i wedi'i gael o, cofia!' siarsiodd Myfi.

* * *

Roedd hwyliau da ar Delyth pan gyrhaeddodd Anna adref, a'r trip i'r sba wedi gwneud lles iddi.

'Ti adra'n handi,' meddai.' Ro'n i'n cymryd dy fod ti wedi mynd yn syth at Cai ar ôl dy waith.'

Roedd tymer dda ar Anna hithau. Gwenodd wrth feddwl am ei chyfrinach hi a'i nain.

'Es i heibio Nain.'

'O. Oedd dy nain yn iawn?'

'Oedd.'

'Ti isio bwyd? Mae 'na bei pysgod yn y ffrij i chdi,' cynigiodd Delyth.

Gollyngodd Anna ei hun i'r gadair freichiau a synnodd Delyth o'i gweld yn aros yn yr un stafell â hi, yn hytrach na mynd yn syth i'w llofft.

'Na, dwi'n iawn, diolch. Ges i dreiffl efo Nain.'

'Ewadd, Nain wedi gwneud treiffl! Be oedd yr achlysur?'

'Na, fi aeth â threiffl iddi hi,' esboniodd Anna.

'O! Wel, chwarae teg i chdi,' meddai Delyth, yn cael ei thynnu rhwng bod yn falch o'i merch am fod mor feddylgar, a chenfigen na ddaeth Anna erioed â threiffl adref iddi hi.

'Sut ddiwrnod gest ti yn dy waith?' gofynnodd, gan droi sain y teledu i lawr.

'Boring,' atebodd Anna gan estyn am reolydd y teledu a throi'r sain yn ôl i fyny.

Gwyddai Delyth nad oedd pwynt disgwyl i Anna ofyn iddi am ei diwrnod hi gan na wnaeth hi erioed y ffasiwn beth, ond penderfynodd ddweud wrthi am ei thrip i'r sba. Cafodd ambell 'o' ac 'mmm' yn ymateb.

'Mi fasat ti'n medru dod yno efo fi rywbryd, os leci di,' cynigiodd Delyth.

Cododd Anna ei chlustiau. 'Am ddim?'

'Ym, ia,' atebodd Delyth. Doedd dim caniatâd i aelodau'r teulu fynd am ddim, ond mi fyddai hi'n fodlon talu dros ei merch. Byddai mynd i'r sba yn rhywbeth neis i'r dwy ohonyn nhw ei wneud efo'i gilydd, meddyliodd. Cyfle iddyn nhw glosio.

Fuasai neb yn gallu dweud bod gan Delyth ac Anna berthynas glòs. Pan ddarganfu Delyth ei bod yn feichiog, roedd yn dipyn o sioc a hithau wedi derbyn, ar ôl blynyddoedd o fod yn briod a dim sôn am fabi, mai di-blant fydden nhw ... ac roedd y sefyllfa honno'n ei siwtio hi'n iawn. Gwirioni'n lân wnaeth Medwyn, fodd bynnag, a llithrodd i rôl rhiant fel cledd i'w wain. Nid felly Delyth, a'i cafodd yn anodd dod i arfer â'r cyfrifoldeb o fagu plentyn. Roedd hi wastad ofn gwneud neu ddweud y peth anghywir. Doedd y ffaith mai 'Dad' oedd gair cyntaf Anna, ac mai babi Dad fu hi byth wedyn, ddim wedi helpu pethau. Wrth i Anna dyfu i fyny, ac wrth i'w phersonoliaeth allblyg, fywiog ddatblygu – personoliaeth mor wahanol i'w mam – byddai Delyth weithiau'n ei gweld fel estron, bron fel cwcw yn ei nyth, ac yn aml wyddai hi ddim beth i'w wneud â hi. Blynyddoedd ei harddegau oedd y rhai mwyaf heriol, gydag Anna'n gwthio yn erbyn y tresi ac yn gwrthod derbyn awdurdod ei mam. Bryd hynny, roedd Delyth wedi bod yn hapus i gamu'n ôl a gadael i Medwyn fod yn gyfrifol am ei magu. Ar ôl i Medwyn fynd, roedd y fam a'r ferch wedi cilio ymhellach oddi wrth ei gilydd, ac ni wyddai Delyth beth i'w wneud am y peth. Efallai y byddai trip efo'i gilydd i'r sba yn llesol iddyn nhw.

'Oes raid i chdi fod yno efo fi?' gofynnodd Anna.

'Rhaid,' atebodd Delyth, gan ddal ei gwynt wrth ddisgwyl am ei hymateb.

'Feddylia i am y peth.'

Gwenodd Delyth, a gwyliodd y ddwy weddill y rhaglen deledu efo'i gilydd yn dawel.

Ar ôl i'r rhaglen orffen penderfynodd Delyth gymryd mantais o hwyliau da Anna a chodi'r pwnc oedd wedi bod yn ei phoeni ers ei sgwrs efo Robin.

'Anna ... ym ... ti'm yn digwydd bod wedi cael pres gan dy nain yn ddiweddar, naddo?'

Edrychodd Anna arni. 'Be ti'n feddwl?'

'Wel ... ydi Nain wedi rhoi pres i ti?'

Oedodd Anna, a gwyddai Delyth yr ateb yn syth. Eisteddodd i fyny yn ei chadair. 'Faint?'

''Di o'n ddim o dy fusnes di,' atebodd Anna.

Ochneidiodd Delyth. 'Nac'di, ma' siŵr, ond 'swn i'n licio cael gwybod 'run fath.'

'Pam ti'n gofyn, eniwê?'

'Yncl Robin ddeudodd fod Ioan ac Osian wedi cael pres ganddi.'

'Pwy ddeudodd wrth Yncl Robin?'

'Osian.'

'Fo â'i geg fawr! Doedd Nain ddim isio i ni ddeud wrthat ti ac Yncl Robin. Ma' hi wedi rhoi pres i'r tri ohonon ni.'

'Wel, mi oedd hi braidd yn amlwg ei fod o wedi cael pres o rwla a fynta wedi prynu car!' meddai Delyth. 'A dyna sut wyt titha wedi gorffen talu am dy gar di!'

Roedd hyn wedi corddi Delyth: sut allai ei mam daflu pres at ei hwyrion fel hyn, a gwneud iddi hi dalu pob ceiniog o'i benthyciad hanfodol yn ôl? Roedd ei mam yn siŵr o fod yn deall pa mor dynn oedd pethau arni, yn enwedig o ystyried ei bod hi wedi dweud wrthi am y dyledion yr oedd Medwyn wedi'u gadael.

'Wel, cofia fod arnat ti bres *keeps* i mi, 'nei di!' meddai Delyth yn flin. 'Mae arnat ti chwe chan punt, a dwi isio nhw cyn gynted â phosib!'

Gwgodd Anna a chodi ar ei thraed. Martsiodd allan o'r ystafell gan roi clep uchel i'r drws wrth fynd.

'Sori!' gwaeddodd Delyth ar ei hôl. 'Do'n i ddim yn bwriadu swnio mor gas ...'

Suddodd yn ôl i'w chadair. 'Shit!' ebychodd.

Pennod 8

Cytunodd Delyth a Robin i fynd efo'i gilydd i weld eu mam i geisio trafod cael pŵer atwrnai efo hi. Ond rhag iddi amau fod rhywbeth ar droed, roedd y ddau wedi trefnu i gyrraedd ar wahân: Robin yn gyntaf, ac wedyn Delyth, oedd i fod i alw i mewn ar ei ffordd adref o'r gwaith. Roedd Myfi yn y gegin yn bwyta plataid o samosas pan gyrhaeddodd Robin.

'Ew, mae 'na ogla da yma!' meddai, ar ôl iddo roi coflaid a chusan i'w fam.

'Newydd dwymo'r rhain ydw i,' meddai Myfi.

'Dach chi'n hwyr iawn yn cael eich swper,' meddai Robin, oedd eisoes wedi bwyta.

'Ddim wedi teimlo fel bwyd tan rŵan, a deud y gwir wrthat ti, ac wedyn mi gofis i am y rhain ges i gan Meera ddoe. Meddwl y byswn i'n eu trio nhw.' Estynnodd blât arall o'r cwpwrdd a gosod cwpwl o samosas arno. 'Yli, bwyta di'r rhain – ma' nhw'n reit neis, chwara teg. Rhyw groes rhwng pasti a sbring rôl, efo chydig o gic ynddyn nhw.'

Tro Julie oedd hi i goginio'r noson honno, a gan mai dim ond bîns ar dost osododd hi o'i flaen, derbyniodd Robin y cynnig yn ddiolchgar.

'Mae Meera Drws Nesa'n ffeind iawn efo chi,' meddai Robin rhwng cegeidiau o samosa.

'Ydi, cofia. 'Swn i'm 'di medru gofyn am well cymdogion. Ma' hi'n beth bach annwyl iawn … a'i gŵr hi hefyd, er y bydda i'n ei weld o yn y siop yn amlach nag y bydda i'n ei weld o adra! Mae o'n gweithio oria hir yno, cradur.'

'Peth rhyfedd na fasa Meera yn gweithio yn y siop hefyd,' ychwanegodd Robin. Roedd yntau hefyd yn gwsmer rheolaidd yn siop gornel gwerthu-bob-dim gŵr Meera.

'Na, mae ganddi hi job dda, 'sti – tynnu gwaed yn Sbyty Gwynedd. Fflemotobist dwi'n meddwl nath hi alw'i hun, ond Vampire fydda i'n ei galw hi!' Rhoddodd Myfi roch o chwerthiniad ar ei jôc ei hun. 'Mae'r ddau yn trio am blant ers blynyddoedd, ond tydi o ddim wedi digwydd hyd yn hyn,' ychwanegodd.

'Sut dach chi'n gwybod hynny?' gofynnodd Robin.

'Wel, mi faswn i'n gwybod tasa 'na blentyn drws nesa, siŵr!' atebodd Myfi.

'Naci! Sut ydach chi'n gwybod eu bod nhw'n trio?' cywirodd Robin.

'Gofyn, 'de!'

'Mam!' ceryddodd Robin, gan wingo wrth feddwl am ei fam yn holi Meera druan yn dwll.

'Duw, Duw, chei di byth wybod dim heb ofyn!' meddai Myfi.

Ar hynny, clywsant y drws ffrynt yn agor, ac atseiniodd llais Delyth drwy'r tŷ.

'Fi sy 'ma!'

'*Two for the price of one* heno, myn diân i!' meddai Myfi, gan wthio'r samosa olaf i'w cheg rhag iddi orfod ei chynnig i Delyth.

'O, haia, Robin!' meddai Delyth, gan gymryd arni ei bod wedi synnu ei weld yno. 'Iawn, Mam?'

Nodiodd ei mam, ei cheg yn llawn samosa.

'Helpu Mam i fwyta'i swper ydw i!' meddai Robin.

'Chwara teg i chdi,' meddai Delyth.

'Gwna banad i dy fam a dy frawd, wnei di?' gofynnodd Myfi. 'A chymra un dy hun os leci di. Ar y ffordd adra o dy waith wyt ti?'

Llifodd awydd dros Delyth i'w hateb yn siort, gan egluro na fuasai'n gwisgo'i hiwnifform gwaith fel arall, ond penderfynodd mai doethach fyddai ymatal. Nodiodd wrth dynnu ei siaced, a mynd i roi'r tegell ar y tân. Daliodd lygaid Robin wrth gerdded heibio iddo, a winciodd hwnnw arni.

'Ew, ti 'di magu pwysa, dŵad?' gofynnodd Myfi wrth edrych arni yn ei sgert a'i blows. 'Y sgert 'na i weld yn dynn i chdi!'

Dyma ni eto, meddyliodd Delyth. Roedd ei mam wedi llwyddo i godi ei gwrychyn a hithau ddim ond wedi yngan tair brawddeg. Diolchodd fod Robin yno, neu mi fuasai wedi rhoi ei siaced yn ôl amdani a chofio'n sydyn fod yn rhaid iddi fynd i rywle.

'Naddo, Mam, dwi union yr un seis â phan welis i chi ddwytha.'

Ar ôl iddi wneud tair paned ac ymuno â'i theulu rownd y bwrdd, edrychodd Delyth ar ei brawd. Sut oedd codi pwnc mor anodd? Doedden nhw ddim wedi trafod sut roedden nhw am fynd o'i chwmpas hi. Ond drwy ryw wyrth, arweiniodd Myfi nhw at y pwnc o'i phen a'i phastwn ei hun.

'Gafon ni chydig o ddrama yn y stryd gynna,' meddai.

'O? Be felly?' gofynnodd Robin.

'W'sti Moi Tŷ Pen?'

'Yr hen ddyn sy wastad yn gwenu?'

'Dyna chdi! Ond tydi o ddim mor hen â hynny – 'mond ryw flwyddyn yn hŷn na fi. A 'di o'm yn gwenu fawr dyddia yma chwaith. Mae o yn 'rhosbitol ers jest i dri mis. Strôc fawr. Er, mi fasa fo 'di cael dod adra ers wsnosa tasa'i wraig o'n dal yn fyw i edrych ar ei ôl o. Tydi Nia, ei ferch, ddim yn medru gwneud achos ei bod hi'n gweithio shifftia – plismones ydi hi – a tydyn nhw ddim wedi medru trefnu *carers*. Eniwê, ro'n i wrthi'n rhoi'r biniau allan at fory cyn i mi anghofio, pan welis i ddyn mewn iwifform ddu yn cnocio ar ei ddrws o. Mi gymris i mai plisman oedd o, felly mi gadwis i lygad arno fo. Pan welis i o'n cerdded ar draws yr ardd a sbio drwy'r ffenest dyma fi ato fo, a deud fod Moi yn 'rhosbitol. Medda fynta, "Mr Morris Morris, ia?" "Duw, Morris ydi'i enw cynta fo hefyd?" medda fi. Wyddwn i ddim. "Moi 'dan ni wedi'i alw fo rioed," medda fi wedyn. "O," medda fynta.'

Ochneidiodd Delyth yn dawel gan obeithio nad oedd stori ei mam yn mynd i fod yn un hir. Roedd hi wedi blino ac yn ysu am gael mynd adref i roi ei thraed i fyny.

Aeth Myfi yn ei blaen. 'Wedyn mi ddeudis i, "Ddylsach chi

fod yn nabod ei ferch o, Nia, ma' hi'n un ohonoch chi." Ac mi
drychodd o arna i'n rhyfadd. "Be, bailiff?" medda'r boi. Dim
plisman oedd o yn y diwadd, jest 'di gwisgo'n debyg i un ... er
mwyn dychryn pobol, ma' siŵr! Mi ges i chydig o drafferth cael
allan ohono fo be oedd o'n da yno – tydi o'm i fod i ddeud, dach
chi'n gweld – ond mi lwyddais yn y diwedd. Wedi dod yno i nôl
pres am nad oedd Moi wedi talu ei filiau oedd o! Wel, sut oedd
y cradur i fod i dalu'r biliau a fynta'n lledan yn ei wely, medda
fi!'

'Be ddeudodd o wedyn?' gofynnodd Robin.

'Fawr ddim. 'Nes i ei siarsio fo i beidio â meiddio troi fyny
yn 'rhosbitol i chwilio amdano fo, 'cofn i'r cradur gael hartan
ar ben ei strôc! Dwi 'di cysylltu efo Nia, ac mi neith hi sortio
petha, medda hi.'

'Sefyllfa anodd, 'de,' meddai Delyth. 'Ma' siŵr 'i fod o'n
digwydd yn aml i bobol sy yn yr ysbyty am hir, tydi?'

'Ddim tasa'r teulu wedi trefnu *power of attorney*,' meddai
Robin.

'Be 'di hwnnw?' gofynnodd Myfi, gan roi'r cyfle perffaith i'w
phlant drafod y pwnc efo hi.

'Mi fydd raid i mi sôn am y peth wrth Nia,' meddai Myfi ar
ôl i Robin esbonio'r drefn iddi.

'Ella 'sa'n syniad i chi gael gwneud un, Mam,' mentrodd
Delyth.

Rhythodd Myfi arni. 'Fi? I be, dŵad? Trio deud nad ydw i o
gwmpas 'y mhetha wyt ti? Mae fy musnas i mewn trefn, dallta!'

'Naci siŵr!' meddai Delyth. 'Ond dach chi wedi gweld be
ddigwyddodd i Moi Tŷ Pen, yn do?'

'Isio busnesu yn 'y metha fi ydach chi?' meddai Myfi, wedi
dechrau styrbio wrth feddwl fod ei phlant yn amau ei gallu i
ymdopi.

'Ddim o gwbwl. Anghofiwch 'mod i wedi sôn,' meddai
Delyth. Roedd hi wedi amau y byddai ei mam yn gwrthod ar ei
phen, ac roedd hi'n fodlon gadael y mater am y tro. Ond roedd
Robin yn fwy awyddus i'w pherswadio.

'Dwi'n meddwl y basa fo'n syniad da,' meddai. Trodd Myfi i edrych arno.

'Chdi hefyd?' gofynnodd yn siomedig. 'Wel pam, neno'r tad?'

Rhoddodd Robin ei law ar ei llaw fechan hi. 'Mi fasa'n llai o faich arnoch chi, Mam,' meddai'n dyner, 'a fasach chi byth yn gorfod poeni am bres wedyn. Mi fasach chi'n gwybod y basan ni'n gofalu am bob dim, ac yn meddwl am ddim ond eich lles chi.'

'Tydw i byth yn poeni am bres, diolch yn fawr. Dwi wedi bod yn ofalus ar hyd fy oes – does gen *i'm* dyled na maen melin o forgej!' Gwingodd ei phlant dan ei hergydion.

'Dwi'm yn awgrymu fod ganddoch chi drafferthion, siŵr ...' rhesymodd Robin.

'Isio busnesu ydach chi'ch dau, yn de? Isio gwybod faint o bres sgin i! Wel, pam na wnewch chi ofyn hynny ar ei ben yn lle rwdlan am ryw *power of attorney*?'

Cododd yr hen wraig ar ei thraed a mynd â'i phlât at y sinc er mwyn cael esgus i droi ei chefn ar ei phlant. Teimlai'n benysgafn a dechreuodd ei chalon ddyrnu. Pwysodd yn drwm yn erbyn y sinc gan ddifaru iddi godi mor sydyn.

Edrychodd Robin a Delyth ar ei gilydd. Ystumiodd Delyth y geiriau 'gad o!' ond dal i drio wnaeth Robin.

'Naci wir, dim o'r fath beth,' meddai. 'A fasan ni ddim yn cael twtsiad eich petha chi heb eich caniatâd chi, tra byddwch chi'n dal yn abl. Gobeithio wir na fydd byth angen i ni gamu i mewn o gwbwl,' ychwanegodd.

Anadlodd Myfi'n drwm. Mae'n rhaid eu bod nhw wedi cael gwybod am y pres roedd hi wedi'i roi i Anna a'r hogia. Ei busnes hi oedd be wnâi hi efo'i phres a'i heiddo, ac roedd hi'n flin fod ei hwyrion wedi torri'u haddewid wrth ddweud wrth eu rhieni am y rhoddion. Roedd hi wedi amau na fyddai Delyth a Robin yn deall. Roedden nhw'u dau yn iawn; roedd ganddyn nhw swyddi a tho uwch eu pennau. Ond dechrau arni yr oedd y to ifanc, ac o be welai hi roedd pethau'n llawer anoddach iddyn nhw nag i'w rhieni yn eu hoed nhw. Roedd hi wedi llwyddo i gynilo celc go lew o'r cyflog a gafodd am fod yn gynghorydd, ac roedd hi am ei ddefnyddio i helpu eu hwyrion, a'u helpu tra oedd hi'n fyw er mwyn iddi gael mwynhau gweld canlyniad ei haelioni.

'Dwi 'di blino rŵan. Dwi am fynd i 'ngwely'n reit handi,' meddai, a gwyddai Robin a Delyth fod y sgwrs drosodd.

Gadawodd y brawd a'r chwaer yr un pryd er mwyn cael sgwrs sydyn wrth fynd i'w ceir.

'Pam na fasat ti jest wedi gollwng y peth, Robin!' ceryddodd Delyth. 'Doedd hi'n amlwg ddim isio arwyddo'r blydi peth. Mi wyt ti'n nabod Mam cystal â finna – unwaith ma' hi wedi cael rwbath yn ei phen, does 'na'm troi arni.'

'Rown ni chydig ddyddiau iddi arfer efo'r syniad cyn codi'r pwnc eto,' meddai Robin.

'I be wnawn ni drafferthu? Mae o'n amlwg yn ei styrbio hi.'

'Gad o i mi. Dria i eto,' meddai Robin.

'Wel, dwn i'm pam – ma' hi 'di deud ei barn yn ddigon clir.'

'Ddim 'di dallt y peth yn iawn mae hi, siŵr.'

Camodd Delyth i'w char gan ddyfalu pam roedd ei brawd mor benderfynol o fwrw mlaen â'r syniad.

Ar ôl i'w phlant adael, gosododd Myfi ei hun yn ofalus yn ei chadair. Roedd ei gwynt yn fyr a'i chalon yn dal i ddyrnu, ond o leiaf roedd ei phen wedi stopio troi. Mi fyddai'n iawn mewn munud, meddyliodd, gan ddiolch ei bod wedi llwyddo i guddio'i phendro oddi wrth Robin a Delyth. Byddai gwybod nad oedd hi'n teimlo gant y cant wedi cryfhau eu barn ei bod hi'n dechrau simsanu ac yn methu edrych ar ei hôl ei hun. Wfft i'r ddau ohonyn nhw – roedden nhw wedi gwneud lot mwy o lanast o'u bywydau na hi!

Ymhen rhai munudau roedd hi'n teimlo chydig yn well, felly cododd i ddechrau twtio o gwmpas y gegin. Wrth fynd â charton llefrith i'r bocs ailgylchu wrth y giât, gwelodd Meera ar yr un perwyl. Cododd ei llaw arni.

'Faint o farcia gawson ni?' gofynnodd.

'Marciau llawn, Mrs T!' atebodd Meera â gwên.

'Da iawn!'

'Wyt ti'n teimlo'n well heddiw?' gofynnodd Meera gan gerdded tuag ati.

'Yndw. *Champion*!' atebodd Myfi, ond roedd tôn ei llais yn awgrymu'n wahanol.

'Siŵr?' gofynnodd Meera'n amheus.

Oedodd Myfi cyn ateb, a phwyso'i llaw yn erbyn y wal. Gwylltiodd efo hi'i hun wrth deimlo dagrau'n dechrau pigo cefn ei llygaid. Sylwodd Meera fod ei llaw yn crynu.

'Be sydd mater?'

Ysgydwodd Myfi ei phen. 'Dim byd, 'sti, jest hen wraig yn bod yn wirion.'

'*Hold on*, dwi'n dod draw,' meddai Meera.

Dros baned llwyddodd Meera i gael Myfi i ddweud beth oedd ar ei meddwl.

'Pam wyt ti ofn y *power of attorney*?' gofynnodd Meera ar ôl gwrando arni'n astud.

Meddyliodd Myfi am ei chwestiwn – oedd arni ofn?

'Achos mae o'n gwneud i mi orfod wynebu 'mod i'n mynd yn hen ac yn fusgrall,' atebodd.

'Fusgrall?' gofynnodd Meera gan rowlio'r gair dieithr rownd ei thafod.

'Feeble,' esboniodd Myfi.

'No one would call you feeble, Mrs T!' cysurodd Meera.

'*Not now* ella, ond fel'na yr eith hi, yn de? Gas gen i feddwl y bydda i'n mynd yn ddibynnol ar bobol eraill.'

'*But not any* pobol. Mae'r pobol yma yn caru ti, a dyna be mae teulu yn da!' meddai Meera. Roedd hi'n dod o ddiwylliant lle'r oedd gofalu am yr aelodau hŷn yn rhan annatod o wead teulu, rhywbeth yr oedd hi'n gresynu nad oedd yn digwydd yn yr un modd yn ei chymuned newydd.

Edrychodd Myfi i ffwrdd.

'Meddwl amdanat ti maen nhw,' aeth Meera ymlaen.

'Hy! Meddwl amdanyn nhw eu hunain ma' nhw. Gwneud petha'n haws iddyn nhw, tydi.'

'Ydi hynny'n peth drwg?' gofynnodd Meera.

Ystyriodd Myfi. Meddyliodd am Moi Tŷ Pen a Nia. Roedd yn rhaid iddi gyfaddef y byddai pethau wedi bod yn haws iddyn nhw petai gan Nia hawl i ddelio â materion ariannol ei thad.

'Mi fedra i weld y synnwyr yn y peth, medraf,' cyfaddefodd. 'Ond dwi ddim isio iddyn nhw fusnesu yn 'y metha fi ... 'y nhrin i fel taswn i'n ryw blentyn yn methu edrych ar ôl ei hun.'

'Ond cofiwch, *they can't touch anything while you're still capable*,' esboniodd Meera.

'Felly, chân' nhw ddim jest sbio i mewn i 'nghownt banc i'n syth?'

'Na! Ac ti'n cael canslo ryw dro os ti isio, *as long as* ti dal yn *capable*. Mae brawd mawr fi wedi gwneud *power of attorney* i rhieni fi yn barod, *and he has no idea how much money they have*.'

'Ond be tasan nhw isio fy rhoi fi mewn hôm?' gofynnodd Myfi, yn lleisio'i hofn mwyaf. 'Mi fasan nhw'n medru gwneud hynny a finna'n methu'u stopio nhw!'

'Mae *finance* ac iechyd ddim efo'i gilydd, a dim rhaid gwneud y ddau,' atebodd Meera. 'A dwi ddim yn meddwl y bydd nhw *in a rush* i rhoi ti mewn *home* a gwario *inheritance* nhw i gyd!'

Plygodd Myfi ei phen a dechreuodd dagrau araf rowlio i lawr ei boch.

'O, Mrs T annwyl, paid crio!' meddai Meera, gan godi a rhoi ei braich amdani.

'Uffar o beth ydi mynd yn hen, Meera bach,' meddai Myfi yn floesg. Ac er bod henaint i'w weld ymhell i ffwrdd iddi hi, allai Meera ddim peidio â chytuno.

* * *

'Wel? Be ddeudodd hi?' holodd Julie cyn gynted ag y cerddodd Robin drwy'r drws.

'No chance,' atebodd Robin. 'Ro'n i'n deud wrthat ti na fysa hi ddim yn cîn. Ma' hi wedi bod yn breifat iawn ynglŷn â'i phres erioed.'

'Pam gwrthod?'

'Ma' hi'n meddwl ein bod ni isio'i wneud o jest er mwyn busnesu efo'i phres hi,' atebodd Robin.

Crychodd Julie ei thrwyn. Doedd ei mam yng nghyfraith ddim yn wirion, ac er na fyddai Robin wedi meiddio gwneud y fath beth, dyna oedd ei bwriad hi.

'Mi fydd yn rhaid i chdi drio eto, yn bydd ... ti'm yn gwybod i bwy arall mae hi 'di bod yn rhoi ei phres. Ti 'di clywed gan Delyth? Ydi hi wedi rhoi pres i Anna?' gofynnodd.

Nodiodd Robin ei ben. Roedd o'n teimlo'n annifyr am yr holl beth a jest isio llonydd i wylio'r teledu am chydig. Ar ôl cadw'i sgidiau'n dwt yn eu lle priodol a rhoi ei slipas am ei draed, dechreuodd gerdded i gyfeiriad yr ystafell fyw.

'Oi!' gwaeddodd Julie. 'Paid â cherdded i ffwrdd pan dwi'n siarad efo chdi!'

Cerddodd Robin yn ei flaen. 'Does 'na ddim byd arall i'w ddeud,' meddai, gan adael Julie yn rhythu ar ei ôl, ei hwyneb fel taran.

'Oes tad!' meddai ei wraig, gan ei ddilyn i'r ystafell fyw. 'Dwi isio trafod y *seating plan* ar gyfer y parti.'

Eisteddodd Robin yn araf yn ei hoff gadair freichiau ag ochenaid.

'*Seating plan*?' meddai. 'Tydan ni ddim angen y ffasiwn beth, siŵr – pawb i eistedd lle mynnon nhw, 'de. Parti pen blwydd ydi o, dim priodas!'

Culhaodd llygaid Julie. 'Os ydan ni'n gwneud rwbath, rhaid ei wneud o'n iawn!' meddai. 'Neu, os lici di, be am i chdi drefnu'r cwbwl lot, a gawn ni weld faint o lanast wnei di o'r peth. Dy blydi fam di ydi hi wedi'r cwbwl!'

Roedd y min yn ei llais yn arwydd fod storm ar fin torri a gwyddai Robin nad oedd ganddo ddewis ond ildio i'w gofynion.

'Sori, cariad,' meddai. 'Dwi'm isio ymddangos yn anniolchgar, 'di blino ydw i, 'sti. Dangos y cynllun seti 'ma 'ta.'

Pennod 9

'Be sy'n bod ar bobol, dŵad?' meddai Kim ag ochenaid. 'Mae 'na ddresing gown ar goll o stafell tri deg saith – yr ail i ddiflannu wsnos yma!'

'Ella bod y gwesteion yn meddwl eu bod nhw'n eu cael nhw yn y pris?' awgrymodd Delyth.

'Wel, maen nhw'n dwp iawn os ydyn nhw! Gyrra lythyr i ofyn amdani'n ôl. Ac os nad ydyn nhw'n ei gyrru hi'n ôl o fewn yr wythnos, gyrra fil iddyn nhw amdani.'

'Iawn,' meddai Delyth, gan wybod mai gwastraff amser fyddai gyrru'r llythyrau. Gwadu'n ddu-las fyddai'r gwesteion bob tro.

'O, ac mi glywis i chdi'n awgrymu'r Bistro Bach i'r cwpwl 'na oedd yn chwilio am le i fwyta gynna, heb hyrwyddo ein *restaurant* ni,' ceryddodd Kim hi.

'Roeddan nhw wedi bwyta yma neithiwr ac yn chwilio am rwla gwahanol ar gyfer heno,' meddai Delyth yn amddiffynnol.

'Hmm,' ebychodd Kim yn flin cyn gadael y dderbynfa a rhoi clep ar y drws.

Gwyliodd Idris hi'n cerdded heibio, ac aeth at y dderbynfa.

'Oes 'na dempar dda ar Kim heddiw?' gofynnodd â gwên ddireidus.

Rholiodd Delyth ei llygaid.

'Be *ti*'n feddwl? Mae 'na rwbath mawr yn poeni honna, dwi'm yn ama. Dwi ddim wedi'i gweld hi'n gwenu ers dyddiau. Dwi 'di bod yn trio'i chael hi mewn hwyliau da er mwyn gofyn iddi oes 'na jans am ofyrteim, ond dim lwc.'

'O? Wyt ti wedi gwirioni cymaint â hynny efo'r lle 'ma?'

'Rwbath fel'na,' atebodd Delyth, gan wenu. Doedd hi ddim am gyfaddef i Idris fod pethau'n dynn arni'n ariannol. Mae'n debyg nad oedd yntau'n ennill llawer o gyflog chwaith, meddyliodd.

'Mi fydd 'na dempar waeth ar Milêdi ar ôl iddi glywed bod 'na fatras arall wedi'i gwlychu neithiwr!' meddai Idris.

'Plentyn 'di pi pi yn ei wely?' gofynnodd Delyth.

'Naci, un o hen gojars y bỳs Wallace Arnold.'

'O, diar!'

'Ma' gen i bechod dros y creadur, ond wir, dwi'n meddwl weithiau nad ydi rhai o'r hen bobol 'ma'n ffit i ddod ar eu gwyliau, 'sti.'

'Be ti'n feddwl?'

'Wel, y stad sydd ar rai ohonyn nhw. Dwi'n ama bod eu teuluoedd yn eu gyrru nhw ar y tripiau 'ma er mwyn cael wsnos o frêc o orfod edrych ar eu holau nhw.'

Roedd yn rhaid i Delyth gytuno; roedd hi wedi meddwl rhywbeth tebyg ei hun droeon.

'Chwarae teg iddyn nhw. Well iddyn nhw fod yma'n mwynhau eu hunain nac yn ista yn y tŷ eu hunain yn gwylio'r bocs,' meddai. 'Ac efo costau byw wedi mynd mor ddrud, ma' siŵr nad ydi hi fawr drutach iddyn nhw fynd ar *coach trip* am wsnos nag aros adra a ch'nesu'r tŷ!'

'Mae hynny'n ddigon gwir. Hei, gwranda, wyt ti ffansi mynd i'r sba eto rywbryd?' gofynnodd Idris.

Gwenodd Delyth. Roedd hi ffansi hynny'n arw.

'Ydw!' atebodd.

'Be am ...' dechreuodd Idris, ond cyn iddo fedru gorffen ei frawddeg daeth Kim yn ei ôl.

'Idris!' galwodd arno. 'Dos i helpu Iestyn yn y bar cefn, wnei di? Mae 'na dderyn 'di dod i mewn drwy'r ffenest ac mae'r blydi peth yn cachu hyd bob man!'

'Asu, tydan ni'n cael bywyd cyffrous!' meddai Idris, gan daflu winc at Delyth cyn cerdded i gyfeiriad y bar. 'Wela i di wedyn,' galwodd dros ei ysgwydd.

Gwyliodd Delyth o'n mynd. Roedd hi'n falch ei fod o eisiau treulio mwy o amser yn ei chwmni, oherwydd roedd hi'n teimlo'r un fath amdano fo. Gwelodd Mr a Mrs Morgan yn dod tuag ati, a chyfarchodd y ddau yn gynnes.

'Bore da! Sut ydach chi bore 'ma?'

'Di-fai, diolch i chi,' atebodd Mr Morgan, 'ond yn drist mai hon yw ein noson olaf 'ma.'

'Ydach chi wedi mwynhau?' gofynnodd Delyth.

'Yn ofnadw, ferch.'

'Ry'ch chi i gyd wedi bod mor garedig,' ychwanegodd ei wraig, 'a meddwl 'wen ni, tybed faint o'r gloch y'ch chi'n gorffen gweitho heddi?'

'Hanner awr wedi tri,' meddai Delyth yn chwilfrydig.

'Meddwl y licech chi ymuno 'da ni am swper yn y *restaurant* heno.'

Doedd gan Delyth ddim syniad sut i ateb. 'Wel ...' dechreuodd.

'Dewch mlân,' anogodd Mr Morgan hi, 'mi fydden ni'n falch o'ch cwmni chi – ein trît bach ni am i chi fod mor dda 'da ni.'

Doedd hi ddim ond wedi gwneud yr hyn y byddai unrhyw un arall wedi'i wneud, meddyliodd Delyth. Ond gan na allai feddwl am reswm dros wrthod – doedd ganddi ddim cynlluniau, dim pryd wedi ei baratoi, ac roedd Anna efo Cai fel arfer ar nos Fercher – diolchodd yn gynnes am y cynnig a'i dderbyn.

'Mae croeso i chi ddod â'ch gŵr 'da chi, os chi moyn,' meddai Mrs Morgan.

'Does gen i ddim gŵr,' atebodd Delyth. 'Hynny ydi, roedd gen i un ... gwraig weddw ydw i.'

'O, da iawn ...' dechreuodd Mrs Morgan cyn cywiro'i hun yn ffwndrus, 'hynny yw, da iawn eich bod chi'n medru dod, ond mae'n ddrwg gen i glywed am eich colled.'

'Welwn ni chi 'sha'r saith 'ma 'te,' meddai Mr Morgan, gan afael ym mraich ei wraig a'i harwain i ffwrdd.

'Lyfli, edrych ymlaen! Diolch!' galwodd Delyth ar eu holau.

Hedfanodd gweddill ei shifft ac roedd hi'n amser mynd adref cyn iddi droi – a chyn iddi gael sgwrs bellach efo Idris, oedd i'w weld wedi cael diwrnod prysurach na hi, hyd yn oed. Byddai wedi licio cael trefnu dyddiad ar gyfer eu trip nesaf i'r sba er mwyn cael rhywbeth i edrych ymlaen ato, meddyliodd, wrth agor drws y tŷ. Wrth iddi gamu i mewn bu bron iddi gael ei gwthio'n ôl allan gan Cai, a ruthrodd allan o'r tŷ heb hyd yn oed ei chydnabod. Clywodd lais Anna'n gweiddi ar ei ôl.

'A paid â boddran trio cael gafael arna fi byth eto 'cos dwi'n mynd i flocio dy ffycin nymbyr di!' Ymddangosodd Anna, a phan welodd ei mam gollyngodd ruad blin a throi yn ôl am y gegin.

Safodd Delyth yn llonydd am funud, yn cael ei themtio i fynd allan a dod yn ôl pan fyddai Anna wedi tawelu, ond cymerodd anadl ddofn cyn cerdded tuag at y gegin.

'Dwi'm isio siarad am y peth!' meddai Anna cyn i Delyth gael cyfle i agor ei cheg.

Sylwodd Delyth fod ôl crio arni, a bod ei boch chwith yn wyn efo siwgwr eisin. Gwelodd hefyd fod llanast y diawl yn y gegin, llestri budron lond y sinc a chlamp o gacen ar y bwrdd. Roedd y gacen yn un dair haen, wedi'i gorchuddio â siocled tywyll sgleiniog, ac roedd Anna yn amlwg ar ganol peipio rhosod mewn eisin siocled goleuach ar ei hyd.

Safodd Delyth, yn chwilio am rywbeth i'w ddweud.

'I bwy mae honna?' gofynnodd yn y diwedd.

Ochneidiodd Anna. 'I Cai, i fod, ond mae o'n dwat, a 'dan ni 'di gorffan.' Cododd y bag peipio a dechrau creu mwy o rosod.

'Ydi o'n cael ei ben blwydd heddiw?' gofynnodd Delyth.

'*Obviously!*' atebodd Anna.

Tynnodd Delyth ei siaced a'i hongian ar fachyn tu ôl i'r drws. Os oedd Anna a Cai wedi gwahanu go iawn, roedd hi'n falch. Chymerodd hi erioed ato fo – roedd ei lygaid yn rhy agos at ei gilydd ac roedd o'n mynnu ei galw'n 'chdi' yn lle 'chi'. Ac roedd hi'n ddigon hen ffasiwn i feddwl fod hynny'n anghwrtais. Roedd o hyd yn oed yn galw ei mam yn 'chdi'. Ond, ar y llaw arall, doedd hi ddim yn licio gweld Anna wedi cynhyrfu.

'Wyt ti'n iawn?' mentrodd ofyn.

'Yndw. A dwi'm yn deud dim mwy, so waeth i ti heb.'

Sylwodd Delyth fod ei llaw yn crynu wrth iddi beipio'r rhosod. Cychwynnodd tuag ati gan godi ei llaw at ei hysgwydd, ond newidiodd ei meddwl ar y funud olaf a gollwng ei llaw heb gyffwrdd ei merch.

'Mae'r gacan yn edrych yn lyfli.'

'Diolch. Ti isio hi?'

'Mi gymera i ddarn wedyn, diolch.'

Beth oedd hi am ei wneud ynglŷn â'r noson honno? Efallai y byddai'n syniad iddi ganslo'r pryd efo Mr a Mrs Morgan er mwyn cadw cwmni i'w merch.

'Fyddi di isio swpar heno?' mentrodd. 'Jest ... wel, dwi ' di cael gwahoddiad i fynd allan am fwyd efo ryw bobol o'r gwaith ...'

'Na, dwi am fynd i weld Nain,' atebodd Anna.

Wrth gwrs, meddyliodd Delyth, roedd hi'n mynd i redeg at ei nain. At ei nain y byddai'n mynd bob tro y byddai rhywbeth yn ei phoeni.

'Iawn. Dos di i weld Nain, 'ta,' meddai Delyth. 'Deud wrthi y gwna i alw draw fory, ac iddi adael i mi wybod os ydi hi angen unrhyw beth o'r siop.'

Gadawodd y gegin a cherdded i'r ystafell fyw gan ddychmygu'r croeso cynnes, a'r cysur, a gâi Anna gan ei nain. Mae'n siŵr y byddai'n adrodd holl hanes ei ffrae efo Cai wrth honno, meddyliodd.

Doedd Delyth erioed wedi cael pryd ym mwyty'r George o'r blaen er ei bod wedi blasu'r arlwy droeon. Roedd yn edrych ymlaen at gael y profiad o eistedd yn yr ystafell grand efo'i nenfwd uchel a'i ffenestri mawr yn edrych allan ar yr ardd, a phrofi un o bwdinau'r *chef* o'r diwedd. Gwyddai na fyddai'r bwyty yn or-brysur ar nos Fercher, er y byddai'r ystafell fwyta arall – y Lavender Room, sef yr ystafell fawr a ddefnyddid ar gyfer priodasau a phartïon – yn llawn o westeion y tripiau bysys.

Arweiniodd y gweinydd hi at fwrdd crwn ym mhen pellaf yr ystafell, a gallai weld fod Mr a Mrs Morgan eisoes yno'n eistedd, yng nghwmni rhywun arall oedd a'i gefn ati. Adnabu gefn y pen yn syth. Idris. Llamodd ei chalon a dechreuodd deimlo'n reit nerfus.

Cododd Mr Morgan ar ei draed pan welodd hi'n dod tuag atyn nhw, a chynnig ei law iddi.

'Delyth! Ry'ch chi'n edrych yn smart iawn heno,' meddai, gan ysgwyd ei llaw yn frwdfrydig. Trodd Idris i edrych tuag ati a gallai weld ar ei wyneb ei fod o wedi synnu cymaint o'i gweld hi ag yr oedd hi o'i weld o. Lledodd gwên lydan ar draws ei wyneb a gwenodd hithau'n ôl arno, yn falch ei bod wedi gwisgo'i ffrog las orau oedd yr un lliw â'i llygaid, a'i bod wedi mynd i chydig mwy o drafferth nag arfer efo'i gwallt a'i cholur. Petaen nhw ddim wedi bod yn syllu ar ei gilydd, byddai'r ddau wedi gweld Mrs Morgan yn eu gwylio'n fanwl â gwên fach foddhaus. Arweiniodd Mr Morgan hi i eistedd yn y gadair wag oedd rhwng Idris a Mrs Morgan.

'Nawr 'te, beth gymrwch chi i'w yfed?' gofynnodd Mr Morgan cyn gynted ag yr eisteddodd hi i lawr. 'Ry'n ni wedi archebu potel o Malbec o Dde America, ond os nad y'ch chi'n hoff o win coch fe gawn ni botel o wyn hefyd. Gawson ni Chenin Blanc bach hyfryd neithiwr, yn'do fe, Dil?'

'Do wir, Dil,' cytunodd Mrs Morgan.

'O, dim gwin i mi, diolch, dwi'n gyrru,' atebodd Delyth, gan geisio dyfalu pam yr oedd y ddau yn galw ei gilydd yn Dil.

'O, 'na biti! Ddylen i fod wedi gweud wrthoch chi am ga'l tacsi. Y'ch chi'n byw'n bell?' gofynnodd Mr Morgan.

'Dwy filltir i ffwrdd,' atebodd Delyth.

'Pam na wnei di adael dy gar a chael tacsi adra?' awgrymodd Idris. Roedd o'n byw yn y dref ac yn medru cerdded i'r George.

'Oes bws y byddech chi'n medru ei ddal yn y bore?' gofynnodd Mrs Morgan.

'Wel, mae gen i ddiwrnod i ffwrdd fory fel mae'n digwydd, felly fydd 'na'm brys ...'

'Dyna ni 'te! Beth gymrwch chi: coch neu wyn?'

Gwenodd Delyth. 'Wel, os ydach chi'n mynnu mi fasa'n well gen i wyn, os ydi hynny'n iawn?'

'Wrth gwrs!'

Wrth i Mr Morgan alw ar y gweinydd i archebu, ceisiodd Delyth gofio pryd yr oedd hi wedi yfed alcohol ddiwethaf. Chafodd hi ddim tropyn ers y noson unig honno, ychydig ar ôl marwolaeth Medwyn, pan yfodd hi ddwy botel o win, a theimlo mor sâl y diwrnod wedyn fel iddi wneud addewid iddi'i hun na fyddai'n yfed ar ei phen ei hun yn y tŷ byth eto.

Derbyniodd y fwydlen a roddodd Mrs Morgan yn ei llaw, a chymryd y cyfle i guddio'i hwyneb y tu ôl iddi am funud. Roedd y pryd tawel efo'r hen gwpwl yr oedd hi wedi ei rag-weld yn argoeli i fod ychydig yn wahanol i'r disgwyl, ac allai hi ddim peidio â theimlo chydig yn gyffrous.

Erbyn amser pwdin roedd Delyth yn teimlo fel petai'n adnabod Mr a Mrs Morgan, neu Dilwyn a Dilys, ers blynyddoedd. Roedd y sgwrs wedi llifo'n rhwydd gan fod Dilwyn yn ddiddanwr naturiol, ac roedd Idris yntau yn llawn hwyl. Roedd hi wedi chwerthin mwy nag a wnaeth ers iddi golli Medwyn, meddyliodd. Ond wrth ddewis pwdin o'r fwydlen aeth Dilwyn yn ddistaw, a newidiodd ei wedd. Sylwodd Delyth arno'n brathu ei wefus isaf, fel petai gwayw o boen wedi saethu drwyddo. Gwasgodd Dilys law ei gŵr.

'Ydach chi'n iawn, Dilwyn?' gofynnodd yn bryderus.

'Odw, odw, ferch,' atebodd, 'ond esgusodwch fi am funed fach.' Edrychodd ar Dilys, a aeth i'w bag llaw i estyn pecyn bychan iddo. Gafaelodd Dilwyn mewn gwydraid o ddŵr oddi ar y bwrdd, a cherdded i ffwrdd efo'r pecyn yn un llaw a'r gwydr yn y llall. Edrychodd Delyth ac Idris yn bryderus ar ei gilydd cyn troi at Dilys. Rhoddodd hithau wên gam iddyn nhw cyn pwyso'n nes atynt.

'Chi'n edrych bach yn bryderus – 'sdim ishe, fydd e'n ôl 'mhen dim a'r gwynt yn ôl yn ei hwylie.'

'Ydi o'n ocê?' gofynnodd Idris. 'Dach chi isio i mi fynd ar ei ôl o?'

'Chi'n garedig iawn, ond na, mae'n well 'da fe fod ar ben 'i hunan pan fydd e'n cael un o'r pwle 'ma. Dyw e ddim isie i mi fod 'da fe, hyd yn oed.'

Roedd yr awyrgylch rownd y bwrdd wedi newid a synhwyrodd Delyth fod rhywbeth difrifol yn bod ar Dilwyn. Roedd hi'n ysu i ofyn mwy, ond doedd dim rhaid iddi.

'Mae cancr arno fe, chi'n gweld,' eglurodd Dilys.

Estynnodd Delyth yn reddfol am ei llaw, a'i theimlo'n fach a bregus.

'Peidiwch â chwmryd arnoch bo' fi wedi gweud wrthoch chi. So fe'n lico ffys, ond 'wy'n credu ein bod ni ymysg ffrindie, on'd y'n ni?'

Nodiodd Delyth.

'Wrth gwrs,' ategodd Idris. 'Oes 'na unrhyw beth fedra i neud?'

'Dim. Does dim all neb 'i wneud nawr, mater o amser yw e ...'

Llanwodd llygaid Delyth â dagrau a gwasgodd law grynedig yr hen wraig. Gwasgodd Dilys ei llaw hi'n ôl yn galetach.

'Dewch nawr, peidiwch ypseto, neu fydd e'n synhwyro 'mod i wedi gweud wrthoch chi.'

'Mae'n ddrwg iawn gen i glywed,' meddai Idris, ei lygaid yntau'n llawn cydymdeimlad. 'Sglyfath o beth ydi canser.'

'Chi'n gweud y gwir,' atebodd Dilys. 'Ond peidiwch â theimlo'n drist, wir, mae rhwbeth yn gorfod ein cwmryd ni i gyd. Ma' fe wedi ca'l oes hir a hapus ac wedi byw bywyd llawn – finne 'run fath ag e – ac ry'n ni'n dal i fyw bywyd mor llawn ag y gallwn ni. Cyn gynted ag y derbyniodd e'r newyddion nad oedd mwy alle'r meddygon 'i wneud, fe wedodd e, "Dere, Dil bach, awn ni i fwco gwylie. So i am ishte'n ôl a dishgwl i farw, 'wy am fyw fy misoedd olaf!"' Gollyngodd Dilys law Delyth wrth iddi sylwi fod Dilwyn yn cerdded yn ôl tuag at y bwrdd. 'Nawr 'te, 'wy'n ffili aros i drial y *profiteroles*! Beth mae pawb arall moyn?' meddai mewn llais sionc.

Er i'r ddau Ddil ymddwyn fel petai dim yn bod am weddill y pryd, allai Delyth ddim ymlacio. Edmygai eu dewrder yn arw, ond roedd hi'n ei chael hi'n anoddach i guddio'i theimladau. Pan ddaeth yr amser i ffarwelio diolchodd yn llaes iddynt am y noson, gan afael yn dynn yn y ddau yn eu tro a mynegi ei phleser o gael cyfle i ddod i'w hadnabod.

'Mae hi wedi bod yn bleser i ninne ddod i'ch adnabod chithe. Dyw'r Gogs ddim mor sych ag yr oedden ni wedi meddwl y bydden nhw!' atebodd Dilwyn yn bryfoclyd.

Cynigiodd Idris alw tacsi i Delyth ond gwrthododd, gan ddweud y byddai'n well ganddi gerdded i'r safle tacsis er mwyn helpu i dreulio'r bwyd. Mynnodd Idris ei hebrwng yno.

Gwyliodd yr hen gwpwl wrth i'r ddau gydgerdded allan drwy ddrws mawr y gwesty.

'Wel, 'wy'n credu eu bod nhw'n dod mlân yn dda iawn. Fe newn nhw gwpwl hyfryd!' meddai Dilys â gwên, a chwarddodd Dilwyn.

'Dere, Ciwpid,' meddai, gan roi ei fraich amdani a'i harwain tua'r lifft. Rhoddodd Dilys gusan ar ei foch.

''Wy ond am i bobol eraill gael y cyfle i fod mor hapus â ni.'

Allan ar y stryd, gollyngodd Delyth ochenaid hir.

'O, am drist,' meddai. 'Dwn i'm sut mae'r ddau yn medru bod mor ddewr.'

'Dwi'n eu hedmygu nhw'n arw,' meddai Idris.

'Ches i ddim rhybudd pan farwodd Medwyn,' meddai Delyth. 'Un funud roedd o yno, a'r munud nesa doedd o ddim. Roedd hynny'n andros, andros o anodd, ond dwn i'm sut y baswn i wedi medru diodda ei wylio fo'n dirywio'n ara bach, a gwybod nad oedd dim y medrwn i wneud.'

'Tydi o ddim yn hawdd,' meddai Idris yn dawel.

Arafodd Delyth, a throi ato. 'Ti'n siarad o brofiad?'

'Ydw. Gollis i 'ngwraig, Marian, i ganser.'

'Ddrwg iawn gen i glywed hynny.'

'Diolch. Mae pymtheng mlynedd ers iddi fynd, ond wna i byth anghofio'r cyfnod anodd hwnnw.'

'Greda i.' Roedd Delyth ar fin gofyn iddo a oedd rhywun arall wedi dod i gymryd lle Marian pan aeth tacsi heibio. Rhoddodd Idris ei law allan i ddenu sylw'r gyrrwr ac arafodd hwnnw'n syth.

'Eich cerbyd, madam!' meddai'n ffurfiol, gan gerdded at y tacsi a dal y drws iddi. Camodd Delyth i mewn i'r car.

'Diolch. Dwi 'di joio heno!'

'A finna,' cytunodd Idris. 'Mi fydd raid i ni drefnu trip i'r sba eto'n fuan.'

'Bydd.' Edrychodd y ddau ar ei gilydd a gwenu.

'Wela i di,' meddai Delyth.

'Wela i di,' adleisiodd Idris. Roedd llaw Idris yn dal drws y car yn agored o hyd.

'Ty'd 'laen, rho sws iddi, wir Dduw, neu fama fyddan ni!' galwodd y gyrrwr.

Plygodd Idris ymlaen a rhoi cusan sydyn iddi ar ei gwefusau cyn cau'r drws yn glep.

'Lle ti isio mynd, dol?' gofynnodd dyn y tacsi.

'Adra,' atebodd Delyth, oedd wedi cynhyrfu ar ôl y gusan annisgwyl. Roedd Idris yn dal i godi'i law i ffarwelio â hi er ei fod wedi dechrau cerdded i ffwrdd, a chododd hithau ei llaw yn ôl arno. 'Ym, Pen Creigiau, plis.'

Wrth i'r tacsi yrru yn ei flaen eisteddodd Delyth yn ôl yn y tywyllwch i gnoi cil ar yr hyn oedd newydd ddigwydd. Mae'n rhaid nad oedd gan Idris bartner neu fyddai o ddim wedi ei chusanu, meddyliodd. A fyddai o wedi ei chusanu petai'r gyrrwr heb ei annog? Ac a oedd o wedi teimlo'r un wefr ag a aeth drwyddi hi pan gyffyrddodd eu gwefusau? O, beth yn y byd oedd yn digwydd iddi? Doedd ganddi ddim syniad oedd hi'n iawn iddi deimlo fel y gwnâi, nac ychwaith a oedd ganddi hawl i obeithio am ail gynnig ar hapusrwydd.

Pennod 10

'Dach chi'n siŵr rŵan? 'Di hi ddim yn rhy hwyr i chi newid eich meddwl,' meddai Anna wrth ei nain.

'Yndw, tad!' atebodd Myfi'n bendant.

Estynnodd Anna ei ffôn a'i ddal dan drwyn Myfi.

'Iawn, 'lly. Mae Tesni 'di gwneud tri *design* i chi ddewis ohonyn nhw.' Dangosodd dri llun yn eu tro, gan chwyddo'r lluniau er mwyn i'w nain fedru eu gweld yn iawn.

'W, dwn i'm wir. Mae o rhwng yr un efo'r pilipala bach a'r un efo'r galon yn rhan o'r llythyren. Pa un wyt *ti'n* licio?' gofynnodd Myfi.

'Dwi'n licio hwn efo'r galon. Mae o'n un bach syml, felly neith o'm cymryd llawer i'w wneud.'

'Iawn, awn ni am hwnna, 'ta. Ti'n siŵr na wneith o'm brifo?' Er ei bod wedi penderfynu'n bendant ei bod am fentro cael tatŵ, roedd Myfi'n dal i fod chydig yn bryderus ynglŷn â'r broses.

'Wel, chydig bach, ella, ond ddim lot. Dach chi'n meddwl y baswn i 'di cael y rhain i gyd tasa fo'n brifo'n ofnadwy?' gofynnodd Anna gan amneidio at ei breichiau patrymog.

Tawelodd hynny ryw fymryn ar feddwl Myfi. Gallai gymryd ychydig bach o boen, meddyliodd. Toedd hi'n byw efo rhyw fath o boen bob dydd?

'Hanner awr wedi naw fory, ia?' gofynnodd.

'Ia. Ddo' i i'ch nôl chi tua chwarter wedi,' atebodd Anna.

'*Champion*! Gymri di banad efo fi rŵan cyn i ti fynd i dy waith? A gawn ni ddarn o'r deisan jocled fendigedig 'na ddoist ti efo chdi ddoe.'

'Dim teisan, diolch, newydd gael brecwast ydw i,' atebodd Anna, 'ond ma' gen i amser am banad sydyn.'

'Newydd gael dy frecwast? Ond ma' hi'n hanner awr wedi un ar ddeg!' wfftiodd Myfi wrth fynd ati i wneud y te. 'Ti 'di clywed gan y Cai gwirion 'na heddiw?'

Cafodd hanes y chwalu i gyd gan Anna: sut y bu iddi gael llond bol arno ar ôl iddi ei ddal yn dweud celwydd wrthi, ac nid am y tro cyntaf. Roedd hi wedi amau ei fod o'n dal i gysylltu efo'i gyn-gariad er ei fod o wedi gwadu'r peth, ond roedd honno wedi ei ffonio tra oedd o efo Anna'r diwrnod cynt. Roedd Cai wedi diffodd ei ffôn heb ateb yr alwad, ond gwelodd Anna'r enw ar y sgrin cyn iddo wneud hynny.

'Naddo,' atebodd Anna. 'Dwi 'di blocio'i rif o, felly fedar o ddim cael gafael arna i.'

'Call iawn. Dipyn o rwdlyn o'n i'n ei gael o, a bod yn onest efo chdi. Fy atgoffa fi o Beti Coesa Cowboi, ei nain; ma' honno'n gallu bod yn dipyn o rwdlan hefyd!'

'O'dd o'n reit boring, a deud y gwir,' cyfaddefodd Anna, oedd wedi synnu pa mor ddi-hid oedd hi ynglŷn â'r gwahanu, ar ôl y siom a'r sioc gyntaf. 'Ma'i *ex* o 'di gwneud ffafr â fi drwy'i ffonio fo pan nath hi. Dwi'n well allan hebddo fo,' ychwanegodd.

'Wyt wir, del! Ti'n siŵr ti'm isio darn o'r deisan 'ma?'

Ysgydwodd Anna ei phen cyn estyn am ei ffôn eto, pan glywodd y teclyn yn tincial.

'Neges Facebook gan Cai,' meddai. ''Nes i anghofio'i flocio fo ar hwnnw.' Ystyriodd ddileu'r neges heb ei hagor, ond pwysodd ei bys ar y sgrin – a neidio o'i chadair mewn braw pan welodd y cynnwys, gan achosi i'w nain ollwng darn o'i chacen ar y bwrdd.

'Y bastyn!' ebychodd Anna. 'Y ffycar bach!'

'Argian annw'l! Langwij!' ceryddodd Myfi hi mewn dychryn. 'Be sy? Be mae o'n ddeud?'

Roedd Anna'n cerdded o amgylch y gegin fel cath ar daranau, yn melltithio dan ei gwynt.

'Ty'd rŵan, *calm down* a deud wrth dy nain be sy,' anogodd Myfi hi.

'Fedra i ddim!' llefodd Anna.

'Be ti'n feddwl, fedri di ddim?'

''Di o'm yn neis!'

'Ty'd â'r ffôn 'na yma,' mynnodd Myfi, gan gipio'r ffôn o'i llaw cyn i Anna gael cyfle i'w hatal.

Syllodd Myfi ar y sgrin. 'Ffycin hel!' meddai, a gollwng ei hun yn glewt yn ôl i'w chadair. 'Chdi 'di honna?'

Cipiodd Anna'r ffôn oddi wrthi. Nodiodd, gan gadw'i llygaid i lawr rhag gorfod edrych ar ei nain.

'Be oedd ar dy ben di, hogan?' gofynnodd Myfi. 'Fo dynnodd y llun?'

'Naci siŵr, selffi ydi o.'

Ysgydwodd Myfi ei phen. ''Nest ti dynnu llun ohonat ti dy hun yn noethlymun, a'i yrru o iddo fo?' gofynnodd.

Nodiodd Anna eto, gan ddal i osgoi llygaid ei nain. Doedd dim pwynt iddi wadu a Myfi wedi gweld y dystiolaeth.

'Wel pam, neno'r tad?' gofynnodd Myfi, yn trio'i gorau i ddeall beth fyddai wedi cymell ei hwyres i wneud y fath beth.

''Cos na dyna be ma' pawb yn neud, 'de!'

'Be? Gyrru lluniau noeth i'w gilydd?'

'Ia!'

Ysgydwodd Myfi ei phen eto. Allai hi yn ei byw â deall y to ifanc weithiau.

'Pam mae o'n ei yrru o'n ôl atat ti rŵan?'

'Mae o'n bygwth ei roi o i fyny ar Facebook os na dwi'n 'i gyfarfod o am *chat*,' atebodd Anna gan waldio'i dwrn ar y bwrdd. 'Geith o ffycin *chat* ar draws ei wyneb!'

'Howld on, rŵan. 'Sdim isio gwylltio – neith hynny helpu dim,' rhybuddiodd Myfi. 'Rhaid i ni fynd at y polîs,' meddai. 'Blacmel ydi peth fel hyn. Mi ffonia i Nia, merch Moi Tŷ Pen.'

'No wê! Peidiwch â meiddio!' mynnodd Anna'n wyllt. Y peth olaf roedd hi eisiau oedd cyfaddef i neb arall iddi fod mor wirion ag ymddiried yn ei chariad efo rhywbeth mor bersonol.

'Wel, be ti'n mynd i neud 'ta, Anna bach?' gofynnodd Myfi.

'Dwi'n gwybod be dwi isio'i neud – rhoi slap iawn i'r ba...'

dechreuodd Anna, ond torrodd ei nain ar ei thraws.

'Mi fasa hynny'n gwneud petha'n gan gwaith gwaeth, siŵr! Deud wrtha i, sgin ti lun ohono fo? Heb 'i ddillad, 'lly?'

Eisteddodd Anna'n dawel.

'Ty'd rŵan, deud y gwir wrth dy nain.'

'Ma' siŵr fod gen i dic-pic, ond fasa neb yn medru'i nabod o o hwnnw,' cyfaddefodd Anna mewn llais isel. Roedd hi wedi troi ei chefn ar Myfi erbyn hyn gan fod ganddi gywilydd ei bod hi'n cael y fath sgwrs efo'i nain, o bawb.

'Be 'di peth felly?'

'Llun o'i ... o'i *beth* o, 'de,' atebodd Anna.

'Be? Llun o'i biji-bo fo?' gofynnodd Myfi'n anghrediniol.

Nodiodd Anna.

'I be ddiawl fasat ti isio'r ffasiwn lun?'

'Dyna ma' pobol yn neud, 'de!' atebodd Anna'n amddiffynnol.

'Wel dwn i'm yn y byd pam!' meddai Myfi. 'Ma' hi'n flynyddoedd ers i mi weld un, ond dwi'n cofio digon i wybod nad ydyn nhw'r petha dela!'

Dechreuodd Anna bwffian chwerthin.

'Dwn i'm pam wyt ti'n chwerthin! Ma' hyn yn sîriys!' ceryddodd Myfi hi.

Dechreuodd chwerthin Anna droi'n grio swnllyd, a chododd Myfi i'w chofleidio.

'Dyna chdi rŵan, 'sdim isio crio,' cysurodd. 'Mi fydd bob dim yn iawn, dwi'n gaddo i chdi. Gad ti betha i dy nain. Mi ro' i'r diawl bach yn ei le. Chei di byth gam tra bydd dy nain yn fyw!'

'Na,' mynnodd Anna. 'Mi drefna i i'w weld o fory, i sortio petha.'

Nid atebodd ei nain.

Ar ôl i Anna addo i'w nain na fyddai'n gwneud dim byd byrbwyll a gadael i fynd i'w gwaith, eisteddodd Myfi wrth fwrdd y gegin i'w sadio'i hun. Roedd ei chalon yn rasio a'i phen yn teimlo'n reit ysgafn. Doedd dim rhyfedd, ar ôl iddi gael y ffasiwn sioc. Ceisiodd ddyfalu a fyddai hi a'i chyfoedion wedi gyrru lluniau noeth i'w cariadon tasa 'na'r ffasiwn beth â ffonau clyfar yn bod pan oedden nhw'n ifanc. Doedd dim rhaid iddi ystyried yn hir. Welodd Dafydd mohoni hi'n noeth tan noson eu priodas, a dyna brofiad y rhan fwyaf o'i ffrindiau hefyd ... nid bod neb yn trafod pethau felly bryd hynny. Roedd rhai merched mwy gwyllt na'i gilydd, wrth gwrs, yn fwy llac eu staes a'u moesau ... merched fel Beti Coesa Cowboi, a gafodd ei llysenw am ei bod yn aml â'i choesau ar led. Yn sydyn, cafodd syniad. Dylai fynd i weld yr hen Beti – roedd y ddwy yn ffrindiau ysgol amser maith yn ôl, ac mi gâi hi sortio ymddygiad ei hŵyr. Cododd, ac estyn am ei chôt.

'No time like the present,' meddai'n uchel. Roedd hi wrth y drych yn y cyntedd yn twtio'i gwallt pan agorodd y drws ffrynt, a daeth Robin i mewn.

'O, helô!' meddai wrtho. 'Do'n i ddim yn disgwyl dy weld di heddiw. 'Sgin i'm byd yma i ginio i chdi, cofia ... heblaw teisan jocled.'

'Dwi 'di dŵad a brechdan efo fi,' atebodd Robin, gan ddangos y pecyn bach yn ei law. 'Ond os ydach chi ar gychwyn allan ...?'

'Duw, na, fedar o ddisgwyl. Ty'd drwadd, ro' i'r teciall i ferwi.'

Roedd meddyliau Myfi a Robin ar ddau drywydd gwahanol iawn wrth i'r ddau yfed eu paneidiau: Myfi yn ysu i drafod trybini Anna efo'i mab, ond yn gwybod na feiddiai hi wneud hynny, a Robin yn trio magu digon o hyder i sôn am yr hyn roedd Julie wedi mynnu ei fod o'n ei drafod efo'i fam: y pŵer atwrnai, a hynny heb Delyth. Gosododd ei fŷg ar y bwrdd.

'Sut mae Moi Tŷ Pen, 'dwch?'

'Ca'l dod adra fory. Ma' nhw 'di sortio'r *carers* o'r diwedd,' atebodd. 'Welis i Nia'n mynd i'r tŷ gynna, felly ges i gyfle i'w holi hi.'

'Be ddoth o'r busnes 'na efo'r beili?' gofynnodd Robin.

'Ma' Nia on ddy cês, medda hi.'

Cliriodd Robin ei lwnc. 'Ydach chi wedi meddwl mwy am gael *power of attorney*, Mam?'

Rhoddodd Myfi ei the i lawr. Oedd, roedd hi wedi meddwl mwy am y peth, ac ar ôl ei sgwrs efo Meera, pan ddeallodd na fyddai neb yn cael mynd ar gyfyl ei phethau nes bod angen, roedd hi wedi dod i benderfyniad.

'Do,' atebodd. 'Dwi am i chdi 'i drefnu fo. Ond dim ond yr un efo pres, dim yr un gofal.' Roedd hi am gadw'i hannibyniaeth ynglŷn â'i hiechyd tan y diwedd un, a châi neb ei gyrru hi i gartref preswyl.

Gollyngodd Robin ochenaid o ryddhad.

'Call iawn,' meddai. 'Mi chwilia i ar y we heno am y ffurflenni. Mi fydd angen rhywun annibynnol i fod yn dyst wrth i ni eu llofnodi nhw ... dach chi'n meddwl y basa Meera Drws Nesa yn gwneud?'

'Basa, dwi'n siŵr. Ofynna i iddi.'

Cliriodd Robin ei lwnc eto. 'Dach chi isio i mi a Delyth wneud, 'ta jest fi?' gofynnodd, gan deimlo'n annifyr wrth ofyn y cwestiwn.

Meddyliodd Myfi am eiliad cyn ateb.

'Mi fasa un ohonoch chi'n llai o drafferth, dwi'n siŵr. Gwna di, yli.'

'Iawn,' cytunodd Robin, oedd wedi hanner gobeithio y byddai ei fam yn mynnu cael y ddau ohonyn nhw, ac y byddai'n medru dweud hynny wrth Julie. Doedd mynd y tu ôl i gefn ei chwaer fel hyn ddim yn dod yn naturiol iddo. Byddai'n rhaid iddo gymryd arno mai ei fam oedd wedi dechrau'r sgwrs.

Roedd Myfi'n falch o fod wedi sortio busnes y pŵer atwrnai, ar ôl iddi ddeall nad oedd o'n ddim i'w ofni. Roedd o'n gam yn nes at fedru rhoi trefn ar ei phethau. Hwyrach mai rŵan oedd yr amser iddi ddelio efo mater arall hefyd, meddyliodd, a chyn iddi gael cyfle i newid ei meddwl, penderfynodd godi'r pwnc efo'i mab.

'Gwranda, Robin, mae 'na rwbath dwi isio'i drafod efo chdi ...'

Edrychodd Robin ar ei watsh a chodi ar ei draed.

'Fedar o ddisgwyl tan fory, Mam?' gofynnodd. 'Well i mi 'i throi hi – ma' gen i ddeliferi yn cyrraedd mewn chwarter awr.'

Cododd Myfi hefyd. 'Gwneith, tad, does 'na'm brys. Fedri di roi lifft i mi i Maes Meillion ar dy ffordd?'

'Medraf siŵr,' atebodd Robin. 'Be sy'n mynd â chi i fanno?'

''Mond galw i weld hen ffrind.'

Er nad oedd Myfi erioed wedi camu dros drothwy cartref Beti Coesa Cowboi, roedd hi'n gwybod yn union pa dŷ oedd o: y tŷ roedd Beti wedi byw ynddo ers iddi gael ei geni. Magwyd Myfi led cae i ffwrdd ond doedd ei mam ddim yn gadael iddi fynd i chwarae i'r pen hwn o Faes Meillion – y pen lle nad oedd pob stepen drws wedi'i sgleinio a'r pen lle byddai'r cyrtens net yn felyn, yn hytrach na gwyn fel eu cyrtens nhw.

Doedd dim cyrten net ar y ffenest heddiw, a thrwy'r gwydr budr gallai Myfi weld y lluniau'n gwibio ar hyd sgrin clamp o deledu mawr yn yr ystafell fyw. Roedd y giât i'r ardd fechan o flaen y tŷ wedi'i rhoi i bwyso yn erbyn y wal – ers cryn amser, yn ôl y rhwd oedd yn ei chochi. Camodd Myfi drwy'r adwy ac at y drws ffrynt, gan osgoi'r teganau oedd wedi'u gwasgaru ar hyd y llwybr. Dechreuodd ei chalon guro'n gyflymach eto wrth iddi gnocio ar y drws. Er ei bod yn clywed sŵn y teledu'n bloeddio, ddaeth neb i'r golwg, a chnociodd eto – yn uwch y tro hwn. Syllodd ar y fasged grog oedd yn hongian wrth y drws. Roedd lliw'r blodau plastig oedd ynddi wedi hen bylu, ac ôl gwynt a glaw llawer mwy nag un tymor arnynt.

Neidiodd pan agorodd y drws yn sydyn. Safai merch yn ei harddegau cynnar, tybiai Myfi, ar y trothwy, ei gwallt yn llen hir annaturiol o felyn o gwmpas wyneb oedd wedi'i goluro'n drwm.

'Ydi dy nain yna, plis?' gofynnodd Myfi iddi.

'Nain Linda?' gofynnodd y ferch.

Edrychodd Myfi arni mewn penbleth. Oedd Beti wedi symud?

'Naci, Beti,' atebodd.

Trodd y ferch ei phen a gweiddi i mewn i'r tŷ. 'Naini! Mae 'na ddynas isio chi!'

'Pwy?' meddai llais o'r tu mewn.

'Wmbo,' atebodd y ferch.

Wfftiodd Myfi at yr ateb, gan resynu nad oedd plant yr oes yn gallu ynganu geiriau llawn.

'Myfi sy 'ma,' meddai wrth y ferch, a chan godi ei llais, galwodd 'Myfi Thomas!'

'Myfi? Arglwy'! Deud wrthi am ddod mewn, ia,' meddai llais Beti o'r tŷ.

Amneidiodd y ferch dros ei hysgwydd. 'Ma' hi'n cefn,' meddai, cyn camu allan drwy'r drws a gadael i Myfi ffendio'i ffordd ei hun.

Craffodd Myfi i mewn i'r gegin, oedd hefyd yn stafell fwyta, a gweld hen wreigan fechan denau yn eistedd yn ei chwman mewn cadair freichiau ddi-raen. Gallai weld darnau o'i chorun yn sgleinio'n binc drwy gudynnau tenau ei gwallt blêr, ei liw yn gymysgedd o wyn a melyn dwl oedd yn ei hatgoffa o'r papur wal yn y Crown ers talwm, cyn iddyn nhw roi stop ar smocio mewn tafarnau. Roedd croen ei hwyneb yn frith o rychau dwfn, a'i diffyg dannedd yn gwneud i'w phen edrych fel balŵn wedi crebachu.

Safodd Myfi yn y drws, wedi dychryn. Pryd welodd hi Beti ddiwethaf? Mae'n rhaid ei bod hi cyn y cyfnod clo. Mae blynyddoedd ein henaint yn ein newid ni'n sydyn, meddyliodd.

'Wel, ty'd i mewn, ia, yn lle sefyll yn y drws yn neud i'r lle 'ma edrych yn flêr!' meddai Beti gan chwifio llaw fechan tuag ati, a honno'n drwm o fodrwyau oedd yn hongian yn llac ar y bysedd esgyrnog.

'Sut wyt ti, Beti?' gofynnodd Myfi wrth gamu'n nes ati. 'Dwi ddim wedi dy weld di o gwmpas ers talwm.'

'Fel y gweli di, ia,' atebodd yr hen wreigan mewn llais isel, cryg. 'Fydda i byth yn mynd allan dyddia yma 'sti, yr hen goesa 'ma'n cau gwrando arna fi.'

Am unwaith doedd gan Myfi ddim geiriau. Safodd yno, yn ceisio peidio â rhythu. Roedd Beti yn union yr un oed â hi – sut allai hi fod yn edrych mor hen â hyn? Doedd *hi* ddim yn edrych yn ddim byd tebyg, nag oedd?

''Stynna gadair a rho dy din i lawr,' gorchmynnodd Beti. 'Wedi dod i hel fôts wyt ti, ia?'

'Ym, naci,' atebodd Myfi wrth godi plât budur oddi ar gadair a'i osod ar ben y domen o blatiau budron eraill ar y bwrdd, ac eistedd. 'Dwi 'di riteirio o'r cownsil ers dipyn.'

'Sgiwsia'r llanast,' meddai Beti. 'Blydi *kids* 'ma'n rhai gwael am glirio ar 'u hola.'

'Un o wyresau Linda chi oedd honna rŵan, ia?' holodd Myfi, gan drio gwneud syms yn ei phen i geisio deall sut y gallai Beti – a hithau, felly – fod yn ddigon hen i gael gorwyres yn ei harddegau.

'Ia, Chloe. Ma' hi'n byw efo fi ar y funud. Un wirion ydi hi 'fyd! Methu gwneud efo'i mam, ia. 'Di denig adra o 'rysgol eto. Dwi 'di deud wrthi am fynd yn ôl 'no, neu fynd i fyw at ei mam.'

''Mond hi sydd yma efo chdi?' holodd Myfi.

'Na, ma' Steven, y *grandson*, yma hefyd, a Tyler, ei fab bach o, pan mae o'n cael *custody*, ia.' Rhyw fyw drwy'i gilydd fel hyn fu teulu Beti erioed, meddyliodd Myfi. 'To what do we owe this honour, 'ta? Os nad wyt ti 'di dod i hel fôts?' gofynnodd Beti.

Cymerodd Myfi anadl ddofn cyn dweud hanes Anna a Cai a'r llun. Gwrandawodd Beti yn ddistaw, heb ddangos y syndod yr oedd Myfi'n ei ddisgwyl.

'Do'n i'm 'di dallt mai dy *granddaughter* di oedd Anna,' meddai Beti ar ôl i Myfi orffen ei llith. 'Hogan bach glên. Ma' Cai 'di bod â hi yma ddwywaith neu dair. Ddoth hi â teisan i mi unwaith.'

'Ydi, ma' hi'n hogan bach iawn,' meddai Myfi, 'ac yn poeni'n swp sâl rŵan, 'de.'

'Pasia'n smôcs i i mi, 'nei di?' gofynnodd Beti, gan amneidio i gyfeiriad pecyn baco ar y bwrdd. Gafaelodd Myfi yn y pecyn.

''Nei di'm tanio un i mi, dol?' gofynnodd Beti. 'Ma'r blydi

cric'mala 'ma 'di criplo 'nwylo fi 'sti, neud hi'n anodd i mi danio smôc. Mae 'na leitar yn y powtsh, ac ma' Steven 'di rowlio sbliffs i mi'n barod.'

'Asu! Dwi rioed 'di smocio yn fy mywyd!' ebychodd Myfi mewn dychryn. 'Dwi'm yn gwybod sut!'

'Duw, mae o'n ddigon hawdd. Jest rho fo yn dy geg, cymera ddrag a tania'r leitar 'run pryd!' meddai Beti.

Agorodd Myfi'r pecyn a gweld tair sigarét fawr wedi'u rholio. Ystyriodd wrthod yn bendant, ond cofiodd ei bod angen help Beti, felly ufuddhaodd. Ar ôl i'r sigarét danio dechreuodd Myfi besychu, a dechreuodd Beti gecian chwerthin.

'Ty'd â hi yma, wir!' meddai. 'Fedra i'm coelio bo' chdi rioed 'di ca'l smôc ... cym' un o'r rheina!'

'O na, dim diolch!' atebodd Myfi.

'Ty'd 'laen – neith les i chdi!' anogodd Beti. 'Dwn i'm be 'swn i'n neud heb y smôcs. Mae o'n well i ngric'mala fi na dim dwi rioed 'di gael gan y doctor!'

Gwrthododd Myfi'n bendant, gan fod arogl cryf y mwg yn dechrau troi arni.

'Ro'n i'n dallt bod Enid wedi'n gadael ni,' meddai Beti, ar ôl tynnu eto ar ei sbliff.

'Do,' meddai Myfi. 'Fuodd hi'n diodda'n hir, graduras.'

'Dim llawer o'n blwyddyn ysgol ni ar ôl rŵan,' meddai Beti'n fyfyriol. 'Dwn i'm sut ydw i'n dal yma, a deud y gwir. Dwi'n nabod neb arall yr un oed â fi rownd ffor'ma, pawb yn fengach. Hwyr glas i minna gael mynd, wir Dduw. Mae'r byd 'ma 'di mynd i'r diawl. Wyt ti 'di cael llond bol?'

Roedd Myfi wedi cael llond bol o fod yno, roedd hynny'n sicr, ac ysai am gadarnhad Beti y byddai hi'n siarad efo Cai.

'Llond bol ar fod yn fyw, ti'n feddwl?' gofynnodd.

'Ia. 'Dan ni'm byd ond niwsans i'r teulu erbyn yr oed yma, nac'dan. Dim byd i edrych mlaen ato fo. Bob dim tu ôl i ni.'

Gwingodd Myfi yn ei chadair. 'O, dwn i'm,' meddai. 'Mae 'na betha i'w mwynhau o hyd, am wn i.'

'Dim llawer pan ti'n styc mewn cadair drwy'r dydd. Diolcha

fod dy goesa di'n dal i weithio a bo chdi'n medru mynd o gwmpas fel y mynni di! Mae 'na bris mawr i'w dalu am gael byw yn hen – a dwn i'm ydi o werth o, ia.' Daliodd Beti ei smôc tuag ati. 'Ti'n siŵr ti'm isio drag?'

'Ydw, diolch,' atebodd Beti'n gwrtais.

'Paid ag edrych mor boenus,' meddai Beti wrthi. 'Sortia i Cai i chdi, dol. Wela i o wedyn, a geith o chwalu'r llun o 'mlaen i, yli. Neith o wrando ar ei nain, ia, paid â poeni – 'sa fo ddim yn meiddio peidio.'

Rhoddodd Myfi ochenaid ddofn o ryddhad, ac am eiliad fach bu bron iddi gael ei themtio i drio'r smôc. Cododd, ac wrth wneud cofiodd am yr hyn oedd yn ei bag.

'Diolch, Beti,' meddai. 'Fuo jest i mi anghofio – dwi 'di dŵad â hon i chdi.' Estynnodd y gacen. 'Darn o deisan jocled.'

Diolchodd yr hen wreigan a'i derbyn o'i llaw yn awchus, ac wrth i Myfi droi i adael meddai, 'Ti'n edrach yn dda, Myfi.'

Trodd Myfi i edrych arni a rhoddodd y wên leiaf. O'i chymharu â Beti, mae'n siŵr ei bod hi'n edrych yn dda iawn!

'Ma'n helpu fod gen ti ddannadd, ma' siŵr,' ychwanegodd Beti. 'Mae rhai fi mewn drôr yn fan'cw. Dy'n nhw'm 'di ffitio ers blynyddoedd, ia, ond mae 'di mynd yn amhosib i ga'l dentist, dydi.'

Nodiodd Myfi gan ddiolch fod ganddi'r modd i dalu am ddeintydd preifat. Biti na fuasai'r un peth yn wir am Beti druan, meddyliodd.

'Ddoi di i 'nghnebrwn i, doi?' gofynnodd Beti.

'Dof – os ei di gynta.'

'Siŵr o neud,' meddai Beti. 'Siŵr o neud.'

Daliodd Myfi fws i fynd â hi'n nes at adref. Roedd gorchestion y diwrnod wedi ei blino'n lân. Wrth eistedd ar y bws rhoddodd ochenaid fach o foddhad. Dyna hi wedi sortio problem deuluol arall, a phrofi mai hi oedd y penteulu o hyd.

Pennod 11

'Bore da!' meddai Delyth wrth iddi gerdded yn sionc i mewn i dderbynfa'r George.

'Bore da,' atebodd Kim â gwên ffals.

Rhoddodd Delyth ei bag llaw o dan y ddesg ac agor ei chyfrifiadur gan hymian yn ddistaw o dan ei gwynt.

'Be sy'n bod arnat ti?' gofynnodd Kim. Edrychodd Delyth arni'n ddiddeall. 'Ti'm yn arfer dod i dy waith dan ganu!'

'O, sori! Do'n i'm yn sylwi 'mod i'n gwneud,' meddai Delyth. 'Diwrnod braf, tydi?'

'Mm,' cytunodd Kim. 'Diwrnod off 'di gwneud lles i chdi, ma' raid. Ond dwi'n falch bod 'na hwylia da arnat ti achos mae heddiw'n mynd i fod yn ddiwrnod prysur: cynhadledd yn y Lavender Room, brecwast priodas yn y Garden Room, dwy *coach* yn gadael bore 'ma a dwy arall yn cyrraedd erbyn diwedd y pnawn. Ac mae hi'n *all hands on deck* achos 'dan ni un porthor i lawr.'

'O? Pa un?' gofynnodd Delyth, ei meddwl yn troi yn syth at Idris.

'Iestyn,' atebodd Kim. 'Ffonia Idris a gofyn oes 'na unrhyw jans y medar o weithio shifft hir a dod i mewn o ddeg tan ddeg, wnei di?'

Amneidiodd Delyth â'i phen i gytuno.

'Ydi hi'n rhy gynnar i'w ffonio fo rŵan, a hitha 'mond yn hanner awr wedi saith?' gofynnodd.

'Cynta'n y byd, gora'n y byd, rhag ofn y bydd o angen newid ei gynlluniau,' atebodd Kim gan godi ar ei thraed. 'Dwi'n mynd i'r offis gefn i gael llonydd am chydig. Ddo' i atat ti pan fydd pobol yn dechra tshecio allan ar ôl brecwast, ond gad i mi wybod be ddeudith Idris.'

'Iawn,' atebodd Delyth, gan fynd i'r ffeil cyfeiriadau staff ar y cyfrifiadur i gael rhif Idris.

'O, gyda llaw,' meddai Kim wrth adael y dderbynfa, 'mae 'na amlen yn y drôr top yn fanna i chdi gan Mr a Mrs Morgan. Mi adawon nhw hi i ti cyn iddyn nhw fynd adra ddoe.'

Ymbalfalodd Delyth i agor y drôr wrth geisio ffonio Idris.

'Helô?' Roedd llais Idris yn swnio'n ddryslyd. Mae'n rhaid ei bod wedi'i ddeffro fo, dyfalodd Delyth. Ffurfiodd lun yn ei phen ohono'n gorwedd yn noeth dan y cwrlid.

'Helô, Gwesty'r George sy 'ma ... hynny ydi, fi ... Delyth,' meddai, gan ddwrdio'i hun am gael y ffasiwn feddyliau.

'O, haia Delyth!' meddai'r llais, yn fwy bywiog y tro hwn. 'Arhosa funud bach ...'

Clywodd sŵn y ffôn yn symud a llais Idris yn siarad efo rhywun. Roedd 'na rywun yn y gwely efo fo! Diflannodd y llun o'i phen, a theimlodd yn wirion am ddychmygu'r fath olygfa.

Daeth Idris yn ôl ar y ffôn. 'Sori,' meddai, 'y gath wedi neidio ar y gwely – roedd hi'n meddwl 'mod i'n siarad efo hi!'

Gwenodd Delyth. 'Iestyn sy'n sâl,' meddai, 'ac mae Kim yn gofyn fedri di weithio shifft deg tan ddeg?'

'Medraf, tad, dim problem,' atebodd Idris ar unwaith. 'Gwranda, tra wyt ti ar y ffôn, ydi Dilys a Dilwyn wedi gadael rwbath i chdi?' Edrychodd Delyth ar yr amlen ar y ddesg o'i blaen a'i bodio.

'Do, mae 'na amlen yn fama.'

'Ti wedi'i hagor hi?'

'Naddo, dim eto,' atebodd Delyth gan wenu a rhoi nòd ar y dyn oedd wedi dod i sefyll o'i blaen yr ochr arall i'r ddesg.

'Agor hi!' gorchmynnodd Idris.

'Mi wna i wedyn,' atebodd Delyth. 'Rhaid i mi fynd rŵan. Wela i di yn y munud!' Rhoddodd Delyth yr amlen i lawr a gwenu ar y dyn o'i blaen. 'Good morning, can I help you?'

* * *

Cerddodd Myfi tuag at siop Tatŵz Tez ar fraich ei hwyres. Teimlai'n ddewr ac anturus, ac yn llawer fengach na'i hwyth deg mlwydd namyn deuddydd. Doedd hi ddim yn adnabod 'run dynes arall o'i hoed hi efo tatŵ.

Erbyn iddi groesi trothwy'r siop doedd hi ddim cweit mor ddewr. Roedd bachgen ifanc wrthi'n lliwio seren ar wddw dynes ganol oed, a honno'n gwasgu breichiau ei chadair yn dynn, ei hwyneb yn fasg o boen. Syllodd Myfi arni – pam oedd y jolpan yn cael tatŵ ar le mor dendar, ac mor amlwg? Gwasgodd fraich Anna. Ar un llaw roedd hi eisiau ei heglu hi am y drws, ond roedd rhan ohoni am aros.

Daeth merch ifanc tuag atynt, ei gwallt yn wyrdd llachar a'i breichiau, fel rhai Anna, yn llawn lluniau. Roedd modrwy drwy ei thrwyn – nid un fach aur, ddelicet drwy ochr ei thrwyn fel un Anna ond un fawr ddu drwy flaen ei thrwyn, yn union fel modrwy tarw, meddyliodd. Gwenodd y ferch yn gyfeillgar a chyfarch Anna yn gynnes. Cynigiodd Tesni ei llaw i Myfi.

'Haia, nain Anna. Neis cyfarfod chdi. Ma' Anna'n deud bo chdi'n dipyn o *star*.'

Gwenodd Myfi. Roedd hi'n falch o glywed bod Anna wedi bod yn siarad yn glên amdani. Roedd ei hwyres wedi dweud wrthi fod Cai wedi cysylltu â hi'r noson cynt i ymddiheuro am ei neges flaenorol a'r bygythiad, ac i sicrhau Anna ei fod wedi chwalu unrhyw luniau ohoni ac na fyddai'n dal unrhyw ddig. Derbyn y newyddion yn llon wnaeth Myfi, heb gymryd arni ei bod wedi chwarae rhan yn ei dröedigaeth sydyn.

'O'dd Anna'n deud bo chdi 'di dewis dy *design*. Ti'n dal yn hapus efo fo, wyt?' gofynnodd Tesni. Nodiodd Myfi, wedi'i chyfareddu gan y greadures liwgar, hyderus o'i blaen.

'Cŵl! Ty'd i eistedd i fama, yli. Make yourself comfortable.' Arweiniodd Myfi i gadair fawr goch, un debyg i gadair deintydd, a gosododd Myfi ei hun arni gan roi ei bag llaw i Anna i'w ddal.

'Lle ti isio fo, 'ta?' gofynnodd Tesni gan wisgo pâr o fenig plastig.

'Wel, dwi'm yn hollol siŵr,' atebodd Myfi. 'Rwla ddim yn rhy amlwg, ond lle fedra i ei weld o.'

'Be am y tu mewn i'ch braich chi, jest dan y penelin?' awgrymodd Anna, oedd wedi eistedd mewn cadair gyfagos.

'Ydi fanno'n lle tendar?' gofynnodd Myfi'n bryderus.

'Paid â poeni, fedran ni roi *numbing cream* arno fo i chdi gynta os ti isio,' awgrymodd Tesni. ''Nei di'm teimlo llawer o ddim wedyn. Dwi'm yn licio iwsio fo fel arfer 'chos mae o'n gallu neud y gwaith yn fwy anodd i mi, ond ma' *design* chdi'n ddigon *simple*.'

Teimlai Myfi'n dawelach ei meddwl ar ôl clywed hyn. Cytunodd, a thorchi ei llawes yn barod.

'Cyn i fi ddechra, rhaid i fi ofyn chydig o gwestiyna i chdi,' meddai Tesni. 'Wyt ti 'di ca'l drinc bore 'ma?'

'Do, ges i banad o goffi efo 'mrecwast,' atebodd Myfi.

'Naci,' chwarddodd Tesni. 'Ti 'di ca'l lysh ... alcohol?'

'Lysh? Adeg yma o'r bore? Naddo, siŵr! Oes 'na olwg felly arna i?' atebodd Myfi mewn dychryn.

'Dwi'n gorfod gofyn, yli,' esboniodd Tesni. 'Sa chdi'n synnu faint sy'n dod yma'n lysh gach. No wê wna i roi tat i neb sy 'di ca'l drinc. Rhaid i chdi fod on ddy bôl, rhaid, mae o'n *big decision*, dydi.'

Nodiodd Myfi mewn cytundeb.

'Ail gwestiwn: sgin ti unrhyw *medical conditions* ddylia fi wybod amdan? Rwbath efo'r gwaed? *Allergies*? *Skin conditions*?'

'Nag oes ... wel, dwi'n cael chydig o ddŵr poeth bob hyn a hyn, 'de, ac mi fydda i'n cymryd Andrews Liver Salts at hwnnw ... ac ma gen i gric'mala wrth gwrs, pawb f'oed i efo hwnnw ma' siŵr, tydi. Dwi'n wyth deg wsnos yma, 'sti. Dwi'n cael tablets lladd poen gan y doctor ac mi fydda i'n cymryd naw raisin wedi'u socian mewn jin cyn mynd i 'ngwely bob nos.'

Edrychodd Tesni ac Anna arni'n anghrediniol.

'Raisins mewn jin?' meddai Anna. 'Ers pryd? A pham naw?'

'Ers blynyddoedd – dyna fyddai Yncl Bob America yn neud, ac roedd o'n gweithio iddo fo.'

'Ydi o'n gweithio i chi?' gofynnodd Tesni.

'Dwi'm yn siŵr ydi o'n helpu efo'r cric'mala,' atebodd Myfi, 'ond mae o'n help i mi gysgu beth bynnag.'

Gwenodd Tesni. *'Finally*, wyt ti *absolutely hundred per cent* siŵr ti isio gwneud hyn? 'Cos munud mae o yna, ia, mae o yna *for the rest of your life.'*

'Yndw! Bendant,' atebodd Myfi. 'Mae hi'n now or nefar!'

'Aidial! 'Nei di seinio hwn 'ta, plis?'

Arwyddodd Myfi'r darn o bapur a roddwyd dan ei thrwyn yn ddi-lol cyn eistedd yn ôl yn ei chadair a dal ei braich allan. Tra oedd hi'n disgwyl i'r eli ladd y teimlad yn ei chnawd, gofynnodd Myfi i Tesni oedd hi wedi rhoi tatŵ i unrhyw un o'i hoed hi o'r blaen.

''Nes i datŵ i ddynas *eighty nine* diwrnod o'r blaen,' atebodd Tesni.

'Rargian!' synnodd Myfi. 'Llun be gafodd hi?'

'Dim llun, jest y llythrennau DNR wrth ei chalon.'

'*Initials* ei gŵr?' gofynnodd Myfi, gan ystyried nad oedd rhamant byth yn marw.

'DNR: *do not resuscitate*, Nain,' esboniodd Anna.

'O,' meddai Myfi. 'Am syniad!'

'Ocê! 'Dan ni'n barod?' gofynnodd Tesni. Nodiodd Myfi. '*Chill* rŵan, *lie back and think of chocolate*, neu rwbath neis fel'na.'

Roedd y tatŵ wedi ei orffen a braich Myfi wedi'i lapio mewn cling-ffilm ymhen dim, a Myfi'n gweld ei hun yn rêl boi wrth i Anna ei danfon adref. Allai hi ddim disgwyl i gael tynnu'r gorchudd plastig drannoeth, er mwyn gweld ei thatŵ yn iawn. Doedd hi ddim cweit wedi penderfynu a oedd hi am ei ddangos o i neb arall eto. Ei chyfrinach fach hi oedd o ar y funud ... ac Anna, wrth gwrs.

* * *

Anghofiodd Delyth bopeth am yr amlen ym mhrysurdeb y bore, ac roedd hi bron yn amser cinio pan ddaeth Idris at y ddesg.

'Ti 'di agor dy amlen?' gofynnodd yn syth.

'Heb gael cyfle,' atebodd Delyth. 'Mi wna i rŵan.'

Estynnodd am yr amlen a'i hagor, a rhewodd yn gegagored pan welodd ei gynnwys: tocyn o bapurau ugain punt.

'Be ddiawch ...? meddai, gan edrych ar Idris.

'Darllena'r nodyn sy'n dod efo fo!' meddai yntau.

Annwyl Delyth,

Dyma i chi rodd fach i ddiolch i chi am fod mor glên a chyfeillgar 'da hen gwpwl o hwntws. Gwariwch o arnoch chi'ch hunan! Peidwch poeni, dy'n ni ddim wedi camgyfrif (ha! ha!). Does dim teulu ganddon ni, felly ry'n ni'n rhydd i rannu ein harian fel 'ni moyn.'

Cofiwch alw os fyddwch chi yn y cyffinie.

Yn gywir,

Dil x 2

'Dwi 'di cael yr un fath!' meddai Idris.

'Faint sy 'na?' gofynnodd Delyth gan gyfri'r arian yn sydyn. 'Tri chan punt?' Llanwodd ei llygaid â dagrau. 'Wel, am ffeind! Ond fedra i 'mo'i dderbyn o, siŵr.'

'Pam ddim?' gofynnodd Idris yn syn. 'Mae'r llythyr yn deud yn glir pam ti'n ei gael o. Mi fasa'n anghwrtais gwrthod.'

'Ond mi dalon nhw am fwyd i ni'r noson o'r blaen hefyd! 'Sa'n well i mi ei roi o yn y pot tips – 'dan ni i fod i rannu ein tips,' meddai Delyth, gan ddal i syllu ar yr arian. Dyn a ŵyr y basa hi'n medru gwneud efo fo, ond rhaid oedd gwneud yr hyn oedd yn iawn.

'Paid â bod yn wirion,' meddai Idris. 'Tip personol i chdi ydi hwnna, mae'r llythyr yn deud hynny'n glir. Dwi'n sicr ddim yn mynd i rannu ...'

Tarfwyd arnynt gan ddwy wraig mewn oed ddaeth at y ddesg â golwg bryderus ar eu hwynebau.

'Good morning, ladies,' meddai Idris wrthyn nhw efo gwên lydan. 'And what adventures are you having today?'

'Oooh, Idris! We're a bit worried, to tell you the truth,' meddai'r leiaf o'r ddwy gan roi ei llaw ar fraich Idris.

Trodd y llall at Delyth. 'We can't find Mavis.'

'There's something very wrong,' meddai'r leiaf. 'It's our free day today and we'd arranged to go and see the castle this morning, but Mavis didn't turn up for breakfast and she's not answering the door, or her phone.'

Roedd y ddwy wraig yn amlwg yn poeni'n arw am eu ffrind. Suddodd calon Delyth. Roedd hi wedi clywed amryw o straeon am rai o'r henoed oedd yn aros yn y gwesty ar y tripiau bysiau yn cael eu taro'n wael, a'r diwrnod cyn iddi hi ddechrau gweithio yn y George roedd un gŵr oedrannus wedi marw yn ei wely.

'Don't worry, I'm sure everything's OK. What room is she in?' gofynnodd Delyth gan daro golwg bryderus i gyfeiriad Idris.

'Twenty three.'

'Mi a' i i fyny i gael golwg,' meddai Idris wrth Delyth. Trodd at y merched. 'Why don't you go and sit in the lounge and order yourselves a nice cup of coffee,' meddai'n garedig, 'and I'll find Mavis for you.' Diolchodd y merched yn ffrwcslyd, gan esbonio nad oedden nhw wedi gweld Mavis ers iddyn nhw ei gadael yn y bar y noson cynt.

'Ddo' i efo chdi,' meddai Delyth, ar ôl i'r merched fynd.

'Does dim rhaid i chdi,' meddai Idris, ond roedd Delyth eisoes wedi rhoi arwydd 'yn ôl mewn munud' ar y ddesg. Allai hi ddim gadael i Idris fynd ei hun, rhag ofn bod y gwaethaf wedi digwydd.

'Well i ni fynd i fyny'r grisiau,' meddai Idris. 'Dwi ddim yn trystio'r lifft 'na.'

Brysiodd Delyth i ddal i fyny efo fo, ac wrth iddyn nhw droi'r gornel tuag at ystafell 23 rhoddodd Idris ei fraich o flaen Delyth i'w hatal rhag mynd ymhellach, gan roi ei fys ar ei geg mewn arwydd iddi fod yn ddistaw. Nodiodd tuag at wraig oedrannus oedd yn dod allan o un o'r ystafelloedd eraill, gan roi cusan hir i'r dyn oedd y tu mewn wrth ffarwelio â fo. Caeodd y ddynes y drws a cherdded tuag atynt mewn ffrog sgleiniog oedd yn fwy addas ar gyfer parti na mynd am dro.

'Good morning, Mavis,' meddai Idris wrth iddi agosáu tuag atynt.

'Oh! Good morning, Idris,' meddai Mavis, wrth i wrid liwio'i bochau. Roedd golwg fel petai wedi cael copsan arni. Safodd Delyth yn stond, heb syniad beth i'w ddweud.

'Your friends are looking for you,' meddai Idris.

'Oh dear, did they send you to look for me?'

Nodiodd Idris a Delyth efo'i gilydd.

'I'm a bit late. We ... I ... lost track of the time!' meddai Mavis. 'Where are they?'

'In the lounge having a coffee,' atebodd Idris.

'Can you do me a favour? Tell them I'll be down in fifteen minutes. Tell them I was asleep without my hearing aid,' meddai Mavis gyda winc theatrig.

'Will do,' meddai Idris, yn gwenu. Nodiodd Delyth hithau.

'No need to mention Eric,' ychwanegodd Mavis cyn diflannu i mewn i ystafell 23.

'Wel, wir!' meddai Delyth. 'Pwy 'sa'n meddwl! *Shenanigans* fel hyn yn eu hoed nhw – ma' hi tua'r un oed â Mam!'

'Pam ddim, 'de!' meddai Idris. 'Be 'di oed ond rhif?'

'Wel, ia, ma' siŵr. Ond 'swn i'n llewygu'n glewt ar lawr taswn i'n clywed bod Mam yn bihafio fel'na!'

'Yr un fath ydi teimladau, dim ots faint 'di dy oed di,' meddai Idris.

'Wel, ma' raid i mi ddeud dy fod di'n dda iawn efo'r hen ferchaid 'ma,' meddai Delyth yn gellweirus. 'Ma' nhw i gyd wedi gwirioni efo chdi!'

'Ha! Ma' hen leidis yn hoff iawn ohona i erioed – licio 'nghyrls i maen nhw. Dyna fyddai Mam yn arfer ddeud!'

Gwenodd Delyth yn ôl arno. Roedd hi'n sicr yn medru gweld yr apêl.

'A dwi 'di hen arfer delio efo pobol ... mae'n neis medru delio efo nhw mewn sefyllfaoedd hapus,' ymhelaethodd Idris.

'Be ti'n feddwl, "sefyllfaoedd hapus"?' gofynnodd.

'Mae pobol sydd ar eu gwyliau yn hapus fel arfer, tydyn. Dim ond delio efo pobol mewn trafferthion o'n i yn y ffôrs.'

Safodd Delyth yn ei hunfan. 'Y ffôrs?' meddai'n syn. 'Yr Air Force 'lly?'

'Naci! Yr heddlu. 'Nes i ymuno ar ôl gadael yr ysgol, ac mi fues i'n FLO am bron i bymtheng mlynedd.'

'Effelô?' gofynnodd Delyth yn ddiddeall.

'Family Liason Officer.'

Agorodd llygaid Delyth led y pen. 'Wel wir, wyddwn i ddim!' meddai, gan ystyried ei fod o, mwy na thebyg, yn dda iawn yn y swydd efo'i sgiliau cyfathrebu a'i bersonoliaeth hynaws.

'O, dwi'm yn deud wrth bawb, 'sti. Mae'r drws hwnnw wedi hen gau, ac ro'n i'n reit falch o'i gau o. Dwi'n cysgu'n llawer gwell ar ôl ymddeol o'r heddlu a dod i fama i weithio.'

'Mi oedd hi'n job anodd, dwi'n siŵr,' meddai Delyth.

'Oedd. Anodd iawn ar adegau,' cytunodd Idris. 'Ambell waith ro'n i'n methu'n glir â rhoi'r switsh off ar ôl dod adra o'r gwaith ... anodd anghofio be o'n i wedi'i weld a'i glywed.'

'Rownd ffor'ma oeddat ti'n gweithio?'

'Naci, yn Lerpwl. Ar ôl i Marian farw mi wnes i newid cyfeiriad – yn fy swydd ac yn llythrennol.'

Dechreuodd y ddau gydgerdded, a manteisiodd Delyth ar y cyfle i'w holi.

'Pa fath o achosion oeddat ti'n delio efo nhw?'

'Damweiniau fwya, a llofruddiaethau.'

'Cyffuriau?' gofynnodd Delyth.

'Lot fawr ohonyn nhw, ia: cyffuriau, alcohol, trais yn y cartref ...'

'Ti wedi gweld ochr waetha dynion felly.'

'Do, dynion *a* merched!'

Edrychodd Delyth arno. 'Dynion sy'n cam-drin eu partneriaid fwya, ia ddim?'

'Ia, ond mae 'na ddigon o achosion o ferched yn cam-drin hefyd.' Crychodd Delyth ei thalcen yn amheus. 'Wir i chdi!' mynnodd Idris.

Wrth iddyn nhw gyrraedd gwaelod y grisiau, trodd Idris ati. 'Gwranda, paid â sôn wrth y staff yn fama 'mod i wedi bod yn blisman. Mae 'na rai yn gwybod, wrth gwrs, ond ... wel, dwi'n trio rhoi hynny tu ôl i mi rŵan a jest mwynhau bod yng nghwmni pobol gyffredin eto.'

'O, sori! A finna wedi dy holi di'n dwll rŵan,' meddai Delyth, yn difaru iddi wneud hynny.

Rhoddodd Idris ei law ar ei braich. 'O, na, paid â chymryd hynna ffor' rong,' meddai. 'Dwi'm yn meindio trafod y peth efo chdi. Dwi'n ei chael hi'n hawdd iawn siarad efo chdi.'

'A finna chditha,' meddai Delyth, yn falch o glywed hynny.

* * *

Safodd Delyth y tu allan i Rhosfawr, y tŷ roedd Robin yn ei ailweirio. Roedd hi wedi penderfynu defnyddio'i hanner awr ginio i ddod â'i harian annisgwyl iddo fo'n syth. Roedd y ffaith fod y swm yn cyfateb yn union i'w siâr hi o gost parti pen blwydd ei mam yn awgrymu mai dyma roedd ffawd am iddi ei wneud efo fo. Ac roedd yn well iddi ei roi o i Robin rŵan, cyn iddi gael cyfle i'w wario ar bethau eraill.

Roedd fan Robin wedi'i pharcio y tu allan, a drws ffrynt y tŷ gwag tri llawr yn agored. Rhoddodd ei phen i mewn.

'Iw-hw! Robin?'

Daeth llais Robin o grombil y tŷ. 'Hei! Titw? Chdi sy 'na?'

'Ia!'

'Ddo' i yna rŵan.'

Ymddangosodd Robin rai eiliadau'n ddiweddarach a golwg bryderus arno.

'Ti'n iawn?' gofynnodd i'w chwaer. 'Be sy?'

'Yndw tad, paid â phoeni. Dim ond dod â hwn i chdi.' Daliodd Delyth yr amlen iddo. 'Be ti 'di neud i dy wyneb?' gofynnodd, wrth sylwi ar friw brwnt yr olwg o dan lygad chwith Robin.

''Di o'm byd. Drws nath agor i 'ngwynab i yn y gwynt bore 'ma.'

'Pa wynt?' gofynnodd Delyth. Roedd hi'n ddiwrnod poeth arall a dim ond awel ysgafn yn siglo'r coed gerllaw.

'Be 'di hwnna sgin ti?' gofynnodd Robin, gan anwybyddu ei chwestiwn ac amneidio at yr amlen yn ei llaw. Rhoddodd Delyth yr amlen iddo.

'Fy siâr i o'r pres at barti Mam.'

''Sdim raid i chdi ei roi o i mi rŵan, siŵr. Gawn ni dalu ar y diwrnod.'

'Well gen i neud rŵan – fydd o wedi mynd wedyn,' meddai Delyth. 'Wyt ti 'di clywed rwbath gan Anti Jên a'r lleill?'

'Do, ma' pawb yn medru dŵad, hyd yn oed Joan – mae ei mab am ddod â hi – ac ma' Ioan yn dod adra nos fory.'

'Da iawn! Gei di dynnu un enw oddi ar y rhestr: mae Anna wedi gorffen efo Cai,' cyhoeddodd Delyth.

'O diar, ydi hi'n ocê?'

'Ydi, dwi'n meddwl, hynny dwi wedi'i weld arni.'

'Gwranda, ti 'di sôn wrth Mam am y parti, do?' gofynnodd Robin.

'Naddo! Ro'n i'n meddwl dy fod ti am wneud!'

'A finna'n meddwl mai chdi oedd am ddeud wrthi! Ro'n i'n meddwl 'i bod hi'n rhyfadd nad oedd hi wedi sôn gair amdano fo.'

'Wel, mi fasa'n well i un ohonon ni wneud yn reit handi – mae o'r diwrnod ar ôl fory! Wyt ti'n mynd yno heddiw?' gofynnodd Delyth.

'Ym, na, dim heddiw,' meddai Robin. Doedd o ddim yn awyddus i ddangos ei wyneb i'w fam nes i'r clais ddechrau mendio.

'Ro' i ganiad iddi yn y munud,' meddai Delyth.

'Jest deud wrthi mai chdi ac Anna, a Julie, fi a'r hogia sy'n mynd,' meddai Robin. 'Geith hi syrpréis pan welith hi'r lleill wedyn.'

'Syniad da. Reit, well i mi fynd yn ôl i'r gwaith,' meddai Delyth, gan ddechrau cerdded i ffwrdd.

''Rhosa! Ro'n i wedi bwriadu dy ffonio di ... welis i Mam

ddoe ac mae hi wedi newid ei meddwl ac am neud y pŵer atwrnai.'

'O? Da iawn. Be wnaeth iddi newid ei meddwl?'

'Dwi'm yn siŵr ... siarad efo Nia Plisman, dwi'n meddwl.'

'Ti isio i mi gael y ffurflenni'n barod?' cynigiodd Delyth.

'Na, mae'n iawn. Ma' Julie wedi gwneud ddoe.'

'O. Pryd awn ni draw i dŷ Mam i'w llenwi nhw?'

Edrychodd Robin i ffwrdd cyn ateb. 'Ma' croeso i chdi fod yno, 'de, ond ma' Mam 'di deud y basa'n gwneud gwell sens tasa jest un ohonon ni'n ei llenwi hi, ac ma' hi 'di gofyn i mi.'

'Be? 'Mond chdi yn cael y pŵer?' gofynnodd Delyth.

'Ia. Wyt ti'n iawn efo hynny?'

Ochneidiodd Delyth. Roedd hyn yn rêl ei mam – doedd hi erioed wedi cuddio'i ffafriaeth at Robin, ac roedd Delyth wedi gorfod derbyn hynny ers blynyddoedd.

'Wel, nac'dw, a deud y gwir,' meddai. 'Dwi'n meddwl y basa'n decach tasa'r ddau ohonon ni'n gwneud.'

Ac er bod Robin yn cytuno efo hi yn y bôn, meddai'n swta, 'Ti'm yn fy nhrystio fi neu rwbath?'

Oedodd Delyth cyn ateb. Oedd, roedd ganddi bob ffydd yn ei brawd ond doedd hi ddim yn siŵr o Julie a'i dylanwad arno. Roedd Robin wedi newid ers iddo fod efo hi. Allai Delyth ddim dweud yn iawn sut ... jest yn wahanol, yn fwy tawedog, fel petai ganddo rywbeth i'w guddio. Ond penderfynodd nad oedd hi am ddechrau ffrae.

'Ydw siŵr. Gwna di 'ta. 'Sgin i'm dewis beth bynnag, nag oes, os 'di Mam 'di deud!' Trodd ar ei sawdl a cherdded i ffwrdd, gan adael Robin yn teimlo'n reit annifyr.

Eisteddai Delyth â'i phen yn ei dwylo wrth ddesg derbynfa'r George, yn syllu ar ddrws y gwesty a'i meddwl ymhell i ffwrdd. Roedd hi'n gwneud rhywbeth yr oedd hi wedi'i wneud lawer, lawer tro, sef ceisio deall pam roedd agwedd ei mam tuag ati hi mor wahanol i'w hagwedd at Robin. Ers pan oedd hi'n blentyn bach roedd hi wedi sylwi ar y gwahaniaeth. Pan fyddai Robin yn cael codwm ac yn crio, byddai eu mam yn gwneud ffŷs fawr ohono, ond pan fyddai hi'n crio, byddai'n cael gorchymyn i fod yn ddistaw ac i beidio â gwneud lol. Byddai llwyddiannau bach Robin yn yr ysgol neu ar y cae pêl-droed yn cael eu dathlu a'u clodfori, ond 'tydi brolio ddim yn beth neis i'w wneud!' fyddai hi'n ei gael petai hi'n sôn am ei seren aur neu ei gwobr gyntaf am wneud llun yn eisteddfod yr ysgol. Er ei bod hi wedi trio'i gorau i fod yn ferch dda: peidio ag ateb yn ôl a gwneud ei dyletswyddau, roedd gagendor rhyngddi hi a'i mam na allai hi ei groesi. Ac er bod y berthynas yn un anodd, o'i hochr hi, beth bynnag, roedd hi'n dal i drio plesio'i mam, yn dal i obeithio y byddai Myfi, ryw ddiwrnod, yn edrych arni hi fel roedd hi'n edrych ar Robin. Daeth pwl sydyn o hiraeth am ei thad drosti. Dyn addfwyn, prin ei eiriau ond â chalon fawr, oedd Dafydd Thomas, ac os mai babi Mam oedd Robin, babi Dad oedd hi. Ato fo y byddai'r Titw bach yn hedfan pan fyddai ei mam yn siarp efo hi. Efallai mai dyna drefn pethau, ystyriodd – y ferch fwy am ei thad, a'r mab yn fwy am ei fam. Yn sicr, roedd hynny'n wir am ei merch ei hun. Tybed sut fyddai pethau petai Anna wedi bod yn fachgen?

'Ti'n bell i ffwrdd!'

Neidiodd Delyth. Doedd hi ddim wedi sylwi ar Idris yn dod tuag at y ddesg.

'Cymryd munud bach i gael fy ngwynt ataf dwi, tra ma' hi'n ddistaw.'

'Meddwl sut i wario dy bres oeddat ti?' gofynnodd Idris.

Gwenodd Delyth. 'Mae hwnnw wedi mynd yn barod!'

'Wnest ti ddim gwastraffu amser, naddo!'

'Derbyn efo un llaw a rhoi efo'r llall, dyna fy hanes i efo pres erioed. Be amdanat ti? Wyt ti wedi meddwl be wnei di efo dy bres di?'

'Do,' atebodd Idris, 'ac un peth y baswn i'n licio'i neud ydi ... ym ... tasat ti'n licio, 'lly ...'

Roedd Idris wastad wedi'i tharo fel dyn hyderus, cyfforddus efo pobol, ond am unwaith edrychai'n swil a lletchwith.

'Meddwl y bysat ti'n licio dŵad allan am fwyd eto? 'Nes i fwynhau ein noson efo'r Dils, a meddwl 'sa hi'n neis cael pryd arall ... jest chdi a fi, 'lly, yn rwla arall.'

Teimlodd Delyth y gwrid yn cropian i'w bochau nes ei bod hithau'n edrych yr un mor swil ag Idris.

'Mi fasa hynny'n neis iawn,' atebodd.

Gwenodd y ddau ar ei gilydd. Dau oedolyn yn eu hoed a'u hamser yn bihafio fel glaslanciau, meddyliodd Delyth. Ond allai hi ddim gwadu'r peth – roedd hi'n ffansïo Idris ac roedd hi'n edrych fel petai yntau'n ei ffansïo hi!

Torrwyd ar eu traws gan gwsmer wrth y ddesg.

'Wela i di cyn diwedd dy shifft i drefnu,' meddai Idris, gan wincio arni wrth gerdded i ffwrdd. Cwffiodd Delyth yr awydd i biffian chwerthin fel hogan ysgol, cyn troi ei sylw at y cwsmer.

*   *   *

Doedd Robin ddim ar frys i fynd adref. Cymerodd ei amser i bacio'i dŵls yn ei fag a'u cario i'w fan. Roedd hi'n ddiwrnod poeth a'i geg yn sych, a buasai wedi bod wrth ei fodd yn mynd am beint sydyn i far cefn y George cyn mynd adref – cyfle i ymlacio a chael sgwrs efo hwn a'r llall a rhoi'r byd yn ei le efo'r gweithwyr eraill oedd yn galw am un bach sydyn. Ceisiodd gofio pryd oedd y tro diwethaf iddo wneud hynny. Dwy flynedd yn ôl, o leiaf. Edrychodd ar ei watsh: hanner awr wedi chwech. Roedd o eisoes chwarter awr yn hwyr. Torrwyd ar draws ei fyfyrdodau gan lais Osian yn gweiddi arno o'r ochr arall i'r ffordd.

'Oi! Dad!' Croesodd Osian y ffordd a rhoi coflaid i'w dad. Roedd Robin yn hynod o falch o'i weld a daliodd ei fab yn hir yn y goflaid.

'Lle ti'n mynd, was?' gofynnodd, wedi iddo ollwng y llanc a rhoi cyfarchiad sydyn i Tomos, ei ffrind, oedd wrth ei ochr.

'Am beint i'r George,' atebodd Osian.

'Ar ddiwrnod ysgol?' synnodd Robin.

'Ma' hi'n nos Wener, Dad!'

'Ydi, 'fyd! Dwi'n colli trac o'r dyddiau.' Roedd o hefyd yn ei chael hi'n anodd dod i arfer efo'r ffaith fod ei fab ieuengaf bellach yn ddeunaw oed ac yn cael mynd i yfed i dafarn yn gyfreithlon.

'Ac eniwê, dwi 'di cael fy arholiad ola ddoe. Felly, dwi *officially* wedi gadael ysgol. Sesh on!' ychwanegodd Osian.

'Da iawn chdi am orffen dy arholiadau,' meddai Robin gan ysgwyd llaw ei fab, 'ond 'sa'n well gen i taswn i ddim yn gwybod dy fod di allan ar sesh. Poeni fydda i rŵan!'

''Sdim rhaid i chi boeni am Osian, 'chi, fo di'r calla ohonon ni!' meddai Tomos.

Gwenodd Robin o glywed hynny.

'Ty'd efo ni am un bach, Dad!' anogodd Osian. ''Di'r lleill ddim yn cyrraedd am hanner awr.'

'Ia, dowch, Mr Thomas! The more the merrier,' meddai Tomos.

Byddai Robin wedi bod wrth ei fodd yn derbyn y cynnig ond gwyddai mai gwrthod fyddai gallaf.

'Diolch, hogia, ond well i mi 'i throi hi am adra ac i'r gawod ar 'y mhen. Dwi'n chwys doman!' Estynnodd ei waled o boced ei drowsus a thynnu papur ugain punt ohoni, a'i roi yn llaw Osian. 'Prynwch ddrinc i ddathlu,' meddai.

'Be ti 'di neud i dy foch?' gofynnodd Osian ar ôl diolch a stwffio'r arian i'w boced.

'Codi 'mhen a'i hitio fo mewn silff pan o'n i'n weirio,' meddai Robin.

'Awtsh!'

''Di o'm byd, 'sti. Wel, joiwch eich hunain, hogia ... a byhafiwch!'

'Nawn ni. Wela i di.' Cofleidiodd y tad a'r mab eto.

'Yn fuan,' meddai Robin wrth wylio'r ddau lanc yn croesi'r ffordd yn sionc, yn eiddigeddus o'u rhyddid. Roedd bywyd yn un antur fawr iddyn nhw, a blynyddoedd lawer o'u blaenau, gobeithio, cyn y bydden nhw'n dechrau sigo dan ei bwysau.

Camodd Robin i mewn i'r tŷ gan ddal ei wynt. Pa Julie fyddai'n ei gyfarch heno?

'Haia, cariad,' galwodd ei wraig â gwên. 'Ti 'di cael diwrnod da?'

Roedd hi wrthi uwchben y stof a gallai Robin ddweud o'r arogl ei bod hi'n coginio stêc – ei ffefryn. Teimlodd ei gyhyrau'n ymlacio wrth iddo newid i'w slipas.

'Da iawn, diolch,' atebodd. 'Jest â gorffen y job rŵan. Ti 'di cael diwrnod braf?'

'Gwych! Mae Amanda wedi rhoi ei notis i mewn!' atebodd.

A-ha! Dyna pam roedden nhw'n cael stêc i swper, meddyliodd Robin. Amanda oedd rheolwr Julie, ac roedd Julie yn ei chasáu ac wedi cwyno amdani i'r adran adnoddau dynol. Gwyddai Robin y byddai ei wraig yn siŵr o geisio neidio i'w bedd gan roi cais am ei swydd.

'Newyddion da!' meddai. 'Sgin i amser i fynd am gawod sydyn cyn bwyd? Gawn ni siarad yn iawn am y peth wedyn?'

'Oes, tad,' atebodd Julie'n glên. Trodd y stêc drosodd yn y badell a dod ato i roi cusan ar ei foch. Edrychodd ar y briw cas o dan ei lygad. 'Mae hwnna'n edrych yn frwnt. Ddyliat ti fod yn fwy gofalus, 'sti!' meddai mewn llais llawn consýrn.

'Be?' gofynnodd Robin yn anghrediniol.

''Nest ti blygu ata i fel ro'n i'n cau drws y car.'

Edrychodd Robin arni gan ddal ei dafod yn dynn y tu ôl i'w ddannedd. Sut allai hi edrych i fyw ei lygaid a dweud mai fo blygodd at ddrws y car a hithau'n gwybod yn iawn mai hi agorodd y drws i'w wyneb yn fwriadol ar ganol ffrae, am ei fod o wedi meiddio dweud wrthi ei bod hi'n gwneud gormod o ffys o barti ei fam.

'Dim fel'na dwi'n ei chofio hi ...' mentrodd.

'Ia, wel, 'dan ni'n gwybod sut mae dy go' di, yn tydan?' meddai Julie'n ysgafn. Rhoddodd ei breichiau amdano. 'Ti'n gweithio'n rhy galed, 'sti,' meddai'n garedig, 'nes dy fod di ddim yn gwybod wyt ti'n mynd 'ta dŵad. Mae'n ddydd Sadwrn fory – be am i chdi gymryd diwrnod i ffwrdd?'

Safodd Robin yn llonydd. Oedd, roedd o'n gweithio'n rhy galed, roedd hi'n dweud y gwir am hynny. Daeth llygedyn o amheuaeth i'w feddwl. Efallai nad oedd hi wedi bwriadu agor y drws yn ffyrnig – yn syth i'w wyneb – cyn gyrru i ffwrdd yn wyllt.

'Syniad da. Dwi angen brêc, dwi'n meddwl.'

'Rŵan dos i gael cawod ac mi agora i botel o win i fynd efo'r stêc,' gorchmynnodd Julie. Ufuddhaodd Robin a chychwyn am y llofft. Beth bynnag oedd y gwir, roedd popeth yn iawn heno, felly gwell oedd anghofio'r peth. Heno câi ymlacio.

Pennod 12

Roedd Myfi wedi bod yn hedfan ar adrenalin ar ôl cael ei thatŵ ac ar ôl clywed gan Delyth ei bod hi a Robin a'u teuluoedd am fynd â hi am de pnawn i'r George i ddathlu ei phen blwydd. Rhywbeth i edrych ymlaen ato, er na allai ddweud ei bod yn edrych ymlaen at fod yn wyth deg oed, chwaith. Ond unwaith yr eisteddodd i lawr yn ei hoff gadair gyda'r nos, ar ei phen ei hun unwaith eto, suddodd ei hwyliau.

Symudodd i eistedd wrth fwrdd y gegin. Roedd y radio ymlaen, ond doedd hi ddim yn gwrando arno. Edrychodd ar ei braich. Gallai weld y tatŵ yn glir drwy'r ffenest o blastig – y D gosgeiddig wedi'i lapio o amgylch calon ... y galon nad oedd yn curo mwyach. Cododd ton o emosiwn drwyddi gan ddechrau yn ei stumog a gorffen mewn llif o ddagrau a wnaeth i'w hysgwyddau a'i hasennau siglo. Beth oedd hi wedi'i wneud? Doedd hi ddim wedi bwriadu i'r tatŵ fod yn rhywbeth a fyddai'n torri ei chalon bob tro y byddai'n edrych arno. Hen ddynes wirion ydw i, meddyliodd. Hen, hen, ddynes efo dim byd i edrych ymlaen ato heblaw plataid o gacennau efo'i theulu. Daeth geiriau Beti i'w chof: ''Dan ni'm byd ond niwsans i'r teulu erbyn yr oed yma, nac'dan. Dim byd i edrych mlaen ato fo. Bob dim tu ôl i ni.' Roedd hi wedi ceisio peidio â meddwl gormod am ei hymweliad â Beti ond roedd ei geiriau'n mynnu meddiannu ei phen. Roedd ei gweld wedi ei chynhyrfu, a'i hatgoffa o'i henaint ei hun. Roedd Beti'n iawn am un peth – roedd hi'n lwcus iawn o'i hannibyniaeth. Ond roedd hi wedi dod i sylweddoli pa mor fregus oedd yr annibyniaeth honno ac y gallai hithau fod yn gaeth i gadair gydag un godwm. Aeth ias drwyddi wrth feddwl am y peth.

Cododd yn sigledig a mynd i'r ystafell fyw. Plygodd i agor drws cwpwrdd gwaelod y ddresel, ac ebychodd mewn poen wrth deimlo gwayw yng ngwaelod ei chefn. Sythodd yn araf ac estyn stôl fach o gornel yr ystafell. Gosododd ei hun yn ofalus arni, a chan duchan, estynnodd i ben draw'r cwpwrdd a thynnu hen dun da-da Quality Street ohono. Rhoddodd y tun ar y ddresel cyn codi'i hun yn ofalus oddi ar y stôl, a mynd i eistedd ar y soffa.

Agorodd gaead y tun a gafael mewn pecyn bychan o luniau, y rhan fwyaf yn lluniau du a gwyn. Ond pan glywodd gnoc ar y drws cefn a sŵn y drws yn agor, stwffiodd y lluniau yn ôl i'r tun a rhoi'r caead yn ôl arno.

'Helô! Mrs T?'

Fel arfer byddai Myfi wrth ei bodd yn gweld Meera, ond dim heno. Ystyriodd aros yn ddistaw a chymryd arni nad oedd hi adref, ond penderfynodd ateb rhag ofn i Meera ddod drwodd i'r ystafell fyw.

'Dwi yn fama!' galwodd, gan wthio'r tun Quality Street o dan y soffa.

'Mae gen i samosas dros ben a meddwl y basai nhw'n gwneud i ti i ...' galwodd Meera wrth gerdded i'r ystafell. Arhosodd yn stond wrth weld wyneb chwyddedig Myfi, a'i llygaid cochion.

'Mrs T? Wyt ti'n OK?' gofynnodd yn bryderus.

'Yes, yes. Dwi'n *champion*,' atebodd Myfi gan estyn am hances bapur o'i phoced a chwythu'i thrwyn. 'Chydig o *hay fever* ella.'

'O, diar, mae gen i *hay fever* tabledi yn y tŷ. Ti isio i fi cael nhw i ti?'

Ysgydwodd Myfi ei phen. 'Mae'n iawn, diolch. Mi fydda i'n iawn mewn munud.' Cododd ar ei thraed a chymryd y bocs o samosas o law Meera.

'Diolch yn fawr i chdi am y rhain, lyfli.'

Sylwodd fod Meera yn syllu ar y cling-ffilm ar ei braich. Damia, roedd hi wedi anghofio rhoi ei chardigan yn ôl amdani.

'Be ydi hwnna?' gofynnodd Meera, ei llais yn llawn pryder eto. 'Have you burned yourself?'

'Naddo, naddo, 'di o'm ...' meddai Myfi cyn i Meera dorri ar ei thraws.

'Mrs T! Wyt ti wedi cael *tattoo*?' Roedd ei llais yn llawn syndod erbyn hyn.

Ochneidiodd Myfi a gollwng ei hun yn ôl ar y soffa. Doedd dim pwynt gwadu.

'Do,' meddai. 'Bore 'ma, presant pen blwydd gan Anna.'

Eisteddodd Meera wrth ei hochr. 'Well I never!' meddai. 'Ga' i weld?'

Dangosodd Myfi ei braich iddi.

'Is it the letter D?' gofynnodd Meera.

Nodiodd Myfi.

'D am ...?' gofynnodd Myfi.

'Dafydd, y gŵr,' atebodd Myfi. Ond doedd y celwydd ddim wedi dod mor hawdd y tro hwn. Gollyngodd ochenaid ddofn. Roedd yr amser wedi dod, sylweddolodd. Amser i agor y drws ar y gorffennol, drws oedd wedi'i gau mor dynn fel bod ei agor yn mynd i gymryd cryn ymdrech. Ysgydwodd ei phen. 'Na. It's not D am Dafydd, it's D am Dewi.'

'Dewi?' holodd Meera.

'Fy mab,' atebodd.

'*Dy fab*?' synnodd Meera. 'Roeddwn i'n meddwl mai Robin ydi dy fab.'

'Dim ond Robin sgin i rŵan, ond un tro roedd gen i fab arall, Dewi. Fy mabi gwyn cynta i.' Ceisiodd Myfi blygu i gyrraedd y tun da-da, ond allai hi 'mo'i gyrraedd. 'Wnei di'm estyn y tun sy dan y soffa i mi, plis?' gofynnodd i'w chymydog.

Edrychodd Meera'n syn arni cyn ufuddhau. Agorodd Myfi'r tun a thynnu llun ohono, yna rhwbiodd flaen ei bys yn dyner drosto cyn ei ddangos i Meera. Llun du a gwyn o blentyn bach oedd o, bachgen tua dwy neu dair oed. Edrychodd Meera ar y mop o wallt cyrliog a'r wyneb bach tlws yn gwenu'n llon ar dynnwr y llun. Roedd pêl fechan yn ei law.

'Ti'm yn gweld yn fanna, ond gwallt coch sydd ganddo fo,' meddai Myfi. Dechreuodd chwilota ymhlith cynnwys y tun a dangos llun arall, un lliw y tro hwn, o'r bachgen bach yn eistedd ar lin ei fam.

'What a beautiful little boy,' meddai Meera.

Gwenodd Myfi. 'O, mi oedd o!' meddai. 'Ac mi oedd ganddo fo wên i bawb! Welis i 'rioed fabi mor fodlon â fo. Bob tro fyddwn i'n mynd â fo am dro yn ei goits i lawr i Dre mi fyddai rhywun yn siŵr o ddod i fyny ato fo, a'r munud y bydda fo'n gwenu arnyn nhw – dyna ni wedyn, roeddan nhw wedi gwirioni efo fo. Roeddan ni i gyd wedi gwirioni efo fo.'

Eisteddodd y ddwy wraig yn dawel am ychydig, Myfi ar goll yn ei hatgofion a Meera ofn gofyn be ddigwyddodd i'w chyntafanedig.

Cododd Myfi'r llun at ei gwefusau a'i gusanu'n ysgafn cyn cymryd anadl ddofn.

'Bore Sadwrn oedd hi. Roedd Dewi newydd gael ei ben blwydd yn dair oed a Delyth yn dri mis. Roedd hi'n fabi gwahanol iawn i Dewi – un gwael am setlo, yn crio bob munud, mynnu sylw. Tasa hi ddim wedi ...' Roedd tôn ei llais wedi newid wrth iddi sôn am Delyth, a gwasgodd y llun yn dynn rhwng ei bysedd. 'Dau funud fues i, dim ond dau funud ...' Anadlodd yn ddwfn. Estynnodd Meera am ei llaw.

'You don't have to tell me ...'

'But I must, you see. Mae'n rhaid i mi!' mynnodd Myfi. 'Ti'n gweld, os na fydda i'n sôn amdano fo rŵan, pan a' i, fydd 'na neb ar ôl i'w gofio fo. Mi fydd hi fel petai o erioed wedi bodoli.' Gwasgodd law Meera yn dynn. 'Ro'n i wedi mynd â'r ddau am dro i'r parc, Delyth yn ei choits a Dewi efo'r *reins* amdano i'w gadw'n agos ata i. Siwt fach *powder blue* oedd amdano fo, shorts a chrys, a chap llongwr bach gwyn ar ei ben. Roedd o'n cario bag o friwsion bara yn ei law, yn barod i fwydo'r chwiaid. Roedd o wrth ei fodd yn bwydo'r chwiaid. Doeddan ni 'mond newydd gyrraedd pan ddechreuodd Delyth grio – dim jest crio ond gweiddi *blue murder*, fel tasa 'na rwbath mawr yn bod efo hi. Mi ollyngis i *reins* Dewi a'i siarsio fo i aros wrth fy ochr i tra oeddwn i'n trio setlo Delyth. Ond doedd 'na ddim setlo arni hi. Mi fu raid i mi ei chodi hi allan a'i siglo hi yn fy mreichiau i drio'i thawelu hi. Pan setlodd hi o'r diwedd, a finna wedi'i rhoi hi'n ôl i lawr, doedd dim sôn am Dewi.' Caeodd Myfi ei llygaid yn dynn a gallai Meera deimlo'i chyhyrau'n tynhau.

'Fedra i'm cofio'n union be ddigwyddodd wedyn,' meddai. 'Dwi jest yn cofio gweld chwiaid yn codi'n swnllyd oddi ar y pwll a finna'n rhedag, rhedag i mewn i'r dŵr ...' Dechreuodd llais Myfi grynu, a llifodd y dagrau eto. Gafaelodd Meera amdani.

'Dau funud ... dynnis i fy sylw oddi wrtho fo am ddau funud ...'

Siglodd Meera'r hen wreigan grynedig yn ei breichiau nes i'w dagrau ostegu.

'Ydi Robin a Delyth yn gwybod am Dewi?' gofynnodd Meera ar ôl i Myfi setlo chydig.

Ysgydwodd Myfi ei phen. Esboniodd na soniodd Dafydd a hithau amdano ar ôl diwrnod ei angladd. Byddai gwneud hynny wedi bod yn llawer, llawer rhy boenus, a buan y sylweddolodd y bobol o'u cwmpas nad oedd wiw iddynt hwythau yngan ei enw chwaith. Ond er ei fod yn edrych o'r tu allan fel petai Myfi wedi claddu ei galar yn y gorffennol, prin yr âi'r un wythnos heibio heb iddi feddwl am Dewi. Roedd hi wedi dysgu byw efo'r boen o'i golli ond wyddai hi ddim sut y byddai'n ymateb i siarad amdano, i glywed ei enw'n uchel eto. Ond roedd bwrw'i bol i Meera wedi gwneud iddi deimlo'n rhyfeddol o dawel, yn ysgafnach hyd yn oed, a rhoddodd hynny hyder iddi ystyried ei cham nesaf.

'Mae 'na ddau beth dwi'n mynd i orfod ei wneud,' meddai. 'Yn gynta, rhoi carreg ar ei fedd o. Dim ond croes fach bren sydd wedi bod yno am yr holl flynyddoedd. Fedrwn i ddim meddwl am gael carreg – roedd hynny'n rhy derfynol, rywsut. A'r ail beth – dwi'n mynd i orfod deud wrth Delyth a Robin,' meddai'n benderfynol. 'Wn i ddim faint sydd gen i ar ôl ar y ddaear 'ma, ond mae sens yn deud nad ydi o'n llawer. Ar ôl i mi fynd, mi ddown nhw o hyd i'r tun 'ma, felly tydi hi ond yn iawn iddyn nhw gael gwybod pwy sydd yn y lluniau.'

'I cadw ei enw yn fyw ...' meddai Meera.

'Yn union,' cytunodd Myfi. 'Dwi am ddeud wrthyn nhw wsnos nesa, ar ôl fy mhen blwydd. Dwi'm isio styrbio petha cyn hynny.'

'Mi fydd yn sioc iddyn nhw, dwi'n siŵr,' meddai Meera.

Syllu ar y llun yn ddistaw wnaeth Myfi.

'Diolch am rannu efo fi, Mrs T,' meddai Meera gan wasgu llaw'r hen wraig. 'I'm honoured that you trusted me with such a precious secret.' Ysgydwodd Meera ei phen. 'Damwain ofnadwy,' meddai.

Edrychodd Myfi ar ei dwylo, yn cwffio'r dagrau eto.

'Ti ddim yn *blame yourself* nag wyt, Mrs T?' gofynnodd Meera'n ofalus.

Cododd Myfi ei phen ac edrych arni. Roedd hi ar fin dweud nad oedd hi wedi gwneud hynny, siŵr iawn, ac mai ar Delyth roedd y bai i gyd. Roedd hynny'n amlwg. Petai Delyth heb grio ... ond ddaeth y geiriau ddim allan o'i cheg. Eisteddai'n fud.

'Damwain yw damwain, *there is no one to blame*,' ychwanegodd Meera.

Eisteddodd y ddwy mewn tawelwch am ychydig, y ddwy yn ystyried geiriau ei gilydd.

'Well i mi fynd rŵan,' meddai Meera ymhen sbel. 'Ti wedi blino.' Cododd ar ei thraed i adael.

'Diolch, Meera bach. Ti'n ffrind da, a dwi'n lwcus iawn o dy gael di'n gymydog. A ti'n iawn, dwi wedi blino'n lân. Dwi am fynd yn syth i 'ngwely, dwi'n meddwl ... ma' hwn wedi bod yn ddiwrnod hir.'

Crychodd Meera ei thalcen wrth glywed y geiriau 'blino'n lân' – roedd y term yn ddieithr iddi ond synhwyrodd nad rŵan oedd yr amser am wers Gymraeg.

'A dwi'n lwcus cael ti hefyd,' meddai. 'Ti wedi helpu fi llawer efo fy hiraeth am fy teulu.'

Ar ôl i Meera fynd, myfyriodd Myfi'n hir ar ei geiriau. Doedd neb wedi gofyn iddi a oedd hi'n beio'i hun o'r blaen. Yn ei meddwl hi dim ond un oedd ar fai, a Delyth oedd honno. Ond roedd Meera wedi peintio'r darlun â phaent gwahanol. Oedd hi wedi beio'r person anghywir? Oedd hi wedi pasio'r bai ymlaen am na allai hi fyw efo'r syniad mai arni hi oedd y bai? Ynteu ai Meera oedd yn iawn: damwain ydi damwain? Estynnodd am lun arall o'r tun Quality Street a syllu arno: llun o Delyth a dynnwyd ar ei diwrnod cyntaf yn yr ysgol gynradd, ei gwisg yn newydd a'i gwallt yn daclus, ond golwg o ofn ac ansicrwydd ar ei hwyneb. Roedd fel petai Myfi'n ei gweld am y tro cyntaf. Plentyn diniwed, difeddwl-ddrwg. Dechreuodd y llun symud wrth i law Myfi ddechrau crynu, a daeth ton o bwys drosti.

'Delyth bach,' meddai'n ddistaw. 'Be dwi 'di neud?'

Rhoddodd Myfi'r llun yn ôl yn y tun a chau'r caead yn dynn. Cadwodd y tun yn ofalus yn y cwpwrdd, ond y tro hwn wnaeth hi ddim ei wthio o'r golwg i'r cefn. Dringodd y grisiau'n araf, gan feddwl sut yn y byd roedd hi am wneud iawn am yr hyn wnaeth hi i'w merch drwy ei beio ar gam, er na wyddai Delyth erioed am hynny. Câi ddechrau unioni'r cam yn y bore, meddyliodd, drwy ddweud wrth Delyth a Robin am eu brawd.

Pennod 13

Cymerodd Delyth fwy o amser nag arfer i roi ei cholur ymlaen y bore canlynol, a phenderfynodd adael ei gwallt i lawr am unwaith. Edrychodd arni'i hun yn nrych ei bwrdd gwisgo. Roedd y llewyrch yn ôl yn ei llygaid ac edrychai'n fwy byw nag yr oedd hi wedi'i wneud ers talwm. Trawodd ei llygaid ar lun Medwyn, a difrifolodd. Cododd y ffrâm ac edrych ar yr wyneb oedd yn gwenu arni.

'Gobeithio dy fod di'n dallt, Medwyn,' meddai wrtho. 'Faswn i byth yn newid yr un eiliad o'n hamser ni efo'n gilydd, ac mi fydda i'n dy garu di am byth. Ond mi wnest ti ddangos i mi be sy'n bosib mewn perthynas, a fedra i ddim peidio â gobeithio am yr un peth eto. Ydw i'n bod yn wirion, ti'n meddwl?'

Syllodd wyneb ei gŵr yn ôl arni'n fud. Petai hi wedi marw o'i flaen o, roedd hi'n siŵr y byddai hi am i Medwyn ddod o hyd i rywun arall i rannu ei fywyd. Fuasai hi ddim wedi licio meddwl amdano'n byw mewn swigen oer o unigrwydd. Rhoddodd gusan i'r llun cyn ei osod yn ôl ar ben y cwpwrdd.

Wrth iddi gerdded i lawr y grisiau cododd chwa o arogl cacen i'w chyfarfod. Roedd Anna wedi codi'n gynnar.

'Bore da!' meddai wrth gerdded i'r gegin.

'Haia,' meddai Anna.

'Cacan ben blwydd dy nain?' gofynnodd Delyth.

'Ia, dwi 'di gwneud y *layer* top yn barod, a'r *decorations*, jest gwneud y gwaelod rŵan,' atebodd.

'Wel, mae 'na ogla bendigedig yma beth bynnag!'

'Blas lemon ac *elderflower* ydi hi,' meddai Anna.

'O, lyfli!'

Roedd Delyth yn edmygu sgiliau pobi Anna yn fawr. Dim ond bara brith roedd hi'n medru'i wneud, ac ar ôl gweld ei mam yn ei bwydo i'r adar doedd hi ddim yn siŵr pa mor dda oedd hi am wneud honno chwaith.

'Ti isio gweld y top?' gofynnodd Anna, ag awgrym o swildod yn ei llais.

'Ga' i?' gofynnodd Delyth, gan geisio celu'r syndod o'i llais. Doedd Anna ddim yn arfer dangos ei chacennau iddi cyn iddyn nhw gael eu gorffen.

Estynnodd Anna am focs cacen mawr plastig a thynnu ei gaead yn ofalus. Ynddo roedd cacen wedi ei gorchuddio ag eisin pinc golau, a phatrwm o rosod mawr gwyn a phinc a phiws golau wedi'u peipio ar hyd yr ochrau. Edrychai'r gacen yn broffesiynol iawn.

'O, mae honna'n hollol lyfli! Mi fydd dy nain wedi gwirioni,' meddai Delyth.

'Diolch,' meddai Anna. 'Dwi 'di cael gwneud y *topper* 'ma i'w roi ar ei phen hi,' meddai, gan ddal baner fechan efo'r geiriau 'Pen blwydd hapus 80' arni.

Yn reddfol, a heb feddwl, gafaelodd Delyth amdani. 'Gwych! Dwi'n falch iawn ohonat ti, 'sti.' Gwingodd Anna chydig yn y goflaid annisgwyl, ond lledodd ei gwên. Gollyngodd Delyth ei gafael. 'Well i mi fynd, dwi wedi'i gadael hi'n rhy hwyr i gael brecwast eto.'

Wrth iddi droi tua'r drws, clywodd lais Anna y tu ôl iddi.

'Ti'n edrych yn ddel iawn bore 'ma, Mam!'

Gwenodd Delyth wrth gerdded i'w char.

* * *

Roedd hwyliau da Julie wedi para tan y bore Sadwrn, ac ar ôl iddi fynd i wneud ei gwallt, yn barod at barti Myfi drannoeth, roedd Robin yn rhydd i wneud fel y mynnai. Wedi iddo fwynhau paned o goffi hamddenol yn llonyddwch y gegin, ystyriodd be i'w wneud gyntaf: clirio a golchi'r fan, ynteu torri'r gwair? Penderfynodd fod clirio'i fan yn rhy debyg i waith, a setlodd am dorri'r gwair.

Roedd hi'n ddiwrnod delfrydol i botsian yn yr ardd, a'r haul yn gwenu'n gynnes braf. Byddai'n mwynhau torri'r gwair gan fod y gwaith undonog yn esgus iddo adael i'w feddwl grwydro, neu i feddwl am ddim byd o gwbl, tra oedd yn gwthio'r peiriant yn ôl ac ymlaen. Wedi iddo orffen cymerodd seibiant i edmygu ei waith. Roedd ei ardd cystal â lawnt unrhyw blas, ystyriodd. Edrychodd ar ei watsh. Dim ond hanner awr wedi deg oedd hi, a fyddai Julie ddim adref am ddwyawr, o leiaf – cyfle iddo fo fynd â'r peiriant torri gwair i dŷ ei fam i dacluso'i dwy hances boced o lawntydd. Roedd Myfi yn meddwl y byd o'i gardd, ond ers iddi frifo'i ffêr y flwyddyn cynt, Robin oedd wedi bod yn gyfrifol am y gwaith mwyaf.

Wrth lusgo'r peiriant trwm o gefn y fan sylwodd Robin fod llenni ystafell fyw tŷ ei fam ynghau. Doedd dim yn anghyffredin yn hynny gan na fyddai Myfi yn eu hagor pan fyddai'r haul yn llachar, rhag i liw'r soffa bylu. Ond wrth iddo fynd rownd i gefn y tŷ gwelodd fod llenni'r gegin wedi'u tynnu hefyd. Gollyngodd y peiriant torri gwair a cheisio agor y drws cefn, ond roedd o wedi ei gloi. Roedd o wedi hanner disgwyl na fyddai ei fam adref gan y byddai'n mynd i lawr i'r dref bob bore Sadwrn i nôl bara o'r becws a chig Sul gan y cigydd – arferiad roedd wedi dechrau ei wneud yn fuan ar ôl iddi briodi drigain mlynedd ynghynt. Efallai ei bod wedi galw mewn i gaffi'r Tebot am baned a sgwrs, meddyliodd, neu wedi mynd i wneud ei gwallt, fel Julie, cyn y parti. Ond roedd yn rhyfedd iddi beidio ag agor y llenni cefn cyn mynd.

Dechreuodd deimlo'n anniddig ac estynnodd am oriad sbâr drws cefn ei fam, oedd ar ei gylch goriadau. Doedd o ddim yn mynd i mewn i'r clo. Dechreuodd ei galon gyflymu. Roedd goriad arall yn y clo, felly, ar y tu mewn. Cnociodd y drws yn uchel. Tybed oedd ei fam yn dal yn ei gwely? Ond roedd hi bron yn un ar ddeg erbyn hyn, a doedd o erioed yn cofio'i fam yn aros yn ei gwely mor hwyr. Cnociodd yn uchel eto.

'Mam! Mam! Fi sy 'ma. Agorwch y drws!'

Ond ni ddaeth ymateb. Rhuthrodd at y drws ffrynt a thrio

hwnnw: dim lwc. Daliodd ei fys ar y gloch a chlywodd hi'n atsain drwy'r tŷ, ond allai o ddim clywed sŵn traed yn cerdded tuag ato. Estynnodd ei ffôn o'i boced a ffonio ffôn bach ei fam – gwyddai ei bod yn mynd â hwnnw efo hi i'r llofft pan âi i'w gwely. Roedd o wedi dechrau teimlo'n sâl erbyn hyn, a phanig wedi lapio amdano. Dim ateb. Ymbalfalodd ymhlith ei oriadau am oriad i'r drws ffrynt, ond doedd ganddo 'run. Ceisiodd gofio lle byddai Myfi'n cuddio'r goriad sbâr, ond allai o ddim meddwl yn glir. Gorfododd ei hun i ganolbwyntio ... y fasged grog! Estynnodd ei law rhwng y blodau. Llwyddiant! Rhuthrodd i agor y drws, a'r tro hwn trodd y goriad yn syth. Camodd i'r tŷ.

'Mam! Mam! Lle dach chi, Mam?'

Llamodd i fyny'r grisiau, yn amau iddo glywed rhyw sŵn o'r llofft, ond roedd y gwely'n wag.

'Mam?' gwaeddodd eto, ei lais yn crynu gan ofn erbyn hyn wrth iddo ddychmygu pob math o bethau. Agorodd ddrws yr ystafell ymolchi ond roedd rhywbeth yn ei atal rhag agor yn iawn. Rhoddodd ei ben o amgylch y drws. Roedd ei fam yn gorwedd ar y llawr yn ei choban a'i gŵn wisgo, a'i hysgwydd yn erbyn y drws. Gwthiodd Robin heibio i'r drws a phlygu ati.

'Mam? O, plis, Dduw! Mam?' plediodd. Agorodd Myfi ei llygaid, a gafaelodd Robin amdani gan ddiolch o dan ei wynt.

'Be sy 'di digwydd, Mam? Deudwch rwbath!' Ond allai Myfi ddim ond griddfan. Sylwodd Robin fod ochr chwith ei hwyneb wedi disgyn. Strôc, meddyliodd yn syth. Cofiodd am yr hysbysebion teledu oedd yn pregethu am beryglon strôc a gwyddai fod angen iddo ymateb yn gyflym. Gosododd ei fam yn ofalus yn ôl ar y llawr ac estyn ei ffôn â dwylo crynedig i alw 999.

'Peidiwch â phoeni, Mam bach, mi sortian ni chi rŵan. Mi fydd yr ambiwlans yma mewn dau funud ...' meddai'n floesg.

* * *

Clywodd Delyth ei ffôn yn dirgrynu yn ei bag llaw am y trydydd tro mewn chydig funudau. Roedd rhywun yn trio'i orau i gael gafael arni – ei mam, debyg, yn ffysian cyn y parti fory isio gwybod beth i'w wisgo. Neu Anna isio rhywbeth. Un dda oedd Anna, yn anwybyddu galwadau a negeseuon ei mam yn rheolaidd. Ond os oedd Anna am gael gafael arni hi, byddai'n ffonio'n ddi-stop nes y byddai Delyth yn ateb. Anwybyddodd y ffôn. Roedd Kim o gwmpas a doedd hi ddim yn caniatáu galwadau personol yn ystod shifftiau. Câi edrych pwy oedd wedi ffonio amser cinio – roedd hi wedi trefnu i gael cinio sydyn efo Idris yn y bar i drefnu eu noson allan. Canodd ffôn y gwesty.

'Bore da, Gwesty'r George Hotel ...' dechreuodd, ond torrodd llais ei brawd ar ei thraws, mewn panig llwyr.

'Ara deg, ara deg! Deud eto!' gorchmynnodd. 'Be sy 'di digwydd?'

Esboniodd Robin y sefyllfa, gan egluro'i fod o wedi galw am ambiwlans ers hanner awr ond doedd dim sôn amdani, a gallai fod yn dair neu bedair awr arall arni hi'n cyrraedd. Safodd Delyth ar ei thraed mewn sioc.

'Blydi hel!' ebychodd. 'Fedri di fynd â hi i'r sbyty yn dy gar?'

'Na fedraf,' atebodd ei brawd. Gallai Delyth ddweud o dôn ei lais ei fod yn trio'i orau i beidio crio. 'Fedra i ddim ei symud hi fy hun.'

'Ydi hi'n ddrwg, Robin? Fedar hi siarad?'

'Ydi, a na fedar.'

Ochneidiodd Delyth. 'Reit, ddo' i draw rŵan. Fydda i yna mewn pum munud.'

Roedd Kim wedi dod i sefyll wrth ei hochr, wedi deall fod rhywbeth yn bod, ac esboniodd Delyth y sefyllfa.

'Dos atyn nhw,' meddai Kim yn garedig. 'Paid â phoeni am fama, ddown ni i ben. Idris!' galwodd ar y porthor. 'Dos â Delyth i dŷ ei mam, wnei di?'

'Dwi'n iawn,' meddai Delyth, gan estyn am ei bag llaw. Ond ar ôl i Idris ddeall beth oedd yn bod mynnodd fynd â hi, a gan fod Delyth wedi dechrau crynu drwyddi sylweddolodd nad oedd gyrru car yn syniad da.

Wrth i'r car stopio o flaen tŷ Myfi, gafaelodd Delyth ym mraich Idris.

'Mae gen i ofn mynd i mewn!' meddai. Roedd ei thu mewn yn corddi a'i cheg yn sych grimp.

'Ty'd, ddo' i efo chdi,' meddai Idris gan ei harwain o'r car i'r tŷ.

'Fama 'dan ni,' galwodd Robin o'r llofft pan glywodd nhw'n dod i mewn.

Gwasgodd Idris law Delyth. 'Arhosa i lawr yn fama am chydig. Dwi ar fy hanner awr ginio, does 'na'm brys,' meddai. Diolchodd Delyth iddo cyn cerdded yn betrusgar i fyny'r grisiau.

Roedd Robin wedi medru symud Myfi rywfaint fel bod y drws yn agor yn llawn.

'Wel, Mam bach, dach chi wedi cael codwm?' gofynnodd Delyth. Wrth drio cuddio'i phryder roedd hi'n swnio'n fwy sionc nag yr oedd hi wedi'i fwriadu. Trodd Myfi ei phen tuag ati a griddfan. Gwasgodd Delyth ysgwydd ei brawd.

'Peidiwch â phoeni, mi fydd yr ambiwlans yma mewn dim,' meddai. Trodd i wynebu Robin a stumiodd hwnnw'r geiriau 'lle ddiawl maen nhw?' heb i'w fam ei weld.

'Tu allan i'r ysbyty yn disgwyl i wlâu ddod yn rhydd, debyg,' sibrydodd Delyth.

Roedd wyneb Robin yn wyn fel y galchen a'i ddwylo'n crynu. Ystumiodd Delyth arno i gamu allan o'r stafell molchi.

'Mi fydd raid i ni fynd â hi!' cyhoeddodd, allan o glyw Myfi. 'Mae dy fan di o flaen y tŷ, tydi – fedran ni ei rhoi hi yng nghefn honno.'

'Fedran ni ddim ei stwffio hi i gefn fan fel tasa hi'n ddafad!' meddai Robin yn syn.

'Does ganddon ni ddim dewis!' mynnodd Delyth. 'Ti 'di gweld yr hysbysebion, do – efo strôc rhaid symud yn sydyn! A 'sgynnon ni ddim syniad ers pryd mae hi 'di bod yn gorwedd yn fama. Sbia, ma' hi yn ei choban! Ella'i bod hi wedi bod yma am oriau.'

'Ond ella bydd yr ambiwlans yma unrhyw funud ... mae hon yn sefyllfa ddifrifol wedi'r cwbwl,' taerodd Robin, yn agos iawn at ddagrau wrth feddwl am ei fam ar lawr ar ei phen ei hun.

'Mi gymerodd yr ambiwlans bedair awr i ddod allan at Moi Tŷ Pen,' meddai Delyth, a dechreuodd Robin sylweddoli mai mynd â hi eu hunain oedd y dewis gorau.

'Sut gawn ni hi i'r fan?'

'Ei chario hi,' datganodd Delyth. 'Tydi hi ddim yn ddynas drom, nac'di, ac mae Idris wedi dod efo fi. Felly, mae 'na dri ohonon ni.'

A dyna wnaethon nhw: ei chario'n ofalus i lawr y grisiau a gosod clustogau'r soffa yng nghefn y fan, iddi gael gorwedd arnyn nhw. Dechreuodd Robin ddifaru nad oedd o wedi'i chlirio pan gafodd y cyfle'r bore hwnnw.

Gwasgodd Delyth i gefn y fan at ei mam. Roedd Robin wrth y llyw ac Idris yn ffonio'r gwasanaethau brys i egluro'u bod nhw ar eu ffordd i'r ysbyty.

Pennod 14

'Ti isio panad?' gofynnodd Delyth i Robin. 'Mae 'na beiriant yn fanna.'

Ysgydwodd Robin ei ben. Er ei bod hi'n dri o'r gloch y pnawn erbyn hyn, ac yntau ddim wedi bwyta ers amser brecwast, doedd ganddo ddim chwant bwyd. Roedd y ddau'n eistedd mewn coridor yn adran ddamweiniau ac argyfwng yr ysbyty lleol, a Myfi wedi mynd am sgan ar ei hymennydd.

'Wel, dwi am nôl un,' meddai Delyth toc, gan godi ar ei thraed. Doedd hi ddim yn dygymod yn dda ag eistedd am oriau yn gwneud dim, ac roedd hi wedi dechrau blino gwylio mynd a dod yr adran. ''Sa'n well i titha gael rwbath,' ychwanegodd.

'Ty'd â phanad o goffi i mi 'ta,' meddai Robin yn anfoddog. 'Pa mor hir fyddan nhw eto, ti'n meddwl?'

'Dyn a ŵyr, ond glywist ti be ddeudodd y ddynas 'na gynna: ma' hi 'di bod yn aros i weld doctor ers deuddeg awr.'

'Ia, ond poen yn ei phen-glin sydd ganddi hi, 'de! Mae Mam 'di cael strôc!' meddai Robin, wedi cynhyrfu. Rhoddodd Delyth ei braich am ei ysgwyddau.

'Ydi, ac mae'r doctor wedi'i gweld hi, tydi, a'i gyrru hi am sgan. Sadia rŵan, Robin bach,' meddai. 'Rhaid i chdi drio peidio â chynhyrfu, 'sti. Tydi hynny ddim yn mynd i helpu neb.'

'Tasa'r ambiwlans wedi dod yn syth mi fasa Mam wedi cael ei sgan ers meitin,' mynnodd Robin. Roedd Delyth yn cytuno, ond roedd hi hefyd yn gweld bod yr ysbyty dan ei sang ac acenion amrywiol i'w clywed ym mhob cornel o'r ystafell aros. Dyma'r patrwm bob haf pan fyddai ymwelwyr yn heidio i'r ardal a chynyddu'r boblogaeth yn sylweddol. Gallai weld bod y tîm meddygol yn gweithio hyd eitha'u gallu dan amgylchiadau heriol, a diolchodd nad hi oedd yn gorfod gwneud y dasg hynod anodd o ddewis pwy i'w flaenoriaethu. Yn dawel bach roedd hi'n amau fod pobol hŷn, ddifrifol wael, yn mynd i waelod y rhestr, ond feiddiai hi ddim dweud hynny wrth ei brawd. Doedd Robin ddim yn gweld neb ond ei fam ei hun, ac roedd o am i bawb wneud eu gorau iddi, cyn gynted â phosib.

Canodd ffôn Delyth yn ei phoced.

'Dau funud – mi ffonia i di'n ôl,' meddai ar ôl ei ateb. 'Idris,' esboniodd i Robin.

'Diolcha iddo fo am ei help gynna,' meddai Robin.

Aeth Delyth at y peiriant diodydd a dod yn ei hôl efo dau goffi. Rhoddodd un yn llaw Robin.

'Mae Idris wedi canslo'r te pnawn fory i ni,' meddai. 'Mi fasa'n well i ni adael i bobol wybod, 'sti, 'di o 'mond yn deg.'

'Ddisgwylian ni ryw ddeng munud bach arall,' meddai Robin. 'Siawns y byddwn ni wedi clywed rwbath gan y doctoriaid erbyn hynny.'

'Dwi'm yn licio meddwl bod pobol yn y gwaith yn gwybod a'r plant ddim,' meddai Delyth.

'Deng munud,' mynnodd Robin. 'Lle mae'r blydi nyrs 'ma?'

Doedd 'run o'r ddau wedi dweud gair wrth neb ond Julie – ar gais Robin. Roedd o eisiau gwybod yn iawn beth oedd wedi digwydd i'w fam a beth oedd y rhagolygon, cyn dweud wrth weddill y teulu. Cymerodd Robin sip o'i goffi.

'Be sy'n mynd ymlaen rhyngddat ti ac Idris Coco-matin 'ta?'

'Dim byd!' meddai Delyth yn syth. 'Jest ffrindia ydan ni.'

Trodd Robin i edrych ar ei chwaer a rhoddodd Delyth ei phen i lawr i osgoi ei lygaid, ond roedd Robin wedi sylwi ar y gwrid ar ei bochau.

'O, ia?' meddai'n amheus.

'Ia!' mynnodd Delyth. 'Does 'na'm llawer ers i mi golli Medwyn, nag oes.'

'Does 'na ddim byd o'i le mewn chwilio am hapusrwydd eto, 'sti,' meddai Robin, 'jest paid â rhuthro i mewn i ddim byd fel ...' Rhoddodd Robin yntau ei ben i lawr, a gadael y frawddeg heb ei gorffen. Edrychodd Delyth arno.

'Fel y gwnest ti?' gofynnodd.

Ond nid atebodd Robin gan iddo weld y nyrs oedd wedi bod yn gofalu am ei fam yn cerdded i lawr y coridor. Neidiodd ar ei draed a rhuthro ati i'w holi am ddiweddariad.

'Fydd hi ddim yn hir iawn rŵan, 'swn i'm yn meddwl,' atebodd y nyrs yn amyneddgar. 'Mi ddaw rhywun i'ch nôl chi cyn gynted ag y bydd hi wedi dod yn ôl.'

'Tua faint fydd hi, dach chi'n meddwl?' meddai Robin.

'Fedra i'm deud yn union, sori,' atebodd y nyrs wrth gerdded i ffwrdd.

'Stopia swnian ar y nyrsys, Robin, ma' pawb yn gwneud eu gorau,' siarsiodd Delyth.

'Dwi'm yn blydi swnian! Dwi jest isio gwneud yn siŵr fod Mam yn cael y gofal gorau posib!' brathodd Robin yn flin.

Ochneidiodd Delyth. 'Dwi'n mynd allan i ffonio Anna, a nôl brechdan tra dwi wrthi. Brechdan be ti isio?'

'Dwi'm isio blydi brechdan,' brathodd Robin.

Allan yn yr awyr iach, cymerodd Delyth anadl ddofn. Doedd dim modd gwadu ei bod yn sefyllfa anodd, ond roedd ymddygiad Robin yn dechrau dweud arni ac roedd hi ar fin colli ei hamynedd efo fo. Doedd gweithio'i hun i fyny ddim yn mynd i helpu neb. Canser gafodd ei thad, ac erbyn iddo farw roedden nhw wedi cael amser i ddygymod â'r ffaith ei fod yn eu gadael, wedi medru paratoi eu hunain, a ffarwelio. Mewn cyferbyniad llwyr, bu farw Medwyn heb unrhyw fath o rybudd. Roedd y sioc honno'n ddwys, a'r oriau a'r dyddiau cyntaf yn gyfnod o geisio a methu deall beth oedd wedi ac yn mynd i ddigwydd. Roedd hyn yn rhyw gymysgedd o'r ddau brofiad. Estynnodd am ei ffôn i ffonio Anna. Gwyddai y byddai'n alwad anodd gan fod y nain a'i hwyres mor agos.

Erbyn i Delyth fynd yn ôl i mewn i'r ysbyty roedd hi wedi ffonio Anna, chwaer a brawd ei mam, ac Idris, a mynd i nôl bwyd. Roedd hi wedi ymlâdd erbyn iddi eistedd yn ôl yn y gadair nesaf at Robin.

'Bwyta hi,' meddai wrtho wrth roi brechdan gaws yn ei law.
'Dwi'm isio ...' dechreuodd, ond torrodd Delyth ar ei draws.
'Jest gwna.'

Agorodd Robin becyn y frechdan. 'Diolch,' meddai, 'a sori
'mod i wedi gweiddi arnat ti.'

Rhoddodd Delyth ei llaw ar ei ben-glin i'w gysuro, a throdd
Robin i'w hwynebu.

'Fedri di neud ffafr i mi?' gofynnodd. 'Fedri di ffonio Ioan
ac Osian? Dwi'm yn ...' Aeth ei lais yn gryg, a gwasgodd Delyth
ei ben-glin.

'Gwnaf, siŵr. Drycha, dyma hi nyrs Mam yn dŵad, ac mae'r
doctor efo hi.'

Eisteddai'r brawd a'r chwaer ochr yn ochr yn gwrando'n astud
ar y doctor ifanc yn esbonio cyflwr Myfi. Roedd hi wedi cael
ceulad ar yr ochr chwith i'r ymennydd, esboniodd, ac roedden
nhw wedi rhoi cyffuriau iddi i atal ceulad arall. Yn ôl y doctor,
fyddai hi ddim angen llawdriniaeth i dynnu'r ceulad gan y
byddai'n chwalu'n raddol, ond yn anffodus roedd y niwed
eisoes wedi digwydd. Roedd y sefyllfa'n un ddifrifol, ond ddim
yn hollol anobeithiol, a gwnaed yn glir iddynt fod taith hir ac
anodd o flaen Myfi ac nad oedd modd rhag-weld y dyfodol gan
fod pob claf yn wahanol.

'Gawn ni ei gweld hi?' gofynnodd Robin yn grynedig.

'Cewch, ond ddim am hir. Mae hi angen cwsg rŵan yn fwy
na dim.'

'Ydi hi'n effro? Fedar hi siarad?' gofynnodd Robin.

'Pendwmpian mae hi ar y funud, a beryg na fyddwn ni'n
gwybod faint o effaith gafodd y strôc ar ei lleferydd am beth
amser,' atebodd y doctor.

Doedd Delyth erioed wedi ystyried Myfi yn ddynes fach, er nad
oedd hi ddim llawer mwy na phum troedfedd o daldra. Roedd
ei phersonoliaeth fawr yn gwneud i fyny am unrhyw ddiffyg
corfforol, ond heddiw, yn gorwedd yn y gwely, edrychai'n

fechan ac eiddil. Roedd ei braich chwith wedi'i chysylltu i beiriant drip, a sylwodd Delyth ar y plastig ar ei braich dde.

'Be 'di hwnna?' gofynnodd i'r nyrs. 'Pam ydach chi wedi rhoi plastig am ei braich hi?'

'O, ddim ni wnaeth hynny. Wedi cael ei roi dros ei thatŵ hi mae o.'

'Tatŵ?' meddai Delyth a Robin efo'i gilydd mewn syndod.

''Sgin Mam ddim tatŵ,' ychwanegodd Robin.

'Wel … oes,' meddai'r nyrs. 'Mae'n edrych yn debyg mai newydd ei gael o ma' hi.'

Edrychodd y brawd a'r chwaer ar ei gilydd yn gegrwth. Plygodd Delyth dros y fraich i weld yn well.

'Be ddiawl dach chi 'di neud, Mam? Sbia, Robin – y llythyren "D" ydi hi.'

'D am Dafydd,' meddai Robin. 'Dad.'

'Pam ddiawl fasa hi'n gwneud hyn? Mae Dad wedi'n gadael ni ers blynyddoedd, ac anaml mae hi'n sôn amdano fo. Wyddwn i ddim ei bod hi'n hiraethu cymaint amdano fo.'

'Weithiau, jest cyn cael *brain incident*, mae pobol yn gwneud pethau rhyfedd,' esboniodd y nyrs. 'Mae ymddwyn yn wahanol i'r arfer yn arwydd bod rwbath yn mynd ymlaen yn yr ymennydd.'

'Arglwy'!' ebychodd Delyth.

Eisteddodd y ddau efo Myfi nes i nyrs arall ddod i ddweud fod y porthor wedi cyrraedd i fynd â Myfi i fyny i'r ward arbenigol ar gyfer dioddefwyr strôc.

Agorodd Myfi ei llygaid wrth i'w gwely gael ei wthio i lawr y coridor, a dechreuodd fwmian. Rhuthrodd Robin ati a gafael yn ei llaw.

'Mae'n iawn, Mam, ma' nhw'n mynd â chi i'r ward. Mi fyddwch chi'n aros yno am chydig bach i chi gael mendio.'

Ychydig bach, meddyliodd Delyth wrth gerdded y tu ôl i'r gwely. Go brin, o gofio bod Moi Tŷ Pen wedi bod yn yr ysbyty am fisoedd ar ôl cael strôc.

Ar ôl iddynt gyrraedd y ward aeth Robin a Delyth at y ddesg efo'r nyrs i roi manylion Myfi. Pan ofynnwyd efo pwy y dylid cysylltu mewn argyfwng, atebodd y ddau ar unwaith.

'Fi.'

'Rydan ni'n gofyn i'r teuluoedd ddewis un person i'w ffonio,' meddai'r nyrs. 'Dwi'n siŵr eich bod chi'n dallt nad oes ganddon ni amser i ffonio pawb.'

Edrychodd Robin a Delyth ar ei gilydd.

''Sa'n well rhoi fy rhif i, basa,' meddai Delyth. 'Fi 'di'r hynaf.'

'Ond fi sydd agosaf ati,' meddai Robin. Sylweddolodd yn syth beth roedd o newydd ei ddweud, a chywirodd ei hun. 'Hynny ydi, fi sy'n byw agosaf i'r sbyty.'

Ond roedd Delyth wedi deall yn iawn. Fo oedd babi Mam, ac roedd ei salwch fel petai'n effeithio arno fo'n waeth na hi. Oedd, roedd hi wedi dychryn hefyd, ond doedd hi ddim wedi ei chwalu, fel Robin. Nodiodd, a gadael i'r nyrs gymryd rhif ffôn ei brawd.

Erbyn iddyn nhw fynd yn ôl at Myfi roedd hi wedi syrthio i gysgu eto, ac anogwyd y ddau i fynd adref a dod yn ôl yn y bore. Cytunodd Delyth yn syth, yn falch o gael dianc o'r ysbyty, ond roedd Robin yn fwy amharod, yn casáu meddwl am ei fam yn gorwedd mor fregus mewn lle dieithr, heb ddeall yn iawn beth oedd yn digwydd iddi.

Roedd Anna'n disgwyl am Delyth pan gyrhaeddodd hi adref, ei hwyneb yn fwgwd o bryder. Neidiodd o'i chadair pan glywodd ei mam yn dod drwy'r drws.

'Sut ma' hi?' gofynnodd.

'Ma' hi'n cysgu rŵan,' atebodd Delyth, gan ollwng ei bag ar y gadair agosaf, 'ond ma' hi wedi cael strôc reit ddrwg.'

'Ydi hi'n mynd i farw?' gofynnodd Anna'n blwmp ac yn blaen, ond yn grynedig.

Edrychodd Delyth arni. Gallai ddweud wrthi am beidio â phoeni, fod popeth yn mynd i fod yn iawn, ond y gwir oedd nad oedd hi'n gwybod hynny. Penderfynodd fod yn onest.

'Nac'di, gobeithio,' meddai, 'ond tydyn nhw ddim yn gwybod sut mae'r strôc wedi effeithio arni. Fedran ni wneud dim ond disgwyl.'

Dechreuodd dagrau mawr bowlio i lawr bochau Anna, a gafaelodd Delyth amdani am yr eildro'r diwrnod hwnnw.

'Dwi'm isio colli Nain,' ebychodd Anna drwy ei dagrau.

'Na fi chwaith, ond mae pawb yn gorfod mynd ryw dro, ac mae dy nain yn wyth deg, cofia,' meddai, 'ac wedi cael iechyd rhyfeddol tan rŵan.'

Doedd ei geiriau ddim yn gysur i Anna. Tynnodd ei hun o afael ei mam ac estyn hances bapur o'i phoced.

'Mi wna i banad i ni,' meddai Delyth, ac wrth lenwi'r tegell ychwanegodd, 'wnei di'm coelio hyn, ond mae dy nain wedi cael tatŵ!'

'Dwi'n gwybod,' meddai Anna'n ddidaro.

Rhoddodd Delyth y tegell i lawr a throi tuag ati.

'Ti'n gwybod?' meddai'n anghrediniol. 'Wrth gwrs, ddyliwn i fod wedi meddwl – chdi sy'n gyfrifol!'

'Fi aeth â hi ... fy mhresant pen blwydd iddi hi ydi o,' atebodd Anna.

Rhythodd Delyth arni. 'Wyt ti'n gall? Perswadio hen ddynes i gael tatŵ! Arglwy' mawr – ella mai dyna sy wedi'i styrbio hi! Be oedd ar dy ben di, hogan?'

Rhythodd Anna'n ôl ar ei mam. 'Syniad Nain oedd o! Rois i ddigon o gyfleoedd iddi newid ei meddwl.'

'Wel, wnest ti'm trio'n galed iawn, mae'n amlwg!' brathodd Delyth.

'Dyna chdi eto! Beio fi am bob dim. Ddim fy mai fi ydi o bod Nain yn sâl!' gwaeddodd Anna.

Gostyngodd Delyth dôn ei llais. ''Nes i'm deud mai dy fai di ydi bod Nain yn sâl ...'

'Ond dyna 'nest ti awgrymu!' llefodd Anna drwy ei dagrau. 'Ti wastad yn beio fi am bob dim! Ti'n trin fi fatha mai bai fi ydi o bod Dad wedi marw!'

Rhythodd Delyth arni. 'Dwi erioed wedi deud y ffasiwn ...'

dechreuodd, ond torrwyd ar ei thraws gan Anna.

''Sa'n well gen i tasa chdi'n marw yn lle Nain!'

Cyn iddi gael cyfle i'w hatal ei hun gwaeddodd Delyth yn ôl, 'A 'sa'n well gen i tasat ti 'di marw yn lle dy dad!'

Disgynnodd tawelwch llethol rhwng y ddwy cyn i Anna afael yn ei chôt a rhedeg allan o'r ystafell.

'Anna! Anna! Sori, do'n i'm yn meddwl hynna ...' Clywodd glep y drws ffrynt. Gollyngodd ei hun ar y soffa a rhoi ei phen yn ei dwylo. 'Damia! Damia! Damia!'

* * *

'Fama wyt ti! Ti am ddod i'r tŷ? Ma' hi'n dechra oeri rŵan,' meddai Julie.

Roedd Robin yn eistedd ar fainc yn yr ardd yn syllu heb weld dim. Ni symudodd.

'Mewn munud,' meddai.

Eisteddodd Julie wrth ei ochr. 'Be sy'n mynd drwy dy feddwl di?' gofynnodd.

Ochneidiodd Robin. 'Jest meddwl am Mam druan yn fanna ar ben ei hun, yn methu symud yn iawn, methu siarad ... a finna'n methu gwneud dim iddi.'

'Ella na fedri di helpu ar y funud ond mi fydd 'na betha y bydd *raid* i chdi eu gwneud yn y dyfodol agos,' meddai Julie.

Cododd Robin ei ben. 'Fatha be?' gofynnodd.

'Mi fydd 'na benderfyniadau i'w gwneud, yn bydd? Penderfyniadau sy'n mynd i newid ein bywydau ni. O be ti'n ddeud, mae'n swnio fel petai dy fam wedi cael strôc ddrwg. Felly, mi fydd hi'n bownd o fod yn yr ysbyty am wsnosa, misoedd hyd yn oed, a be wedyn? Fydd hi angen gofal? Fydd hi'n medru byw ei hun? A be os na ddaw hi drwy hyn?' gofynnodd Julie. 'Be wedyn?'

Cododd Robin ar ei draed. Doedd o ddim isio meddwl am y dyfodol – roedd hi'n ddigon anodd delio efo'r presennol.

'Mi fydd raid i chdi ffendio nerth, Robin bach,' aeth Julie

ymlaen. 'A 'dan ni'n gwybod pa mor wan rwyt ti'n gallu bod, yn tydan. Ond paid â phoeni, cariad, mi fydda i yma efo chdi.'

Edrychodd Robin arni. Er gwaethaf ei geiriau cynnes roedd hi'n eistedd wrth ei ymyl yn oeraidd, heb owns o wir gydymdeimlad tuag ato fo na'i fam. Gofynnodd iddo'i hun pam ddiawl y gwnaeth o ei phriodi. Dechreuodd gerdded i ffwrdd.

'Gest ti gyfle i jecio'i hewyllys hi?' galwodd Julie ar ei ôl.

* * *

Gorweddai Delyth yn ei gwely yn syllu ar y cloc. Roedd hi'n hanner nos a doedd dim sôn am Anna. Roedd hi wedi trio'i ffonio droeon ond doedd hi ddim yn ateb, nac yn ateb y negeseuon testun roedd hi wedi'u gyrru i ymddiheuro'n daer am yr hyn a ddywedodd. Roedd geiriau Anna wedi ei brifo i'r byw, a'r peth mwyaf poenus amdanyn nhw oedd yr amheuaeth eu bod yn wir – mae'n siŵr y buasai'n well gan Anna fyw heb ei mam na'i nain. Sut ddirywiodd eu perthynas i'r fath raddau? Ceisiodd gofio pryd y bu'r ddwy'n glòs, a sylweddolodd na fu hi erioed mor agos ati ag y bu Medwyn, na chwaith mor agos ag yr oedd Anna i'w nain. O'r funud y ganwyd hi roedd Myfi wedi dotio at ei hwyres ac yn ei sbwylio'n rhacs. Yn aml iawn, Delyth fyddai'r bwgan gan Anna, am gymryd y pecyn cyfan o fisgedi siocled neu'r bag anferth o dda-da gafodd hi gan ei nain oddi arni, rhag iddi fynd yn sâl wrth eu bwyta i gyd ar unwaith. Chlywodd hi erioed Myfi yn dweud wrth Anna am beidio brolio'i llwyddiannau. I'r gwrthwyneb – roedd Myfi wastad yn brolio Anna i'r cymylau. Byddai Delyth wastad yn dweud 'Da iawn chdi' wrth Anna am lwyddo yn y graddau carate neu basio arholiad yn yr ysgol, ond byddai Myfi'n bloeddio 'Gwych!' ac yn rhoi arian iddi'n wobr. Ond beth bynnag oedd cyflwr ei pherthynas ag Anna, ddylai hi ddim bod wedi taflu geiriau mor greulon yn ôl at ei merch, yn enwedig â'r rheiny'n gelwydd.

Ond oedden nhw'n gelwydd? Petai hi wedi gorfod dewis rhwng cadw'i gŵr neu gadw ei merch, pa un fyddai hi wedi'i ddewis? A pha mor gariadus a gofalgar oedd hi wedi bod tuag at Anna? Oedd ei galar ei hun wedi ei dallu rhag gweld galar ei merch? Pa fath o fam oedd hi? Tynnodd ei choesau at ei bron a chuddio'i phen yn ei phengliniau mewn cywilydd. Siglodd ei hun yn ôl ac ymlaen nes iddi syrthio i gwsg aflonydd.

Pan ddeffrodd roedd golau ysgafn i'w weld drwy'r llenni. Roedd hi'n hanner awr wedi pedwar, a doedd hi ddim wedi clywed Anna'n dod adref. Ble oedd hi? Beth petai rhywbeth wedi digwydd iddi? Allai hi ddim byw yn ei chroen petai hi wedi cael niwed. Cododd a rhoi ei gŵn wisgo amdani cyn cerdded mor ddistaw ag y gallai at ystafell Anna. Gwrandawodd y tu allan i'r drws. Doedd dim smic i'w glywed. Trodd ddolen y drws a'i agor yn araf, ac edrych i mewn. Yn y gwyll gallai weld siâp Anna o'r golwg dan y dillad gwely. Llifodd ton o ryddhad drosti. Edrychodd arni'n cysgu am ennyd cyn cau'r drws yn ofalus, a mynd yn ôl i'w gwely. Roedd Anna mor wahanol iddi hi o ran personoliaeth, ond roedd hi wedi ei chreu o hanner ei genynnau hi ... a hanner genynnau Medwyn. Tra byddai Anna'n fyw byddai Medwyn hefyd, ac roedd hi'n ei charu gymaint, sylweddolodd. Yn ei charu nes ei fod o'n brifo.

Pennod 15

Troi a throsi fu Delyth am weddill y nos, ei meddwl yn llawn cwestiynau yn sgil digwyddiadau'r diwrnod cynt. Os oedd hi wedi medru lluchio geiriau cas at Anna heb eu golygu, a oedd yr un peth yn wir am Anna? A sut oedd ei mam bellach? Teimlai fel y llenwad yng nghanol brechdan, yn poeni a hel meddyliau am y ddwy. Ond erbyn i'w ffôn ganu ben bore roedd hi wedi syrthio i drwmgwsg, ac ymbalfalodd yn swrth i'w ateb.

Kim oedd yno, ac am eiliad daeth pwl o banig drosti wrth feddwl ei bod hi i fod yn ei gwaith, ond na. Holi am ei mam oedd Kim, gan ddweud wrthi am gymryd faint bynnag o amser oedd ei angen i ffwrdd o'r gwaith, ac mai bod efo'i mam oedd y flaenoriaeth. Doedd Delyth ddim yn adnabod yr ochr garedig, dosturiol hon i'w bòs. Diolchodd iddi, gan esbonio mai ei bwriad oedd bod yn ôl yn ei gwaith y diwrnod canlynol. Roedd yn well ganddi fod yn gwneud rhywbeth na bod adref yn hel meddyliau ... ac roedd hi angen yr arian.

Roedd hi wedi cael tair galwad arall erbyn hanner awr wedi wyth: un gan Anti Jên, un gan Gwen, ffrind ei mam, a'r olaf gan Robin, oedd newydd ffonio'r ysbyty i weld sut oedd Myfi.

'Mae'r nyrs yn deud ei bod hi cystal â'r disgwyl,' meddai.

'Ydi hi wedi deffro?' gofynnodd Delyth.

'Do, ond ma' hi'n dal yn swrth ar hyn o bryd. Maen nhw'n deud y cawn ni fynd yno bore 'ma, er nad ydan ni i fod i ymweld yn swyddogol cyn un o'r gloch.'

'Bicia i heibio i dŷ Mam i nôl petha molchi a ballu iddi ar y ffordd,' meddai Delyth.

'Be sy'n mynd ymlaen rhyngthat ti ac Anna?' gofynnodd Robin.

'Be ti'n feddwl?'

'Wel, mi ffoniodd hi fi neithiwr i holi am Mam, gan ddeud bod y ddwy ohonoch chi wedi ffraeo.'

Ochneidiodd Delyth. 'Ddeuda i wrthat ti rywbryd eto,' meddai. 'Faint o'r gloch ti am fynd i'r sbyty?'

'Gynted ag y medra i, ond dwi am alw heibio Osian gynta.'

Roedd Delyth yn barod i gychwyn, ond doedd Anna byth wedi codi. Meddyliodd am fynd i'w deffro efo'r esgus o rannu'r newyddion diweddaraf am Myfi, ond newidiodd ei meddwl. Gwell gadael iddi am sbel. Edrychodd ar y tuniau cacen oedd yng nghornel y gegin, a chofio mai heddiw oedd diwrnod pen blwydd Myfi yn wyth deg. Mi fyddai'n ddiwrnod gwahanol iawn i'r un yr oedden nhw wedi'i gynllunio.

Wrth iddi estyn am y goriad sbâr o'r fasged grog o flaen drws ffrynt Myfi, clywodd lais Meera yn galw arni o'r ardd drws nesa.

'Delyth! Sori i distyrbio ti, ond poeni ydw i. Ydi Mrs T yn OK?'

Cerddodd Delyth yn nes at Meera er mwyn esbonio beth oedd wedi digwydd.

'O, na! Mae'n ddrwg iawn gen i glywed hynny!' meddai Meera mewn dychryn. 'Welais i'r cyrtens wedi cau pan oeddwn i'n dod adra ddoe, a wnes i feddwl bod hi wedi mynd i'r gwely yn fuan, ond pan welais i nhw wedi cau eto bore 'ma wnes i ddechrau poeni.'

'Tydan ni ddim yn gwybod am faint fuodd hi'n gorwedd yno,' meddai Delyth.

'Roeddwn i efo hi y noson cynt,' meddai Meera. Roedd hi'n amlwg wedi ei styrbio gan y newyddion ac yn troi ei modrwy briodas rownd a rownd ei bys.

'Sut oedd hi 'radeg honno?' gofynnodd Delyth. 'Oedd hi i weld yn iawn?'

Oedodd Meera cyn ateb. 'Wel ... roedd hi ... wedi blino, ond dim yn sâl.'

'Dwi ar y ffordd i'w gweld hi rŵan,' meddai Delyth.

'Oh, I'd like to see her. Fydd hi'n OK i mi fynd?' gofynnodd Meera'n awyddus.

'Dwi'n meddwl y basa'n well peidio am y tro,' meddai, 'jest y teulu agos sy'n mynd i'w gweld hi ar hyn o bryd. Tydan ni ddim yn gwybod sut fydd hi eto, ond mi ddeuda i dy fod ti'n cofio ati.'

'Dwi'n deall,' cytunodd Meera. 'Ond plis, 'nei di adael i mi wybod sut mae hi?'

'Mi wna i,' addawodd Delyth.

'Mae fy rhif i gen ti, yn tydi?' meddai Meera. 'Diolch.'

Aeth Delyth yn syth at y ddesg yn ward strôc yr ysbyty i holi am ei mam. Galwyd am y nyrs oedd yn gofalu amdani: merch ifanc ddim llawer hŷn nag Anna, tybiai Delyth, gan obeithio fod ganddi ddigon o brofiad i edrych ar ôl rhywun mor wael â'i mam. Deallodd fod ei mam yn effro, ond rhybuddiwyd hi nad oedd Myfi'n medru siarad. Dim ond ambell air roedd hi wedi'i yngan, a doedd y rheiny ddim yn gwneud fawr o synnwyr.

Wrth ddilyn y nyrs at wely ei mam arafodd Delyth gan fod ofn yn treiddio i bwll ei stumog eto. Synhwyrodd y nyrs hynny, a gwenu'n garedig.

'Mae eich mam yn reit wael ar hyn o bryd,' meddai, 'ond peidiwch â dychryn pan welwch chi hi. Fydd hi ddim fel hyn am byth.'

Nodiodd Delyth arni a chamu at erchwyn gwely Myfi. Gorweddai ei mam yn llonydd, ei llygaid ynghau. Roedd ochr chwith ei hwyneb yn llipa, a'i gwedd yn welw, welw.

'Mam ...' meddai Delyth yn ddistaw. 'Mam ... fi sy 'ma.'

Agorodd Myfi ei llygaid a throi tuag ati. Griddfanodd a symud ei braich dde tuag at Delyth. Roedd ei braich chwith yn gorwedd yn llonydd ar gynfas y gwely.

Estynnodd Delyth am ei llaw fregus a gafael ynddi. Ceisiodd gofio'r tro diwethaf iddi afael yn llaw ei mam – ei llaw hi oedd yr un fechan y tro hwnnw, mae'n debyg.

'Sut ... sut dach chi'n teimlo?' gofynnodd, gan ddifaru gofyn cwestiwn mor wirion.

Mwmialodd Myfi a gwasgu ei bysedd. Syllodd ar Delyth drwy lygaid oedd yn araf lenwi â dagrau.

'Dach chi wedi cael sgeg ddrwg, Mam, ond mi wnewch chi wella, mi wnewch chi deimlo'n well na hyn.' Gwyliodd Delyth ddeigryn mawr yn rowlio'n araf rhwng y rhychau ar wyneb Myfi. Cododd lwmp yn ei gwddw a bu ond y dim iddi redeg oddi yno. Trodd i ffwrdd am ennyd i geisio rheoli'r dagrau oedd yn cronni yn ei llygaid hithau.

Mwmialodd Myfi eto a thynnu ar ei llaw, ond ni allai ddeall be roedd hi'n drio'i ddweud.

'Sori,' meddai, 'wnes i'm clywed yn iawn. Deudwch eto.'

'Dewi,' meddai Myfi, yn glir y tro hwn. 'Dewi.'

'Dewi?' gofynnodd Delyth yn ddiddeall. Pwy oedd Dewi?

'Dewi! Dewi!' meddai Myfi eto, yn flin erbyn hyn.

'Robin dach chi'n feddwl?' gofynnodd Delyth. 'Dwi'n siŵr y bydd o'n dod i'ch gweld chi'n fuan ...'

Gwasgodd Myfi law Delyth eto a mwmial rhywbeth annealladwy.

'Peidiwch ag ypsetio rŵan, Mam.'

'Vampire!' ebychodd Myfi. 'Vampire!'

Edrychodd Delyth yn hurt arni.

'Vampire! Dewi!'

Daeth ysfa i chwerthin dros Delyth, y math o ysfa sy'n dod dros rywun mewn angladd weithiau, ac roedd hi'n falch pan dynnwyd ei sylw gan y nyrs oedd yn hebrwng Robin atynt. Aeth ei brawd at ochr chwith y gwely a rhoi cusan ar foch ei fam. Gafaelodd yn ei llaw a dychryn o'i chael yn llipa a disymud. Dechreuodd dagrau rowlio i lawr bochau Myfi eto.

'Peidiwch â chrio, Mam bach, mi ddowch chi. 'Dan ni i gyd yn mynd i edrych ar eich ôl chi, yn tydan, Delyth?'

Nodiodd Delyth.

'Basdad,' meddai Myfi.

Edrychodd Robin a Delyth ar ei gilydd. Dechreuodd Myfi waldio'i llaw dde ar y gynfas eto.

'Basdad, basdad, *vampire*!' meddai'n daer.

Unwaith eto roedd yn rhaid i Delyth atal ei hun rhag chwerthin, ond edrychai Robin fel petai wedi dychryn am ei fywyd.

Wrth i Myfi fwmial rhywbeth arall annealladwy, trodd Robin ei ben oddi wrthi.

'Be ma' hi'n drio'i ddeud, dŵad?' sibrydodd i gyfeiriad ei chwaer.

Cododd Delyth ei hysgwyddau. ''Sgin i'm syniad. Dim ond tri gair dwi wedi'u dallt ganddi – y ddau yna a "Dewi".'

'Dewi?'

'Ia, ma' hi 'di bod yn ei weiddi o drosodd a throsodd.'

'Ella mai wedi mwydro efo "Dafydd" mae hi, ac yn galw am Dad?'

Cododd Delyth ei hysgwyddau eto. Doedd hi'n deall dim am gyflwr ymennydd ar ôl strôc.

'Vampire! Dewi!' meddai Myfi eto.

'Dwi'n mynd i gael gair efo'r nyrs,' meddai Delyth, yn falch o'r cyfle i ddianc.

Ychydig yn ddiweddarach, wrth gerdded i ystafell ochr i gael gair â'r nyrs strôc arbenigol, allai Delyth a Robin ddim peidio â chiledrych ar gleifion eraill y ward. Y peth cyntaf a synnodd Delyth oedd yr ystod oedran. Roedd hi wedi disgwyl gweld llond y lle o henoed, ond roedd rhai o'r cleifion tua'r un oed â hi, a rhai yn iau fyth. Dychryn wnaeth Robin o weld eu cyflwr, a rhyfeddu at yr holl staff mewn gwisgoedd o wahanol liwiau oedd yn mynd o gwmpas eu gwaith.

Erbyn i'r nyrs ddod i ddiwedd ei sgwrs roedd Delyth wedi dychryn cymaint â Robin. Roedd strôc Myfi yn un ddifrifol, ac er nad oedd modd rhag-weld union lwybr ei hadferiad roedd un peth yn sicr: doedd hi ddim yn mynd i fod yn daith hawdd i 'run ohonyn nhw. Gadawodd y nyrs y ddau i bori drwy'r tocyn o bamffledi yn eu dwylo, ac i ddechrau prosesu'r hyn yr oedden nhw newydd ei glywed.

Eisteddodd y brawd a'r chwaer mewn tawelwch am rai munudau, yn eu bydoedd bach eu hunain. Roedd calon Robin yn gwaedu dros ei fam – sut oedd dynes mor fywiog â hi yn mynd i ymdopi efo dysgu cerdded eto, dysgu gwneud tasgau bob dydd efo un llaw, dysgu siarad eto? Roedd meddwl Delyth wedi mynd ar drywydd mwy ymarferol: byddai'n rhaid addasu'r tŷ, cael gofalwyr i mewn yn y dydd ... ond beth am y nosweithiau? Fyddai'n rhaid i un ohonyn nhw aros efo hi? Cymryd eu tro bob yn ail? Suddodd ei chalon. Doedd hi ddim yn gweld ei hun yn medru nyrsio neb, yn enwedig ei mam. Doedd y genyn gofalu jest ddim ynddi hi. Dechreuodd dagrau bigo cefn ei llygaid.

'Be 'dan ni'n mynd i neud, Robin?'

Cododd Robin ei ben o'i ddwylo. 'Ynglŷn â be?' gofynnodd.

'Ynglŷn â Mam 'de! Mi fydd yn rhaid i ni gael ramp dros y steps at ddrws y tŷ, a *stairlift* ...'

'Paid ti â dechra!' brathodd Robin.

'Ond Robin, does dim pwynt i ti roi dy ben yn y tywod! Glywist ti be ddeudodd y nyrs – mi fydd yn rhaid i ni wneud newidiadau, cynllunio ...'

'Does 'na'm byd fedran ni neud ar y funud, nag oes!' meddai Robin yn flin. 'Tydan ni ddim yn gwybod sut fydd hi. Dach chi i gyd yn meddwl y gwaethaf, ond ella ddaw Mam drwyddi. Mae hi'n ddynas gry'. Dwi ddim yn ei gweld hi jest yn gorwadd yna a chymryd hyn!' Cododd a gadael yr ystafell, gan anwybyddu geiriau olaf Delyth.

'Beryg na fydd ganddi ddewis!'

Eisteddodd Delyth ar ei phen ei hun am ychydig cyn mynd yn ôl at ei mam, er mwyn rhoi cyfle i Robin sadio, a phenderfynodd mai da o beth fyddai i'r ddau ddod i weld Myfi ar wahanol adegau. Roedd hi'n amlwg fod y ddau yn delio â gwaeledd eu mam mewn ffyrdd gwahanol iawn, a doedd hi wir ddim isio ffraeo efo'i brawd yn ogystal â'i merch.

Canodd ei ffôn a chododd ei chalon pan welodd enw Anna ar y sgrin. Er hynny, oedodd cyn ateb yr alwad.

''Di Yncl Robin ddim yn ateb ei ffôn ...' meddai Anna heb gyfarchiad, ond torrodd Delyth ar ei thraws.

'Gwranda, Anna, ma' raid i ti 'nghoelio fi, do'n i ddim yn golygu be ddeudis i neithiwr.'

'Yeah, whatever,' meddai Anna. 'Sut ma' Nain?'

'Go lew ydi hi. Ma' hi'n dal yn flinedig iawn.'

'Ga' i ddod i'w gweld hi?'

Petrusodd Delyth cyn ateb. 'Wel, ella 'sa'n well i chdi ddisgwyl chydig ddyddiau iddi ddechra dod ati'i hun ...'

'Ond dwi isio'i gweld hi!' mynnodd Anna.

'Iawn, fedra i ddim dy stopio di,' meddai Delyth, 'ond rhaid i mi dy rybuddio di, mae ei hwyneb hi wedi gollwng ar un ochor a fedar hi ddim defnyddio'i llaw chwith. 'Dan ni ddim yn gwybod yn iawn eto i ba raddau y bydd hi'n medru defnyddio'i choes chwith.'

'Fedar hi siarad yn iawn?'

'Na fedar, ddim ar y funud ... wel, dim byd sy'n gwneud llawer o sens, beth bynnag. Yr unig eiriau rydan ni wedi'u dallt ydi "Dewi" a "vampire",' meddai, gan ddewis peidio â sôn am y gair arall.

'Pwy 'di Dewi?' gofynnodd Anna.

'Dim syniad.'

'Dach chi'n gwybod pwy 'di Vampire, yn tydach?' gofynnodd Anna. 'Meera sy'n byw drws nesa i Nain. Dyna fydd Nain yn ei galw hi, i dynnu'i choes hi, am mai *phlebotomist* ydi hi.'

'Ti'n meddwl mai isio gweld honno mae hi?' gofynnodd Delyth yn ddryslyd.

'Ella wir. Ma' nhw'n dipyn o ffrindia,' meddai Anna. 'Ydi hi ... ydi hi wedi gofyn amdana i?'

'Wel, ma' hi'n anodd iawn ei dallt hi ... ma' siŵr ei bod hi,' meddai Delyth.

Pan aeth hi'n ôl i'r ward roedd Robin yn dal i eistedd wrth erchwyn gwely ei fam a Myfi yn cysgu'n dawel. Roedd y nyrs wedi'u rhybuddio y byddai hi'n blino'n hawdd iawn, ac yn cysgu dipyn go lew. Esboniodd Delyth yr hyn ddywedodd Anna am Meera.

'Ti'n meddwl y basa'n well i ni ei ffonio hi, i ofyn iddi ddod i weld Mam?' gofynnodd Robin.

'Gad hi am rŵan,' meddai Delyth. 'Ma' hi'n ddyddiau cynnar. Mae Anna yn mynnu dod i'w gweld hi pnawn 'ma fel ma' hi. Dwi am ei throi hi rŵan. Be amdanat ti?'

'Dwi am aros am chydig bach eto 'cofn iddi ddeffro, wedyn ddo' i'n ôl pnawn 'ma.'

'Iawn. Ddo' inna heno 'ta. Gad i mi wybod os oes 'na rwbath yn newid yn y cyfamser.'

Pennod 16

Pan ddychwelodd Delyth i'r ysbyty yn gynnar nos Sul, synnodd o weld bod Robin wrth ochr gwely ei fam.

'Ro'n i'n meddwl mai pnawn 'ma roeddat ti am ddŵad?' meddai wrtho.

'Fues i pnawn 'ma hefyd,' meddai Robin.

Cododd Delyth ei haeliau. Roedd hi'n edmygu ei ymroddiad i'w mam, ond doedd hi ddim yn meddwl fod eistedd wrth erchwyn ei gwely am oriau yn llesol iddo, yn enwedig gan fod Myfi yn cysgu a ddim callach ei fod o yno. Dewisodd beidio rhannu ei barn â'i brawd.

'Sut ma' hi wedi bod?'

'Yr un fath,' atebodd Robin. 'Ma' hi 'di cysgu'r rhan fwya o'r amser.'

'Ydi hi 'di bod yn siarad?'

'Ma' hi wedi bod yn trio, ond does dim wedi gwneud sens.'

Rhoddodd Delyth fagiaid o ffrwythau ar ben y cwpwrdd wrth ochr y gwely, ac eistedd gyferbyn â Robin.

'Fuodd Anna yma?' gofynnodd.

Doedd Delyth ddim wedi gweld Anna drwy'r dydd, a wyddai hi ddim oedd hi'n gweithio ai peidio.

Nodiodd Robin. 'Mi oedd hi wedi ypsetio'n lân, bechod, ac yn trio'i gorau i guddio'r peth, yn enwedig pan ddechreuodd Mam grio wrth ei gweld hi.'

'Mae'n anodd iawn iddi. Does 'na'm llawer ers iddi golli'i thad,' meddai Delyth, yn teimlo i'r byw dros ei merch.

'A chditha dy ŵr!' meddai Robin.

Ystyriodd Delyth ei eiriau, a sylweddoli nad oedd Medwyn wedi bod yn meddiannu ei meddwl gymaint ag arfer yn ystod yr wythnosau diwethaf, ac nad oedd y tonnau o alar poenus wedi chwalu drosti mor aml.

Eisteddodd y brawd a'r chwaer yn dawel am sbel.

'Gei di fynd adra rŵan os ti isio,' meddai Delyth. 'Arhosa i yma tan ddiwedd *visiting*.'

'Mae'n iawn, mi arhosa inna hefyd,' meddai Robin. Y gwir amdani oedd nad oedd o eisiau mynd adref. Doedd o ddim eisiau gadael ei fam ... nac wynebu ei wraig.

Disgynnodd tawelwch rhyngddynt eto. Robin siaradodd gyntaf.

'Fedra i ddim dychmygu sut mae Mam yn teimlo,' meddai, dan deimlad. 'Ei chorff ei hun wedi'i bradychu hi.'

'Y methu cyfathrebu sydd waetha, 'swn i'n meddwl,' meddai Delyth. 'Dwi'n cofio cael *laryngitis* unwaith ac mi ddiflannodd fy llais i'n llwyr. Ro'n i ar goll – yn methu mynegi fy hun yn iawn, yn methu siarad ar y ffôn ...'

'Dwi'n siŵr bod hyn ganwaith gwaeth. Dychmyga drio deud rwbath a methu dod o hyd i'r geiriau. A phan ti'n meddwl dy fod ti wedi dod o hyd iddyn nhw, mae geiriau hollol wahanol yn dod allan o dy geg di! Meddylia pa mor rhwystredig ydi hynny, pa mor gaeth ... dim rhyfedd ei bod hi'n rhegi.' Crymodd ysgwyddau Robin a dechreuodd ysgwyd wrth i ddagrau araf lifo i lawr ei fochau. 'Mam druan,' meddai.

Estynnodd Delyth am ei law ar draws y gwely.

'Ty'd rŵan,' meddai. 'Paid ag ypsetio. Ti'm isio i Mam ddeffro a dy weld di fel hyn, nag oes?'

Gwrthododd Robin gymryd ei llaw.

'Paid â bod yn wan felly, ia?' brathodd. ''Sgin i 'mo'r help – un gwan ydw i 'de!'

'Wnes i'm deud hynny!' meddai Delyth yn amddiffynnol.

'Ond dyna oeddat ti'n feddwl, 'de? Robin Goch yn bod yn wan eto!'

Edrychodd Delyth yn syn arno. 'Am be ti'n rwdlan?' gofynnodd. 'Dwi rioed wedi dy gyhuddo di o fod yn wan!'

'Ond mi wyt ti wedi'i feddwl o!' datganodd Robin.

Dechreuodd gwrychyn Delyth godi – doedd hi ddim yn licio pobol yn dweud wrthi beth roedd hi'n ei feddwl a sut roedd hi'n teimlo. Roedd hi wastad wedi credu bod Robin yn chydig o fabi Mam a'i fod o'n cymryd gormod gan Julie, ond doedd hi erioed wedi meddwl amdano fel person gwan.

'Naddo, tad,' meddai. 'Ti'n dangos dy deimladau, wyt, ond 'di hynny ddim yn wendid!'

Anadlodd Robin yn ddwfn i geisio rheoli'i hun.

'Wn i ddim be wna i os golla i Mam,' meddai, a'i lais yn torri.

Oedodd Delyth am eiliad. 'Mi wnei di gario mlaen, achos does gen ti ddim dewis,' meddai. 'Dwi'm isio swnio'n ddideimlad, coelia fi, dwi *yn* dallt, ond dyna'r drefn. Dyna ydi bywyd. Tydan ni ddim yn cael cadw ein rhieni am byth. Ac mi wnei di deimlo'n shit, 'fath â pan gollon ni Dad, a pan gollis i Medwyn, ac mi fydd bywyd yn anodd am gyfnod, ond mi ddoi di i arfer ac mi ddaw petha'n haws eto, a ...'

Syllodd Robin ar ei chwaer, yn hogyn bach unwaith eto yn edrych i fyny at ei chwaer fawr, yn ei chredu hi achos ei bod hi'n hŷn na fo ac yn gwybod mwy.

'Paid ti â meiddio deud y daw 'na ffycin haul ar fryn ...!' meddai ar ei thraws.

Gwenodd Delyth. 'Wna i ddim,' meddai. 'Ond *mae'r* haul yn tywynnu eto, ac mae o i fyny i chdi os ti'n troi dy wyneb tuag ato fo ai peidio. Ond cofia hyn – ti *ddim* yn wan!'

'Nac'dw?' gofynnodd Robin yn amheus.

'Nag wyt, siŵr,' atebodd Delyth yn bendant. 'Ti'n teimlo'n fregus rŵan, wrth gwrs dy fod di, ond ti ddim yn berson gwan. Rŵan dos adra, bwyta rwbath call a thria gael noson iawn o gwsg, a fyddi di ddim 'run un yn y bore.'

Nodiodd Robin. 'Diolch, Titw,' meddai. 'Ti'n iawn. Dwi ddim yn wan. Dwi 'di anghofio pwy ydw i yn ddiweddar.'

Pan gyrhaeddodd Robin adref roedd Julie yn y gegin yn disgwyl amdano.

'Ti'n iawn? Ti isio bwyd?' gofynnodd mewn llais oedd yn swnio'n llawn consŷrn. 'Dwi 'di gwneud *lasagne* i chdi.'

'Ti 'di *gwneud lasagne*?' gofynnodd Robin mewn syndod.

'Wel, dwi wedi'i wneud o yn yr ystyr 'mod i wedi'i dynnu fo o'r paced a'i roi o yn y popty,' atebodd Julie. 'Ers ryw awr, felly dwn i'm sut stad sydd arno fo erbyn hyn.'

'Dwi'n iawn, diolch,' meddai Robin. ''Sgin i'm stumog ar y funud.'

'Rhaid i chdi fwyta,' gorchmynnodd Julie. 'Neu mi ei di'n sâl.'

Edrychodd Robin arni, a chan godi'i lais ryw fymryn, meddai'n bendant, 'Dwi ddim isio bwyd ... diolch!'

Culhaodd llygaid Julie. 'Ocê,' meddai. 'Paid 'ta! Ond ty'd i ista yn fama efo fi am funud, dwi isio siarad efo chdi.'

Ochneidiodd Robin. Doedd ganddo ddim amynedd nac awydd gwrando arni.

'Dwi 'di blino,' meddai. 'Dwi jest isio rhoi'r teli mlaen am ryw awran, wedyn mynd i 'ngwely.'

'Mae hyn yn bwysig!' mynnodd Julie.

Gollyngodd Robin ei hun i'r gadair yn swrth.

'Be sy?' gofynnodd.

'Dwi 'di bod yn gwneud chydig o waith ymchwil ac wedi cael y rhain,' meddai Julie gan droi ac estyn bwndel o daflenni oddi ar y bwrdd coffi.

'Ymchwil i be? Be ydyn nhw?'

Eisteddodd Julie gyferbyn â fo a rhoi'r taflenni o'i flaen.

'Manylion am ofal yn y cartref, a chartrefi preswyl.'

'Hold on rŵan, ma' hi'n rhy fuan i ddechra meddwl am betha fel'na,' protestiodd Robin. 'Does ganddon ni ddim syniad sut fath o ofal fydd hi angen eto.'

'Dwi'n gwybod hynny, ond cystal i ni ffendio allan be 'di be rŵan, ac mi fyddan ni mewn gwell lle i fedru gwneud penderfyniad yn gynt, pan ddaw'r amser.'

Edrychodd Robin i ffwrdd – roedd o eisiau dod i arfer efo sefyllfa'i fam ac ystyried popeth yn fanwl cyn rhuthro i wneud dim, ond os oedd o am gael llonydd, penderfynodd, mi fyddai'n rhaid iddo wrando'n ddistaw.

'Reit, os fydd hi angen gofal adra ... wel, 'di hynny ddim yn dod am ddim,' meddai Julie mewn llais oedd yn awgrymu ei bod hi'n arbenigwr ar y mater. 'Mae Llywodraeth Cymru wedi rhoi cap ar faint ti'n gorfod ei dalu bob wsnos, ond yn fras mi fasa'i phensiwn hi'n medru jest abowt ei gyfro fo, gan adael rhywfaint o bres pocad ar ôl iddi. Ond os ydi hi'n methu byw ar ben ei hun, mae petha'n newid yn sylweddol i ni i gyd.'

Roedd pethau eisoes wedi newid yn reit sylweddol iddo fo a'i fam, meddyliodd Robin.

'Yn amlwg fasa hi ddim yn medru dod i fama,' ychwanegodd Julie, 'gan ein bod ni'n dau yn gorfod gweithio drwy'r dydd i dalu'r morgej ar y lle 'ma. Ond mae Delyth ac Anna'n gweithio shifftiau, felly mi fasan nhw'n medru gweithio rownd ei gilydd i fedru cael dy fam i fyw atyn nhw. Ac os 'di hynny ddim yn bosib, wel, tydi Delyth ddim yn ennill llawer yn y George 'na, ma' siŵr, nac'di. Mi fasa hi'n medru gadael ei job a chael *carers allowance* i edrych ar ôl dy fam yn llawn amser.'

Edrychodd Robin ar ei wraig. Roedd golwg mor hunanfodlon arni, yn meddwl ei bod hi wedi llwyddo i ddatrys problem anodd yn ddidrafferth. Doedd hi wir ddim wedi deall canlyniadau'r hyn roedd hi'n ei awgrymu.

'Felly, ti'n disgwyl i Delyth roi ei bywyd *on hold* er mwyn edrych ar ôl Mam?' gofynnodd.

'Wel, yndw,' atebodd Julie. 'Hi ydi'r ferch wedi'r cwbwl, a'r ferch sy'n sgwyddo'r gofal bob amser, 'de?'

Ysgydwodd Robin ei ben. 'Tydi perthynas Delyth a Mam ddim yn … wel, tydi hi ddim fel Mam a fi. Dwi'm yn meddwl y basa Mam isio mynd ati hi fwy nag y basa Delyth isio i Mam fynd yno.'

'Ond, Robin, mi fydd raid i chdi eu perswadio nhw, achos tydi ei gyrru hi i gartref ddim yn opsiwn!' mynnodd Julie, gan godi'i llais.

'Pam?' gofynnodd Robin, nad oedd wedi ystyried y posibilrwydd hwnnw, hyd yn oed.

'Achos os nad ydi hi'n wirioneddol sâl mi fasa'n rhaid i dy fam dalu, ac mae'r llefydd 'ma'n costio ffortiwn: rhwng wyth gant a mil o bunnau'r wsnos – yr *wsnos*, cofia! Ac ar ôl i'w phres hi redeg allan, mi fasa angen gwerthu'i thŷ hi a defnyddio'r pres i dalu am y gofal. Petai dy fam yn byw am bum mlynedd arall, mi fasa gwerth y tŷ i gyd yn diflannu!'

'A?' meddai Robin.

Edrychodd Julie yn syn arno. 'A be?'

'A be 'di'r ots am hynny?'

Cododd Julie ar ei thraed. 'Wyt ti'n dwp yn ogystal â gwan?' gwaeddodd arno. 'Mae ganddon ni bymtheng mlynedd o forgej ar ôl ar y tŷ 'ma, sy'n ddibynnol ar y ddau ohonon ni'n gweithio. Wel, dwi'm isio gweithio'n llawn amser tan dwi'n chwe deg pump! Mi fasa hanner gwerth tŷ dy fam yn clirio'r ddyled fwy neu lai i gyd!'

'Mi fydd raid inni werthu hwn 'ta. Cael tŷ llai,' meddai Robin. Roedd o'n gwybod y byddai dweud hyn yn gwylltio Julie'n waeth, ond doedd dim ots ganddo bellach. 'Doedd 'na erioed garantî y baswn i'n cael arian ar ôl Mam.'

'Paid â siarad yn ffycin wirion,' gwaeddodd Julie. 'Os ti'n meddwl 'mod i'n mynd i gael gwared ar y tŷ 'ma ar ôl yr holl waith caled i'w wneud o i fyny, gei di feddwl eto!'

Cododd Robin ar ei draed. 'Fy ngwaith caled i! Ac os mai gwerthu fydd raid, gwerthu fydd raid!' meddai'n gadarn.

Fflachiodd llygaid Julie a thaflodd ei hun tuag ato gan ddal ei llaw yn agored i roi peltan iddo, ond roedd Robin yn disgwyl amdani. Daliodd ei harddwrn cyn i'w llaw fedru cyrraedd ei wyneb.

Safodd Julie mewn dychryn. 'Gollwng! Ti'n 'y mrifo fi,' gwaeddodd.

Gwthiodd Robin hi oddi wrtho, a simsanodd ei wraig cyn llwyddo i'w harbed ei hun rhag syrthio.

'Ti'n mynd i ddifaru hynna,' sgyrnygodd drwy ei dannedd.

Gafaelodd Robin yn ei oriadau. 'Nac'dw!' meddai'n bendant. Cerddodd allan o'r tŷ â'i galon yn dyrnu fel gordd, yn teimlo cymysgedd o ffieidd-dod a rhyddhad.

Pennod 17

Edrychodd Robin ar y cloc wrth roi'r tegell i ferwi: hanner awr wedi saith. Roedd tri chwarter awr nes y byddai Julie yn gadael am ei gwaith. Aeth i'r oergell i nôl llefrith, gan edrych ar y dyddiad cyn rhoi ychydig mewn mỳg. Wrth roi'r carton yn ôl yn yr oergell sylwodd ar focs plastig ar y silff, yn llawn o samosas. Gwenodd. Roedd Meera'n dda efo'i fam, meddyliodd. Penderfynodd fynd i gnocio ar ei drws cyn iddi fynd i'w gwaith, i adael iddi wybod sut roedd ei fam. 'Cystal â'r disgwyl' oedd yr ateb gafodd o pan ffoniodd y ward yn gynharach. Gwagiodd y bocs samosas i'r bin gwastraff bwyd cyn chwilio yn y bin bara am dorth. Rhoddodd sleisen yn y tostiwr. Roedd y gegin yn ddistaw ... yn rhy ddistaw, a dim ond sŵn tician y cloc i'w glywed yn anarferol o uchel. Eisteddodd wrth y bwrdd a syllu ar gadair wag ei fam. Roedd ei chardigan ar gefn y gadair, y papur bro wedi'i blygu'n daclus ar y bwrdd o'i blaen a thocyn loteri ar ben hwnnw gydag ôl beiro arno lle'r oedd Myfi wedi marcio rhai o'r rhifau. Am funud, er iddo glywed y tost yn neidio o'r tostiwr, ni fedrai symud.

Neidiodd pan chwalwyd y tawelwch llethol gan sŵn goriad yn troi yn y drws ffrynt a sŵn traed yn cerdded tua'r gegin. Am eiliad wallgof meddyliodd mai ei fam oedd yno, wedi codi o'i gwely a mynnu cael dod adref. Safodd ar ei draed fel yr agorodd Delyth y drws.

'Ffycin hel!' gwaeddodd Delyth gan roi ei llaw ar ei brest. 'Robin! Jest iawn i chdi roi hartan i mi!'

'Sori.'

''Nes i'm gweld dy fan di tu allan.'

'Dwi wedi'i pharcio hi rownd y gornel. Doedd 'na'm lle ar y stryd.'

'Mae 'na ddigon o le rŵan,' meddai Delyth. 'Ar y ffordd i 'ngwaith ydw i, a meddwl 'swn i'n picio i weld bod bob dim yn iawn yn fama ... lluchio unrhyw fwyd rhag iddo fynd i ddrewi. Mi gest titha'r un syniad, mae'n amlwg.'

'Ia, dyna chdi,' meddai Robin.

Sylwodd Delyth ar y baned o'i flaen, y tost yn y tostiwr a'r olwg flêr arno. Doedd o'n amlwg ddim wedi cribo'i wallt na siafio.

'Robin?' gofynnodd yn amheus. 'Ers faint wyt ti yma?'

Ochneidiodd Robin ac eistedd yn ôl i lawr. 'Neithiwr.'

'Pam?'

'Wedi cael ffrae efo Julie.'

'O.' Dechreuodd Delyth wneud paned iddi'i hun wrth siarad. 'Does 'na neb ar ei orau pan maen nhw dan straen, nag oes? Dwi'n siŵr bod lot o bobol yn ffraeo ar adegau fel hyn – fi ac Anna yn eu plith nhw.'

Ysgydwodd Robin ei ben. 'Na,' meddai. 'Ti'm yn dallt. Dwi wedi'i gadael hi.'

Rhewodd Delyth â llwy de yn ei llaw, ac edrych ar ei brawd mewn syndod.

'Arglwy'!' meddai. 'Be ddigwyddodd?' Eisteddodd gyferbyn â'i brawd i ddisgwyl ateb, ond syllu ar ei baned yn fud wnaeth Robin. Arhosodd Delyth am funud neu ddau cyn ei annog yn dyner. 'Robin?'

Ochneidiodd Robin. 'Ro'n i'n meddwl mai'r menopos oedd o ... wel, dyna oedd hi'n ddeud, beth bynnag.'

'Y menopos oedd be?'

'Y tempar,' esboniodd Robin. 'Ond ddim jest hynny chwaith.' Wnaeth o ddim ymhelaethu.

'Be arall?' gofynnodd Delyth.

Ysgydwodd Robin ei ben. Allai o ddim dweud wrth ei chwaer sut yr oedd Julie wedi bod yn ei drin. Roedd ganddo ormod o gywilydd. Beth yn y byd fyddai hi'n feddwl ohono? Mi fyddai hi'n gwybod yn iawn wedyn pa mor wan oedd o.

'Be arall, Robin?' gofynnodd Delyth eto. 'Deud wrtha i!'

'Fedra i ddim.'

Roedd Delyth wedi dychryn erbyn hyn. Roedd yn amlwg bod rhywbeth difrifol wedi digwydd.

'Medri,' meddai'n dyner gan afael yn ei law. 'Ty'd rŵan – deud.'

Cliriodd Robin ei lwnc. 'Yn y dechra ro'n i'n reit *flattered* ... roedd hi isio gwybod lle o'n i ac efo pwy bob munud o'r dydd, ac ro'n i'n meddwl bod hynny achos ei bod hi'n fy ngharu fi, ac isio gwneud yn siŵr 'mod i'n iawn. Ond pan ddechreuodd hi ei gwneud hi'n amlwg nad oedd hi'n hapus i gael Ioan ac Osian draw acw, wnes i ddechrau amau nad meddwl am fy lles i oedd hi. Wedyn mi ddechreuodd hi osod rheolau – ar gyfer y tŷ, ar gyfer y ffordd ro'n i'n bihafio, pwy o'n i'n weld, lle o'n i'n mynd ...'

'A be oedd yn digwydd os oeddat ti'n torri'r rheolau?'

Cododd Robin yn anniddig a mynd at y sinc, gan droi ei gefn at ei chwaer. Edrychodd Delyth ar ei gefn yn crymu dros y sinc, a chofiodd yr hyn roedd Idris wedi'i ddweud am ferched yn medru bod yr un mor dreisgar â dynion. Dechreuodd y cyfan wneud synnwyr: y ffaith fod Robin wedi newid ac wedi mynd yn fwy tawedog ac ansicr, mynnu cael ei fam i lofnodi'r pŵer atwrnai, y marc ar ei wyneb ...

'Ydi hi wedi bod yn dy frifo di?' gofynnodd.

Nodiodd Robin.

'Dy ddyrnu di?'

Nodiodd Robin eto.

'Dyna ydi'r briw ar dy wyneb di, felly,' datganodd Delyth, gan daro'i dwrn ar y bwrdd a gwneud i Robin neidio. Roedd hi'n flin efo Julie ond hefyd yn flin efo hi ei hun am beidio â sylwi ar yr arwyddion, am gredu'r straeon am y menopos, am beidio â meddwl y buasai dynes yn medru bod yn dreisgar.

'Ers pryd mae hyn wedi bod yn mynd ymlaen?'

'Ers chydig fisoedd ar ôl i ni briodi,' atebodd Robin yn ddistaw. 'Roedd hi'n fêl i gyd tan hynny.'

'Pam na wnest ti roi swadan yn ôl iddi?' gofynnodd Delyth.

Trodd Robin i edrych arni a gwyddai Delyth yr ateb yn syth. Fyddai ei brawd byth yn taro dynes, na neb arall petai'n dod i hynny, a fo oedd yn iawn. Dim ond ychwanegu mwy o ddrama a phoen i'r sefyllfa fuasai hynny.

'Mi oedd hi mor sori bob tro, mor ... wel, annwyl a chariadus, wedyn ...' Oedodd Robin am ennyd i roi ei wyneb yn ei ddwylo, '... yn gaddo na fysa hi byth yn gwneud eto, ac yn beio'r menopos.'

'Un peth ydi diodda efo'r menopos, peth arall ydi bod yn hen ast frwnt, hunanol,' brathodd Delyth. 'Mae'r hogan yn *psycho*, siŵr iawn! Rhaid i chdi fynd at yr heddlu. Mae be ti wedi'i ddisgrifio'n *domestic abuse!*'

'Na! No wê!'

'Ti ddim yn mynd i adael iddi gael getawê efo hyn, siawns?' gofynnodd Delyth yn anghrediniol.

'Delyth, plis! Paid â gwneud i mi ddifaru 'mod i wedi deud wrthat ti,' erfyniodd. 'Dwi'm isio mynd at yr heddlu. Dwi jest isio gorffen petha: gwahanu, gwerthu'r tŷ, cael difôrs. A' i i nôl fy stwff o'r tŷ pan fydd hi wedi mynd i'w gwaith, ac mi drefna i apwyntiad i weld twrna. Diolch i Dduw na wnes i ddim cytuno i'w swnian hi am uno ein cyfrifon banc – o leia fydd dim rhaid i mi sortio hynny.'

'Ti wedi deud hyn i gyd wrthi?' gofynnodd Delyth.

'Ddim yn ei gwyneb hi,' atebodd Robin. 'Mi driodd hi fy ffonio fi ddegau o weithiau neithiwr, a gyrru llwyth o decsts yn ymddiheuro am regi arna i, beio'i hormons eto, deud mai fi ydi cariad mawr ei bywyd hi ...'

'Wnest ti ateb y tecsts?'

'Ddim tan bore 'ma, pan yrrais i neges yn deud 'mod i isio difôrs.'

'A be ddeudodd hi?'

'Tydi hi ddim wedi ateb eto. Fydd hi ddim yn codi'n gynnar iawn fel arfer, felly beryg nad ydi hi wedi gweld y neges.'

'Mi a' i yno rŵan, os leci di. Mi geith hi'r gwir rhwng ei llgada!'

'Na! Paid â meiddio,' meddai Robin mewn dychryn. Gallai ddychmygu beth fyddai ymateb Julie i hynny. Ar y gair, canodd ei ffôn. 'Julie,' meddai.

Cipiodd Delyth y ffôn o'i ddwylo a'i ateb, a chan drio'i gorau i reoli ei llais, siaradodd yn bwyllog a phenderfynol.

'Delyth sy 'ma. Gwranda, mae dy gêm di drosodd, misus. Mae Robin yn mynd i weld twrna heddiw i drefnu difôrs, ac os wyt ti'n meiddio creu unrhyw drafferth rydan ni'n mynd at yr heddlu i dy riportio di am *coercive control* a cham-drin. A phaid â meddwl am eiliad na wnân nhw gredu'r peth achos mae Robin wedi cadw dyddiadur manwl o bob dim ti wedi'i wneud, ac wedi tynnu lluniau o'r briwiau.'

Diffoddodd Delyth y ffôn heb roi cyfle i Julie ymateb. Erbyn hyn roedd hithau'n crynu ac wedi synnu ei bod wedi meiddio siarad mor blaen, ac wedi llwyddo i ddweud yr hyn oedd ar ei meddwl. Edrychodd y brawd a'r chwaer ar ei gilydd.

'Roeddat ti'n swnio'n union 'run fath â Mam rŵan!' meddai Robin â hanner gwên.

'O'n, ti'n iawn!' cytunodd Delyth.

'Ond dwi ddim wedi cadw dyddiadur.'

'Paid â phoeni. Bwli bach ydi Julie ac mae bwlis yn rhedeg i ffwrdd pan mae rhywun yn troi arnyn nhw. Pryd ma' hi'n mynd i'w gwaith?'

'Chwarter wedi wyth ar y dot, fel arfer.'

'Mi ffonia i 'ngwaith i ddeud y bydda i chydig yn hwyr, ac mi ddo' i efo chdi i nôl dy stwff,' meddai Delyth.

Gwasgodd Robin ei llaw yn ddiolchgar. Er gwaetha'r cyfan roedd rhan ohono'n teimlo'n ysgafnach nag a deimlodd ers talwm.

Wrth i'r brawd a'r chwaer adael tŷ Myfi gwelsant Meera yn mynd i mewn i'w char.

'Meera!' galwodd Robin, gan chwifio'i law arni.

Daeth atynt yn syth. 'Ydi Mrs T wedi cael dod adra?' gofynnodd yn obeithiol.

'Nac'di, mae arna i ofn. Mi fydd hi'n sbel go hir cyn y ceith hi ddod adra,' atebodd Delyth.

Edrychodd Meera ar y ddau yn bryderus. 'Sut mae hi?'

'Go lew,' atebodd Robin.

'Dwi'n gweithio heddiw, yn yr ysbyty. Bydd hi'n OK i mi picio i weld hi amser cinio?' gofynnodd Meera'n obeithiol.

Nodiodd Robin. 'Bydd, dwi'n siŵr,' meddai. 'Mi fydd hi'n falch o dy weld di.'

'Tydi hi ddim yn medru siarad ... wel, dim sy'n gwneud sens,' meddai Delyth. 'Felly paid â dychryn.'

'O, a well i mi ddeud wrthat ti y bydda i'n aros yma yn nhŷ Mam am chydig, rhag ofn i ti synnu o weld golau ymlaen,' ychwanegodd Robin.

Cyrhaeddodd Delyth ei gwaith ag araith wedi'i pharatoi i esbonio i Kim pam ei bod yn hwyr, ond doedd 'mo'i hangen gan i Kim ei chroesawu gyda dim ond consýrn am ei mam a hithau.

'Ti'n siŵr dy fod di'n iawn i weithio heddiw?' gofynnodd.

'Ydw,' atebodd Delyth. 'Does 'na ddim byd fedra i ei wneud i helpu Mam tra mae hi yn yr ysbyty, ac mae'n well gen i fod yn gwneud rwbath nag yn ista o gwmpas y tŷ.'

'Dallt yn iawn,' meddai Kim. 'Ddigwyddodd rwbath tebyg i Mam bron i ddwy flynedd yn ôl.'

'O?' meddai Delyth. 'Sut mae hi erbyn hyn?'

'Lot gwell nag oedd hi, ond ma' hi wedi bod yn daith hir.'

'Ydi hi'n byw ar ben ei hun?'

Ysgydwodd Kim ei phen. 'Nac'di,' meddai. 'Ma' hi angen lot o help, felly mae hi'n byw efo ni.'

Deallodd Delyth yn syth pam ei bod yn aml yn flinedig a byr ei thymer. Doedd ei bywyd ddim yn debygol o fod yn hawdd, a theimlodd yn euog ei bod wedi rhedeg arni.

'Diolch yn fawr am dy gefnogaeth, Kim,' meddai. 'Dwi wir yn gwerthfawrogi.'

Roedd dyddiau Llun yn ddistaw yn y dderbynfa gan nad oedd y bysys yn cyrraedd tan ddiwedd y prynhawn, a llusgodd y bore i Delyth. Cododd ei chalon pan welodd Idris yn cyrraedd toc cyn hanner dydd. Daeth yntau'n syth ati i holi am ei mam, a threfnodd y ddau i gyfarfod am sgwrs iawn pan fyddai Delyth yn gorffen ei shifft ac yntau ar ei frêc.

Eisteddodd Delyth ac Idris ar fainc yng nghefn y gwesty – y fainc lle byddai'r gweithwyr yn dianc am smôc slei. Gwyddai Delyth y dylai fynd adre'n syth i wneud bwyd iddi hi ac Anna cyn i'r ddwy fynd efo'i gilydd i weld Myfi, ond roedd hi'n ysu i gael siarad yn iawn efo rhywun am ei helbulon, ac ni allai feddwl am neb gwell nag Idris. Ar ôl iddi ddweud wrtho am drafferthion Robin, edrychodd Idris arni'n ddifrifol.

'Ti'n siŵr na fasa Robin yn fodlon mynd at yr heddlu ynglŷn â Julie? Os na wneith o, beryg y bydd hi'n dal rhyw greadur arall yn ei gwe a'i drin yntau 'run fath. Tueddu i ailadrodd yr un patrwm mae'r bobol 'ma, ac yn aml maen nhw'n mynd yn fwy a mwy treisgar efo pob partner.'

'Wneith o ddim ystyried y peth,' meddai Delyth. 'Mae ganddo fo ormod o gywilydd, dwi'n meddwl. Pa ddyn fasa'n fodlon cyfadda ei fod o'n cael ei guro gan ddynes?'

'Mi fasat ti'n synnu pa mor aml mae o'n digwydd,' meddai Idris. 'Pan mae pobol yn clywed am drais yn y cartref maen nhw'n meddwl yn syth mai dyn sydd wedi hambygio dynes, ond mae merched yn medru bod yr un mor filain: yn erbyn eu gwŷr, yn erbyn eu plant a hyd yn oed yn erbyn eu rhieni. Mi fues i'n rhan o dîm oedd gyfrifol am roi amryw o ferched peryglus dan glo.'

Edrychodd Delyth arno. 'Ges i dipyn o sioc pan ddeudist ti mai plisman oeddat ti,' meddai.

'Do?' synnodd Idris. 'Pam?'

'Dwn i'm. Ti ddim i weld y teip. Ti'n rhy neis, am wn i!'

Chwarddodd Idris yn uchel. 'Tydi pob plisman ddim yn galed, 'sti! A 'rhosa nes i ti ddod i fy nabod i'n well ... ella na fyddi di'n meddwl 'mod i mor neis bryd hynny!'

Edrychodd Delyth yn bryderus am eiliad nes i Idris rhoi pwniad iddi.

'Jôc! *What you see is what you get* efo fi!'

Gwenodd Delyth. 'Sgin ti'm cyfrinach arall felly, nag oes?' gofynnodd yn ysgafn. 'Dim gwraig yn llechu yn rwla?'

Edrychodd Idris arni. 'Nag oes wir,' meddai. 'Ar ôl colli Marian wnes i addo i mi fy hun na fyswn i'n risgio mynd drwy'r boen o golli rhywun eto, a dwi wedi bod yn ddigon hapus fy hun ers blynyddoedd ...'

Torrwyd ar ei draws gan Iestyn yn rhuthro draw gan alw'i enw.

'Idris! Ty'd, brysia – y blydi lifft eto. Kim sy'n styc ynddo fo y tro yma!'

Rowliodd Idris ei lygaid. 'Sori, well i mi fynd!'

I ffwrdd â fo, gan adael Delyth yn ystyried beth roedd o newydd ei ddweud. Roedd o'n ddigon hapus ei hun. Trawodd siom hi fel dwrn yn ei stumog wrth iddi sylweddoli ei bod, yn ei chalon, wedi gobeithio y byddai eu cyfeillgarwch yn tyfu'n rhywbeth dyfnach. Ceryddodd ei hun am fod mor wirion â meddwl y ffasiwn beth. Y jolpan iddi! Dylai hithau fod yn ddiolchgar iddi fod yn ddigon lwcus i gael un berthynas hapus – barus fyddai disgwyl ail gynnig arni. Gan gwffio'i dagrau cododd, a chychwyn am adref.

Pennod 18

'Roedd hi *defo* yn well heno, 'doedd?' myfyriodd Anna wrth iddi hi a'i mam gerdded o'r ward ar ôl bod yn gweld Myfi.

'Oedd,' cytunodd Delyth. 'Mae medru ista i fyny wedi gwneud gwahaniaeth, dwi'n siŵr. Ac mi wnes i ddallt mwy o'i geiriau heddiw, er nad o'n i'n dallt yn iawn be oedd hi'n trio'i ddeud.'

'Mi fydd hi'n gwella bob dydd, unwaith y ceith hi ddechra'n iawn efo'r *physio* a'r *speech therapist*, gei di weld,' meddai Anna yn obeithiol.

Gwenodd Delyth. Roedd hi'n dda clywed Anna mor bositif. Bu pethau'n oeraidd iawn rhwng y ddwy ar ôl y ffrae fawr, ond bellach roedd pethau'n gwella.

Clywodd dincial ei ffôn wrth iddi dderbyn neges destun.

'Hmm,' meddai, 'mae Robin isio i mi fynd draw i dŷ Nain. Meera wedi gofyn geith hi air efo ni'n dau. 'Sgwn i pam? A' i â chdi adra a mynd yno'n syth.'

Yn nhŷ ei mam, cyfarchodd ei brawd.

'Ma' hi'n od yma hebddi, tydi?'

'Od iawn,' cytunodd Robin. 'Mae fel petai enaid y tŷ wedi mynd.'

'Be mae Meera isio 'ta?'

Cododd Robin ei ysgwyddau. 'Dim clem, ond mi fuodd hi'n gweld Mam heddiw, do? Ella'i bod hi wedi gweld neu glywed rwbath ac isio i ni gael gwybod.'

'Ti 'di clywed gan Julie?' gofynnodd Delyth.

Ochneidiodd Robin. 'Do. 'Nes i ateb y ffôn iddi gynna.'

'A?'

'Wel, mi ddechreuodd hi drwy weiddi a bygwth, ac ar ôl

gweld nad oedd hynny'n tycio mi drodd i bledio a nadu a beio'i hoed eto.'

'Menopos o ddiawl! Hen ast ydi hi, Robin, a cynta'n y byd y cei di wared arni, gora'n byd.'

'Dwi 'di trefnu i weld Morris Twrna fory,' meddai Robin. Roedd o wedi gwneud y penderfyniad, a hyd yn oed petai o'n colli pob ceiniog oedd ganddo ac yn gorfod byw efo'i fam, byddai hynny'n well na gorfod dioddef diwrnod arall yng nghwmni Julie. 'Mistêc oedd hi,' ychwanegodd. 'Mi ddaliodd fi ar y *rebound* ar ôl i mi wahanu oddi wrth Mai. Wrth edrych yn ôl, fedra i'm credu 'mod i wedi bod mor wirion!'

'Petha rhyfadd ydi pobol!' meddai Delyth.

'A dyna chdi'n swnio fatha Mam eto!'

Clywsant gnocio ysgafn ar y drws cefn: roedd Meera wedi cyrraedd.

Eisteddodd y tri yn ystafell fyw Myfi, Robin a Delyth ar y soffa a Meera ar gadair. Doedd 'run ohonyn nhw wedi eistedd yng nghadair Myfi. Edrychai Meera yn nerfus, ac ar ôl mân siarad am ychydig cliriodd ei llwnc.

'Nos Wener,' meddai, 'y noson cyn i Myfi fynd yn sâl, *she* ... wnaeth hi rannu cyfrinach efo fi.'

Edrychodd Delyth a Robin ar ei gilydd.

'Os mai'r tatŵ ti'n feddwl, 'dan ni wedi'i weld o,' meddai Robin.

'Na, dim y tatŵ, er dyna oedd dechrau y sgwrs. If you've seen it, you probably think it's a "D" for Dafydd.'

'Wel, ia. Dafydd oedd enw Dad,' eglurodd Robin.

'"D" am Dewi ydi o,' cyhoeddodd Meera.

Edrychodd y brawd a'r chwaer yn syn arni.

'Dewi?' meddai'r ddau ar unwaith.

'Dyna'r enw mae hi wedi bod yn ei ddweud drosodd a throsodd,' meddai Delyth. Roedd ei meddwl ar ras. Pwy oedd Dewi? Oedd ei mam wedi bod yn cael affêr? Oedd hi wedi cael plentyn cyn priodi?

'Ia, mi oedd hi'n dweud a dweud wrtha i hefyd yn yr ysbyty. Dyna sut dwi'n gwybod bod hi isio i fi ddeud ei *secret* wrth chi.'

'Pwy ddiawl ydi Dewi?' gofynnodd Robin.

'Eich brawd,' cyhoeddodd Meera, gan eistedd yn ôl i wylio effaith ei datganiad ar y ddau.

'Brawd?' gofynnodd Delyth, gan feddwl yn siŵr felly fod ei greddf yn wir a bod ei mam wedi cael plentyn cyn priodi a'i roi i'w fabwysiadu.

'Does gen i'm brawd!' meddai Robin yn syn.

Roedd Delyth wedi dechrau dychmygu sut y byddai hi a'i brawd mawr yn cyfarfod, fel yn y rhaglen *Long Lost Families* ar y teledu, pan ddywedodd Meera, 'Mi wnaeth o marw pan oedd o'n tri oed.'

Rhythodd Delyth a Robin arni mewn anghrediniaeth.

'Blydi hel! Be ddigwyddodd?'

A'r atgof o eiriau Myfi yn dal yn glir yn ei chof, adroddodd Meera'r stori mor sensitif ag y gallai, sut y bu i'r bachgen bach foddi tra oedd sylw Myfi wedi ei dynnu oddi arno am chydig funudau.

'Be gymerodd ei sylw?' gofynnodd Delyth.

Edrychodd Meera i ffwrdd.

'Be gymerodd ei sylw?' gofynnodd Delyth eto, yn daer.

'Babi oeddat ti, *three months old* …' dechreuodd Meera.

Teimlodd Delyth gryndod yn codi drwyddi wrth iddi sylweddoli.

'Fi wnaeth!' meddai. 'Fi! Ac mae hi wedi fy meio fi byth ers hynny!'

Roedd o fel petai darn o jig-so wedi disgyn i'w le. Dyna pam roedd ei mam yn oeraidd tuag ati, dyna pam roedd hi wastad wedi ffafrio Robin. Cododd ar ei thraed a dechrau cerdded o amgylch yr ystafell.

'Paid ag ypsetio rŵan, Delyth!' cysurodd Robin hi. 'Dim dy fai di oedd o, babi bach oeddat ti!'

'Dwi'n gwybod hynny!' meddai Delyth, wedi cynhyrfu'n lân. 'Ond fedri di'm gweld? Mae hi wedi fy meio fi! Dwi wastad wedi teimlo bod 'na rwbath yn bod arna i, 'mod i'n blentyn anodd ei charu, 'mod i ddim cystal â chdi am ryw reswm, ond dim dyna oedd ...'

Cododd Robin a rhoi ei freichiau amdani wrth iddo yntau hefyd ddechrau deall pam roedd ei fam wedi bod yn ymddwyn mor wahanol tuag at ei chwaer. Rhoddodd Delyth ei phen ar ei frest a gadael i'w dagrau lifo ar hyd ei siwmper.

'Ddim fy mai i oedd o,' sniffiodd Delyth.

Eisteddodd Meera yn dawel drwy'r cyfan, yn ysu i roi llonydd i'r ddau arall ond yn gwybod bod yn rhaid iddi aros i orffen yr hanes.

'Ym, mae un peth arall,' mentrodd Meera, pan oedd yr amser yn iawn. 'Mae gan Myfi tun Quality Street efo *photos* ynddo ... I think she had it under the sofa. Mae lluniau Dewi yno ...'

Cododd ar ei thraed, gan ymddiheuro'n arw mai hi oedd wedi gorfod torri'r ffasiwn newyddion iddyn nhw. Esboniodd fod eu mam wedi penderfynu peidio sôn am ei mab cyntafanedig gan fod y boen yn ei brifo i'r byw, ond ei bod wedi newid ei meddwl er mwyn cadw'r cof am Dewi yn fyw. Gadawodd y ddau i bendroni dros y newyddion syfrdanol.

Ar ôl dod o hyd i'r tun Quality Street yng nghwpwrdd y ddresel, agorodd Robin y caead a thynnu rhai o'r lluniau ohono. Dechreuodd Delyth fynd drwyddyn nhw.

'O sbia, Robin,' meddai, gan ddangos llun o fachgen bach â gwallt cyrliog coch yn eistedd ar gadair freichiau a babi mewn siôl yn ei gôl. 'Mae o'n edrych yn union 'run fath â chdi!' Syllodd Delyth ar y llun, ei hunandosturi'n meirioli a thosturi mawr yn araf gymryd ei le. 'Ma' siŵr fod dy gael di wedi bod fel cael ei babi cynta yn ôl ...'

Yn sydyn, clywsant sŵn curo mawr ar y drws ffrynt.

'Agor y drws 'ma, Robin! Dwi'n gwybod dy fod ti yna.' Llais Julie.

'O blydi hel, dwi ddim angen hyn,' meddai Robin gan

ysgwyd ei ben. 'Mi wneith hi sioe fawr i'r stryd i gyd gael gweld!'

'Anwybydda hi, ac eith hi o 'ma,' meddai Delyth.

'Ti'm yn nabod Julie.' Roedd stumog Robin wedi dechrau troi a'i galon wedi cyflymu.

Cnociodd Julie eto. 'Plis, Robin, gad i mi ddod i mewn! Ti 'di ypsetio efo'r busnes 'ma efo dy fam, dwi'n dallt hynny, a 'dan ni angen siarad. Ti angen fi i dy helpu di drwy hyn.'

Cododd Delyth ar ei thraed. 'Mi setla i hi!' meddai, gan gychwyn at y drws.

Gafaelodd Robin yn ei braich a'i thynnu yn ôl.

'Na,' meddai. Cododd ar goesau sigledig. 'Fy ffeit i ydi hon.'

Cerddodd at y drws a'i agor fel roedd Julie ar fin cnocio eto. Sgwariodd ei ysgwyddau nes ei fod yn llenwi ffrâm y drws.

'Robin! Wyt ti'n iawn? Dwi wedi bod yn gwneud fy hun yn sâl yn poeni amdanat ti.'

'Dwi'n iawn,' meddai Robin yn swta.

'Wel, gad i mi ddod i mewn 'ta,' erfyniodd Julie.

'Mae o drosodd, Julie,' meddai Robin, ei lais yn gadarn a phendant er bod ei goesau'n crynu.

'Paid â bod yn wirion. Gad i mi ddod i'r tŷ a gawn ni siarad am y peth,' mynnodd Julie gan geisio gwthio heibio iddo.

'Does 'na'm pwynt. Does 'na'm byd i'w ddeud,' meddai Robin, gan wrthod gadael iddi basio.

'Robin bach, ti ddim yn siarad sens. Dwi'm yn dallt be dwi 'di ddeud sydd wedi dy ypsetio di. Ti 'di ffwndro'n lân ... Dwi'n meddwl dy fod di wedi cael rhyw fath o frêcdown, 'sti, ond paid â phoeni. Fedra i dy helpu di. Ti f'angen i rŵan fwy nag erioed.'

Edrychodd Robin ar ei wraig, ar y ffug olwg o gonsýrn ar ei hwyneb, ar yr oerni yn ei llygaid.

'Gei di lythyr gan fy nhwrna i ac awn ni o fanno, ond waeth i ti ddechra chwilio am rwla i fyw yn o handi achos dwi'n siŵr y bydd Bodlondeb yn gwerthu'n reit sydyn,' meddai.

Dechreuodd Julie anadlu'n ddwfn, a daeth ei gwir gymeriad i'r amlwg.

'Pwy ffwc ti'n feddwl wyt ti, y llipryn diawl?' sgyrnygodd

rhwng ei dannedd. 'Yn meddwl gei di 'nhrin i fatha lwmp o gachu!' Cododd ei llaw a rhoi celpan galed iddo ar draws ei wyneb. Simsanodd Robin a rhoi ei law ar ei foch.

'Diolch, Julie! Mi fydd hynna'n dystiolaeth werth chweil i'r heddlu,' meddai llais o'r tu ôl iddi. Camodd Julie yn ôl i weld Delyth yn sefyll wrth ochr y tŷ yn dal ei ffôn i fyny. Roedd hi wedi dod allan drwy'r drws cefn er mwyn ffilmio'r cyfan. 'Rŵan, dos yn ddistaw a phaid â dod yn agos at Robin eto, ac mi feddylia i ydw i am ddangos hwn i'r heddlu ai peidio,' ychwanegodd.

Agorodd Julie ei cheg i ddechrau dweud rhywbeth, ond caeodd hi'n glep drachefn a throi ar ei sawdl am y car.

'Ti ddim ffycin werth o, y lŵsar!' gwaeddodd wrth agor drws y car.

Safodd Robin a Delyth efo'i gilydd yn syllu arni'n gyrru i ffwrdd, cyn mynd i mewn i'r tŷ a chau'r drws yn glep ar eu holau. Roedd gan Robin un foch wen ac un ag ôl llaw goch arni. Chwythodd Delyth ei hanadl allan.

'Blydi hel, Robin!' meddai. 'Mae'r hogan yn nytar llwyr!'

'Ydi, ac mewn ffordd dwi'n falch dy fod ti wedi gweld hynna. Diolch, Titw.'

'Croeso! I be mae chwaer fawr yn da, 'de! Rŵan, lle mae Mam yn cadw'r brandi cacan Dolig, dŵad?'

* * *

Agorodd Delyth ddrws ffrynt ei thŷ a cherdded i mewn yn ddistaw rhag iddi ddeffro Anna. Roedd hi bron yn hanner nos a hithau wedi aros efo Robin yn siarad am oriau, yn rhannol er mwyn gwneud yn siŵr na ddôi Julie yn ei hôl. Agorodd ddrws yr ystafell fyw a synnu bod Anna'n dal ar ei thraed.

'Mam! Lle wyt ti 'di bod? Ro'n i'n dechra poeni!'

'Sori, do'n i ddim yn bwriadu bod mor hir. Siarad efo Yncl Robin o'n i,' atebodd Delyth yn flinedig.

'Be? Am yr holl amser? Be oedd Meera isio, felly?'

Edrychodd Delyth ar y cloc. Doedd ganddi 'mo'r egni i wynebu cwestiynau Anna'r adeg yma o'r nos.

'Ddeuda i wrthat ti fory,' meddai. 'Ma' hi 'di mynd yn hwyr rŵan a dwi 'di blino.' Ond doedd dim symud ar Anna.

'Na, deud wrtha i rŵan! Os ydi o'n rwbath i neud efo Nain, mae gen i hawl i wybod! Mae'n amlwg 'i fod o'n rwbath sîriys – mi fedra i ddeud ar dy wynab di!'

Ochneidiodd Delyth a suddo i'r soffa.

'Iawn 'ta,' meddai. 'Well i ti ista!'

Erbyn i Delyth orffen adrodd newyddion syfrdanol Meera, a sôn am y lluniau yn y tun da-da, roedd llygaid Anna'n agored led y pen.

'Am stori drist,' meddai. 'Nain druan. A wnest ti erioed 'i chlywed hi na Taid yn sôn am Dewi?'

'Naddo, erioed. Dim gair.'

'Wow! Felly ma' hi 'di cadw'r peth iddi hi'i hun am yr holl flynyddoedd. Ond pam?'

'Fel'na mae rhai pobol yn delio efo petha anodd, am wn i. Mae lleisio petha'n uchel yn rhy boenus ... ond tydi hynny ddim yn golygu bod y drws wedi cau ar yr atgofion. Mi oedd 'na ôl lot o fodio ar y lluniau.'

Eisteddodd y ddwy yn dawel am funud tra oedd Anna'n myfyrio ar yr hyn roedd hi newydd ei glywed.

'Dwyt ti a Nain erioed wedi bod yn ffrindia mawr, naddo?' gofynnodd.

Ysgydwodd Delyth ei phen yn drist.

'Na, ddim rîli.'

'Ti'n meddwl 'i bod hi wedi beio chdi?'

Wnaeth Delyth ddim ateb. Cododd Anna ac ymuno â hi ar y soffa, a rhoi ei breichiau'n dynn amdani. Eisteddodd y ddwy yn dawel am rai munudau cyn i Anna dynnu'n rhydd o'r goflaid.

'Do'n i'm yn meddwl be ddeudis i'r diwrnod o'r ...' meddai'n floesg.

Gafaelodd Delyth yn ei llaw a thorri ar ei thraws. 'Shh, cariad bach,' meddai. 'Dwi'n gwybod.'

'Pam mae Yncl Robin yn tŷ Nain 'ta?' gofynnodd Anna.

'Ma' honna'n sicr yn stori at fory,' atebodd ei mam. 'Rŵan, ty'd. Ma' hi'n hwyr – amser gwely.'

Pennod 19

Sylwodd Delyth ar Idris yn cerdded tuag ati o ben draw'r coridor a chododd y ffôn er mwyn cymryd arni fod rhywun ar y pen arall iddo. Doedd hi ddim yn teimlo'n ddigon dewr i gael sgwrs efo fo heddiw – roedd ganddi ofn iddo fedru darllen ei meddwl a deall ei theimladau tuag ato.

Daeth yn nes at y ddesg, a gwenu arni. Gwenodd yn ôl a dal i siarad efo'r cwsmer dychmygol. Safodd Idris wrth y ddesg yn amyneddgar, a sylweddolodd Delyth nad oedd o am fynd nes iddo gael gair efo hi. Gorffennodd y sgwrs ddychmygol a rhoi'r ffôn i lawr.

'Haia,' meddai Idris. 'Sut mae petha heddiw?'

'Rwbath tebyg,' atebodd Delyth, gan gymryd mai holi am ei mam oedd o.

'A sut wyt *ti*? Ti'n iawn?' holodd eto.

'*Champion*, diolch.'

'Golwg 'di blino arnat ti,' meddai Idris.

''Nes i'm cysgu'n dda neithiwr.'

'Faint o'r gloch ti'n cael dy ginio?'

Oedodd Delyth cyn ateb. 'Ym, hanner awr wedi deuddeg.'

'Wela i di ar y fainc yn cefn?'

Ystyriodd Delyth wneud rhyw esgus i beidio, ond roedd hi'n ysu i gael sgwrs efo fo am ddigwyddiadau'r diwrnod cynt – am gyfrinach ei mam ac am y digwyddiad efo Julie, felly nodiodd. Roedd hi angen ffrind, ac os mai cyfeillgarwch yr oedd Idris yn ei gynnig iddi, yna byddai'n ei dderbyn yn ddiolchgar.

'Ia, iawn.'

Ciciodd Delyth y stwmpiau sigarét oedd dan ei thraed yn ddifeddwl wrth eistedd ar y fainc yn disgwyl am Idris. Roedd ei phecyn brechdanau ar ei glin heb ei agor, a doedd ganddi ddim chwant bwyd. Cododd ei phen a gweld Idris yn sefyll yn edrych arni.

'Roeddat ti'n bell i ffwrdd!' meddai wrthi.

Gwenodd Delyth a symud ei bag i wneud lle iddo.

'Poeni am dy fam wyt ti?' gofynnodd Idris cyn gynted ag yr eisteddodd.

Nodiodd Delyth. 'Hynny ymysg pethau eraill.'

Edrychodd Idris yn syth i'w llygaid a synnodd Delyth wrth deimlo dagrau'n pigo. Estynnodd Idris am ei llaw.

'Dwi'm isio busnesu, ond mae gen i ddwy glust i wrando os wyt ti isio siarad,' meddai mewn llais tyner.

Gan deimlo gwres ei law dros ei llaw hi ildiodd Delyth, ac adrodd y stori am Dewi unwaith eto.

'Sut wyt ti'n teimlo am y peth?' oedd sylw Idris wedi iddi orffen. Estynnodd am ei hances o'r bag a chwythu'i thrwyn wrth ystyried y cwestiwn. Sut *oedd* hi'n teimlo?

'Dryslyd,' atebodd o'r diwedd. 'Ar un llaw dwi'n lloerig efo Mam am fy meio fi, am fy nhrin i'n wahanol i Robin, am beidio 'ngharu fi ...' Tagodd ar y geiriau yn ei cheg a gwasgodd Idris ei llaw, ond ni ddywedodd air, dim ond rhoi amser iddi.

'... ond ar y llaw arall dwi'n rhyw lun o ddallt ...'

'A be sy'n gwneud i ti feddwl nad ydi dy fam yn dy garu di?' gofynnodd Idris.

'Achos ei bod hi'n amlwg yn ffafrio Robin. Wastad wedi.'

'Ond 'di hynny ddim yn golygu nad ydi hi'n dy garu di hefyd, nac'di?'

Ystyriodd Delyth ei gwestiwn. Allai hi ddim dweud nad oedd hi wedi cael pob gofal gan ei mam.

Aeth Idris yn ei flaen. 'Tydan ni ddim yn caru pawb yn yr un ffordd,' meddai.

Meddyliodd Delyth am ei pherthynas efo Anna. Doedd honno ddim yn un hawdd, ond roedd hi'n ei charu hi gorff ac enaid. Trodd at Idris.

'Mae 'na rwbath reit ddoeth amdanat ti, yn does?' meddai.

Gwenodd Idris arni. 'O, dwn i'm am hynny,' meddai. 'Ond dwi 'di gweld a chlywed digon i fedru dallt pobol yn reit dda! Dwi'n cymryd nad wyt ti wedi bod yn gweld dy fam ers i ti glywed y newyddion?'

'Naddo. Dwi i fod i fynd ar ôl gwaith ond, a deud y gwir, mae gen i ofn mynd. Mae hyn wedi newid bob dim. Wn i ddim be i ddeud wrthi.'

'Jest dos efo dy galon, dyna dwi 'di ffendio sydd orau, wastad. Fasat ti'n licio i mi ddod efo chdi?'

Ysgydwodd Delyth ei phen, 'Na, mi fydda i'n iawn, diolch, ond diolch am wrando.'

'Unrhyw bryd,' meddai Idris. 'Sori bod yn rhaid i'r sgwrs 'ma fod mor fyr, ond well i mi fynd – dwi ddim ar fy mrêc swyddogol eto.' Gollyngodd ei llaw a chodi ar ei draed, cyn oedi am eiliad.

'A sôn am fynd efo dy galon,' meddai, gan gymryd anadl ddofn, 'gawson ni ein styrbio ddoe cyn i mi gael cyfle i ateb dy gwestiwn di'n iawn ...' Edrychodd Delyth yn ddryslyd arno. '... ynglŷn â pham nad ydw i wedi setlo efo neb arall ar ôl colli 'ngwraig ...'

Torrodd Delyth ar ei draws. ''Sdim rhaid i chdi esbonio dim i mi, siŵr.'

'Ond dwi isio, plis ...' mynnodd Idris. 'Be o'n i isio'i ddeud oedd 'mod i 'di bod yn ddigon hapus fy hun, tan rŵan.' Edrychodd i fyw ei llygaid eto a theimlodd Delyth ei chalon yn dechrau curo'n gyflymach.

'Be ti'n feddwl, "tan rŵan"?' gofynnodd yn ddistaw.

''Nes i mi dy gyfarfod di.'

Syllodd Delyth arno gan drio'i gorau i beidio â gadael i'w cheg syrthio'n agored. Doedd hi ddim wedi disgwyl hyn.

'Hynny ydi,' ychwanegodd, ''swn i'n licio tasan ni ... hynny ydi, dwi'n gwybod nad oes 'na lot fawr ers i ti golli Medwyn, ond ... ym ... os ti isio, 'lly ... os nad ydi hi'n rhy fuan i chdi ... 'swn i'n ...'

Am unwaith roedd y dyn huawdl yn cael trafferth dod o hyd

i'w eiriau, ond roedd gan Delyth ddigon o amser i ddisgwyl iddo ddod at y pwynt.

'Yr hyna'n y byd dwi'n mynd, y mwya dwi'n sylweddoli pa mor fyr ydi bywyd, a pha mor werthfawr ydi o. A phan mae dy reddf di'n deud wrthat ti am wneud rwbath, ma' raid i ti fynd efo fo, am wn i. Mae 'ngreddf i'n deud wrtha i 'mod i isio bod yn fwy na ffrindia efo chdi.' Edrychodd ar y llawr cyn edrych yn ôl i fyny i weld Delyth yn gwenu fel giât arno.

'Oes, plis,' oedd yr unig beth ddaeth allan o'i cheg.

Gafaelodd Idris yn ei llaw. 'O!' meddai'n lletchwith. 'Grêt! Ym, 'sa'n well i mi fynd ... ond ffonia i di yn y munud, iawn?'

Nodiodd Delyth eto. Trodd Idris yn ôl ati a phlygu i lawr o'i blaen. Gafaelodd yn ei hwyneb a'i chusanu'n hir ac yn dyner cyn troi a diflannu i mewn i'r gwesty gan ei gadael yn eistedd ar y fainc wedi cynhyrfu'n lân. Roedd mwy o emosiynau wedi llifo trwyddi yn y dyddiau diwethaf nag yr oedd hi wedi'u teimlo mewn blwyddyn gyfan, meddyliodd. Doedd dim rhyfedd fod ei phen yn troi.

* * *

Agorodd Myfi ei llygaid a syllu'n syth yn ei blaen. Gwelai fôr llachar, ynteu ai awyr oedd o? Neu len? Ia, meddyliodd, llenni ydyn nhw. Llenni glas. Syllodd arnyn nhw. Roedden nhw'n llonydd. Roedd y byd yn llonydd, yn hytrach nag yn troi fel yr oedd wedi bod yn wneud ers dyddiau ... 'ta oedd hi'n wythnosau? Misoedd? Roedd y byd wedi bod yn troi a throi, fel y Waltzers yn y Marine Lake yn Rhyl ers talwm. Er ei bod hi'n gweld y llenni roedd niwl o'i chwmpas, ond doedd o ddim yn drwchus. Felly gwyddai, petai'n trio'n galed, galed, y byddai'r niwl yn mynd. Ty'd rŵan, meddai'r llais yn ei phen, chwytha'r niwl. Yn araf, dechreuodd ddiflannu. Dwi yn yr ysbyty, meddyliodd. Dwi'n sâl. Dwi 'di cael strôc. Ceisiodd dynnu ei hun i fyny ar ei heistedd ond teimlai fel petai am ddisgyn dros ddibyn y gwely. Dychrynodd, a gorwedd yn ôl yn llonydd, llonydd.

Agorodd y llenni a daeth Delyth drwyddyn nhw. Fy hogan i, meddyliodd, a daeth teimlad cynnes drosti. Roedd hi'n falch o'i gweld. Cerddodd Delyth at erchwyn y gwely ac eistedd yn y gadair, ond allai Myfi ddim troi ei phen i'r ochr honno, yr ochr oedd yn gwneud i'r byd droi.

'Delyth,' meddai. 'Stedda ar yr ochor arall.' Ond nid dyna'r geiriau roedd Delyth yn eu clywed. 'Delyth, dos o'r dibyn,' roedd hi'n ei glywed. Allai Myfi ddim deall pam nad oedd Delyth yn ufuddhau, dim ond eistedd yno a dweud, 'Sut ydach chi heddiw, Mam? Mae'r nyrs yn deud eich bod chdi wedi cael diwrnod gwell.'

'Stedda ar yr ochor arall!' meddai eto, gan geisio codi ei braich chwith i bwyntio, ond roedd ei braich yn rhy drwm i'w symud, mor drwm â'r gwely roedd hi'n gorwedd arno.

'Be dach chi isio i mi wneud, Mam?' gofynnodd Delyth, yn trio'i gorau i ddeall.

Canolbwyntia, canolbwyntia, meddai'r llais ym mhen Myfi. Ty'd rŵan, un gair ar y tro, fy Iesu.

'Ista fanna!' meddai o'r diwedd, a'r tro hwn deallodd Delyth.

'Isio i mi ista'r ochr arall dach chi?' gofynnodd, gan godi a symud. Gwenodd Myfi.

Edrychodd Delyth arni. Roedd ei cheg ychydig yn llai cam heddiw, meddyliodd. Oedd hi'n trio gwenu?

'Dach chi'n teimlo'n well?' holodd.

Be mae hi'n ofyn? meddai'r llais yn ei phen – ydw i'n teimlo'n bell? Nodiodd ei phen.

'Teimlo'n bell,' meddai.

'Mi fyddwch chi'n gwella rhywfaint bob dydd rŵan, w'chi,' meddai Delyth.

Gwelodd Myfi'r niwl anweledig yn araf ddychwelyd. Daeth teimlad o banig drosti. Roedd rhywbeth yr oedd yn rhaid iddi'i wneud. Be oedd o? Dewi, cofiodd. Roedd yn rhaid dweud wrth Delyth am Dewi – ei phlentyn tlws – a chan ganolbwyntio â'i holl nerth dywedodd ei enw.

'Dewi!'

'Dewi,' adleisiodd Delyth. 'Dwi'n gwybod pwy ydi Dewi, Mam.'

Estynnodd Delyth am ei bag a thynnu llun allan ohono – y llun o Dewi efo hi ar ei lin – a'i ddal o flaen wyneb ei mam.

Roedd y niwl wedi dechrau lapio o amgylch gwaelod y gwely rŵan. Plygodd Myfi ymlaen a chraffu i weld y llun. Roedd hi'n adnabod y plentyn. Dewi! Ceisiodd afael yn y llun efo'i llaw dde, ond roedd y llun yn mynd yn bellach ac yn bellach oddi wrthi. Llwyddodd i'w gyrraedd a'i ddal yn saff uwchben y niwl.

'Dewi!' meddai. Mae hi wedi deall, mae hi'n gwybod.

'Dwi mor sori,' meddai Delyth yn daer. 'Dwi mor sori'ch bod chi wedi colli Dewi. Ond dim fy mai fi oedd o, w'chi Mam, dim fy mai fi oedd o.'

Dim bai Delyth oedd o, meddai'r llais yn ei phen. Dim bai Delyth oedd o. Gwingodd Myfi, fel petai newydd gael ei tharo. Plygodd Delyth drosti.

'Dach chi'n iawn?' gofynnodd.

Roedd y niwl yn codi'n uwch fel na allai Myfi weld y gwely mwyach.

'Stori,' meddai, 'Stori ... sori!' Cododd y llun yn uwch eto. 'Babis Mam,' meddai. 'Babis annw'l Mam.' Gollyngodd y llun a gafael yn dynn ym mraich Delyth wrth i'r niwl godi'n uwch ac yn uwch.

* * *

Ymbalfalodd Delyth am ei ffôn, oedd yn canu yn ei bag. Cyflymodd ei chalon wrth obeithio mai Idris oedd yn galw, ond ciliodd y pilipala pan welodd enw Robin ar y sgrin.

'Iawn?' gofynnodd.

'Iawn,' atebodd ei brawd. 'Dwi ar y *speaker* yn y car ar y ffordd i nôl Osian i fynd i weld Mam, a meddwl baswn i'n holi sut mae hi gynta. Ti'n dal yna?'

'Ar y ffordd yn ôl i'r car.'

Roedd y ddau wedi cytuno i fynd i weld eu mam mewn

shifftiau fel bod rhywun efo hi cyhyd â phosibl.

'Sut oedd hi 'ta?'

'Gwell,' atebodd. 'Ro'n i'n dallt mwy ganddi heddiw ac mi roedd ei gwyneb hi'n sicr i'w weld yn well. Roedd hi'n effro pan gyrhaeddis i ond mi syrthiodd i gysgu wedyn. Mae pob dim i'w weld yn gymaint o ymdrech iddi ac ma' hi'n blino'n hawdd, ond mae hynny i'w ddisgwyl. Dyddiau cynnar, meddai'r nyrs.'

'O, dwi'n falch ei bod hi'n well,' meddai Robin. 'Gobeithio y bydd hi'n effro pan gyrhaeddwn ni felly. Wnest ti sôn am Dewi?'

'Do. Mi ddeudodd ei enw eto, felly ges i gyfle i ddweud,' atebodd.

'A?'

'Roedd hi fel tasa hi'n falch 'mod i'n gwybod.'

Allai hi ddim esbonio'r cysylltiad fu rhyngddynt wrth y gwely, nac egluro sut roedd hi'n teimlo'n agosach at ei mam rŵan nag erioed o'r blaen. Yr unig beth y gallai hi ei ddweud oedd, 'Dwi'n meddwl ein bod ni'n dallt ein gilydd.'

'Da iawn.' meddai Robin yn falch. 'Mi ffonia i di ar ôl cyrraedd adra i ddeud sut oedd hi.'

Newydd newid o'i dillad gwaith oedd Delyth pan ffoniodd Robin. Roedd hynna'n sydyn, meddyliodd wrth ateb y ffôn. Doedd o erioed wedi gadael yr ysbyty mor fuan?

'Delyth ...'

Gwyddai'n syth o dôn llais ei brawd fod rhywbeth yn bod.

'Be sy?' brathodd.

'Ty'd yn ôl i'r 'sbyty ... mae Mam ...' Roedd ei lais yn crynu a phrin yr oedd o'n medru cael ei eiriau allan. 'Ma' Mam wedi cael ei tharo'n wael.'

'Be ti'n feddwl "ei tharo'n wael"?' gofynnodd Delyth. 'Dim ond cwta dri chwarter awr sydd ers i mi ei gweld hi, ac mi oedd hi'n cysgu'n sownd.'

'Jest ty'd, Delyth, rŵan, a ty'd ag Anna efo chdi.'

Brysiodd Delyth ac Anna i lawr coridor yr ysbyty mor gyflym ag y gallen nhw heb redeg. Arafodd Anna wrth gyrraedd drws y ward, a gafael yn llaw ei mam.

'Gen i ofn,' meddai mewn llais bach.

'A finna,' atebodd Delyth yn onest, gan wasgu ei llaw yn ôl. Gwelodd y nyrs nhw'n dod, ac arweiniodd nhw i ystafell fechan. 'Mae eich brawd yn fama,' meddai.

'Be sy?' gofynnodd Delyth. 'Be sy wedi digwydd?'

'Mae'n ddrwg iawn gen i ddweud ei bod yn edrych fel petai eich mam wedi cael strôc arall,' meddai. 'Un waeth y tro yma. Mae'r doctor efo hi rŵan.'

Roedd Robin ac Osian yn eistedd yn yr ystafell fechan, y ddau mor wyn â'r waliau y tu ôl iddyn nhw. Roedd dwylo Osian yn crynu ac edrychai fel petai ar fin crio. A gallai Delyth weld o'r ffordd yr oedd Robin yn brathu ei wefus ei fod yntau'n trio'i orau i gadw rheolaeth arno'i hun.

'Tydi hi ddim yn edrych yn dda, Titw,' meddai mewn llais crynedig. 'Un munud roedd hi'n ista i fyny a'r munud nesa dyma hi'n cau ei llygaid a dechra llithro i un ochor ...'

Eisteddodd Delyth wrth ei ochr a gafael amdano. Eisteddodd Anna wrth ochr ei chefnder a chyn gynted ag yr edrychodd y ddau ar ei gilydd dechreuodd y ddau gwffio'u dagrau. Gwasgodd Delyth ysgwydd Robin yn dynn, gan drio'i gorau i fod yn ddewr o flaen y plant.

Daeth cnoc ysgafn ar y drws, a cherddodd gwraig ganol oed i mewn.

'Helô,' meddai. 'Siân Llywelyn ydw i, fi di'r consyltant niwrolegol sy'n gyfrifol am Mrs Thomas.' Estynnodd gadair a'i gosod fel ei bod yn wynebu'r teulu. 'Mae'n ddrwg iawn gen i, ond rydan ni'n meddwl fod Mrs Thomas wedi cael niwed catastroffig i'r ymennydd ...'

'Catastroffig?' meddai Robin ar ei thraws. 'Mae hynny'n swnio'n *serious* iawn.'

'Gad i'r doctor orffen!' gorchmynnodd Delyth.

'Doedd dim byd yr oedden ni'n medru ei wneud,' eglurodd

y meddyg, 'ac yn anffodus fe adawodd Mrs Thomas ni chydig funudau yn ôl.'

Crebachodd wyneb Robin fel deilen grin dan droed. Plygodd ymlaen, a dechreuodd ei ysgwyddau ysgwyd fyny ac i lawr wrth iddo igian crio.

'O, na!' gwaeddodd Anna, gan neidio ar ei thraed. 'Nain ...'

Cododd Delyth a gafael yn dynn amdani. Eisteddai Osian fel delw, wedi rhewi yn ei unfan.

'Mae'n ddrwg gen i,' meddai'r meddyg eto. 'Mae hyn yn siŵr o fod yn sioc fawr i chi. Os ydach chi isio, mi gewch chi fynd i mewn i'w gweld hi ...'

Cododd Robin ar ei draed yn sigledig. 'Ia, plis.'

'Diolch, Doctor,' meddai Delyth, gan werthfawrogi nad oedd rhoi newydd fel hwn yn hawdd i feddyg, waeth sawl gwaith yr oedden nhw'n gorfod gwneud.

Gwrthod y cynnig wnaeth Anna ac Osian.

Cododd Delyth yn araf. Roedd rhan ohoni eisiau aros efo Anna ac Osian yn yr ystafell fach a chofio'i mam fel roedd hi, ond allai hi ddim meddwl am adael i Robin fynd ar ei ben ei hun. Rhoddodd ei braich drwy fraich ei brawd a dilynodd y ddau'r meddyg i lawr y coridor i ffarwelio â'u mam am y tro olaf.

Epilog

Blwyddyn yn ddiweddarach

'Geith Carwyn ddŵad hefyd?' gofynnodd Anna.

Ochneidiodd Delyth. 'I be?' meddai. 'Doedd o ddim hyd yn oed yn nabod dy nain.'

'Ti'n cael dŵad ag Idris, 'dwyt!' protestiodd Anna.

'Mae hynny'n wahanol – roedd Idris yn nabod dy nain yn iawn,' atebodd Delyth.

'Pliiiis?' gofynnodd Anna, gan wenu'n ddel.

'Wel, mi wyt ti'n hwyr iawn yn gofyn!'

'Ro'n i'n meddwl ei fod o'n gweithio heddiw, ond mi ofynnodd rhywun iddo fo ffeirio shifft, felly mae o off,' esboniodd Anna.

'Iawn. Geith o ddŵad i'r te, ond ddim i'r fynwent,' meddai Delyth. Roedd hi'n hoff o Carwyn, cariad diweddaraf Anna, felly doedd dim ots ganddi ei fod yn ymuno â nhw. 'Ond gei *di* ffonio'r George i ddeud bod 'na un arall,' ychwanegodd. 'A well i ti frysio i wneud dy hun yn barod – 'dan ni i fod yn y fynwent mewn tri chwarter awr.'

'Diolch, Mam. Mi fydd yn gyfle iddo fo ddod i nabod gweddill y teulu.'

Wrth gerdded i lawr llwybr y fynwent synnodd Delyth pan welodd fod Robin, Osian ac Ioan eisoes yno. Roedd y bechgyn yn amlwg yn ddylanwad da ar eu tad, a oedd wastad yn hwyr i bob man. Roedd y ddau yn sefyll ar lan bedd oedd â charreg newydd arno. Cododd Delyth ei llaw arnynt cyn rhoi ei braich drwy un Anna i gerdded tuag atynt.

Ar ôl cyrraedd, safodd y ddwy o flaen y garreg a darllen y geiriau oedd wedi'u hysgythru arni:

'Ma' hi'n edrych yn grêt,' meddai Delyth. 'Hapus, Robin?'

Nodiodd Robin, oedd yn amlwg dan deimlad. ''Dan ni wedi gwneud y peth iawn yn rhoi Mam yn fama yn hytrach na'i rhoi hi efo Dad. Dwi'n siŵr mai dyma fasa hi isio,' meddai.

'Do,' cytunodd Delyth, gan ddweud celwydd rhwng ei dannedd. Ei dewis hi oedd claddu Myfi efo Dafydd, ei gŵr, ond roedd hi wedi cytuno i'w rhoi i orwedd efo Dewi bach i blesio Robin. Roedd ei brawd wedi cymryd y glec o golli'i fam yn galetach na hi, ar ben ei holl drafferthion efo Julie.

Er bod blwyddyn gyfan wedi pasio ers i Myfi farw, a Robin wedi dysgu delio â'i hiraeth, roedd ei frwydr efo Julie yn parhau. Roedd hi eisoes wedi cael hanner gwerth Bodlondeb, a werthodd yn reit sydyn fel roedd Robin wedi proffwydo. Er ei fod o wedi rhoi'r arian gafodd o ar ôl gwerthu ei gartref efo Mai i lawr ar y tŷ, a chodi morgais yn enw'r ddau ohonyn nhw am y gweddill, roedd gan Julie hawl i hanner ei werth gan fod ei henw ar y gweithredoedd. Roedd o rŵan yn wynebu brwydr gyfreithiol gostus i brofi nad oedd ganddi hawl i gael hanner ei siâr o werth tŷ Myfi, ar ôl iddo fo a Delyth ei etifeddu.

Plygodd Delyth dros y bedd a dechrau gosod y tusw mawr o flodau yr oedd hi'n ei gario yn y pot blodau bach.

'Hei, paid â llenwi'r pot i gyd,' meddai Robin. 'Mae gen i flodau hefyd!'

'Ond mae'r rhain wedi'u gosod i fynd yn ddel efo'i gilydd!' protestiodd Delyth.

'Wel, mi fydd raid i ti dynnu rhai ohonyn nhw allan a rhoi

rhai o'r rhain yn eu lle nhw!' mynnodd Robin, gan wthio'i flodau i wyneb Delyth.

'Y lliwiau yma oedd hoff liwiau Mam,' meddai Delyth yn styfnig. Roedd hi'n dechrau cael llond bol ar ddandwn ei brawd bach, o bethau fel siâp y garreg i gytuno i oedi cyn gwerthu tŷ eu mam gan fod Robin yn methu penderfynu oedd o am aros yno a'i phrynu hi allan ai peidio. Roedd o wedi byw yn y tŷ ers blwyddyn heb unwaith gynnig talu rhywfaint o rent i Delyth gan mai hi oedd piau hanner yr eiddo, a doedd hi ddim wedi meiddio awgrymu'r peth rhag ofn iddi swnio'n farus. Ond byddai gwerthu'r tŷ yn cael gwared o'i dyledion yn llwyr, a chynta'n y byd y byddai'n medru gwneud hynny, gorau'n y byd.

'Naci ddim! Coch oedd hoff liw Mam,' taerodd Robin.

'Wel, melyn ydi dy flodau di ...'

Torrwyd ar eu traws gan Anna.

'Mam! Pam na roi di dy flodau di ar fedd Dad, a geith Yncl Robin roi ei rai fo yn fama?'

'A brynwn ni botyn arall i'w roi ar fedd Nain yn lle bod hyn yn codi bob pen blwydd a Sul y Blodau,' ychwanegodd Osian.

Edrychodd Delyth a Robin ar ei gilydd. 'Syniad da!' meddai Robin.

'Ers pryd dach chi wedi bod mor ddoeth?' gofynnodd Delyth â gwên.

Wrth fynd yn ôl at eu ceir cerddai Anna ac Osian o flaen eu rhieni, a bachodd Delyth ar y cyfle i siarad â Robin.

'Wyt ti wedi meddwl mwy ynglŷn â be ti am 'i wneud?'

'Ynglŷn â be?' gofynnodd Robin.

'Tŷ Mam, 'de!' atebodd Delyth.

Arhosodd Robin yn ei unfan. 'Wel, fel mae'n digwydd, ydw. Bore 'ma.'

Stopiodd Delyth wrth ei ochr. 'O?'

'Ges i neges gan Julie. Mae hi wedi penderfynu tynnu'i chais am gyfran o werth tŷ Mam yn ôl.'

'Taw â deud! Pam?' gofynnodd Delyth. Welod Robin 'mo'r wên slei yn cosi corneli ei cheg, a wyddai o ddim chwaith am y sgwrs gafodd Delyth efo Julie, ar ôl derbyn cyngor gan Idris. Cafodd Julie ei hatgoffa bod y fideo ohoni'n taro Robin yn dal gan Delyth, ac nad oedd hi'n rhy hwyr i ddod ag achos o reolaeth drwy orfodaeth a cham-drin yn ei herbyn.

'Dwi'm yn siŵr iawn, a wnes i'm holi. Dwi'n ama bod ganddi ddyn arall a bod hwnnw wedi mynd â'i sylw hi rŵan.'

'Wel, diolcha am hynny! Be wyt ti am ei wneud ynglŷn â'r tŷ, 'ta?'

'Dwi am dy brynu di allan ac aros yno,' meddai Robin yn bendant. 'Mae o'n dŷ braf, mewn lle braf efo cymdogion neis. Dwi'n hapus yno.'

Gollyngodd Delyth ochenaid o ryddhad. Haleliwia, meddyliodd.

'Da iawn,' meddai. 'Dwi'n siŵr y basa Mam yn falch.'

'Basa,' cytunodd Robin. Edrychodd yn ôl ar y bedd. 'Mae'n rhyfedd meddwl ein bod ni'n amddifad rŵan, yn tydi?'

'Mae'n rhyfeddach meddwl mai ni ydi'r genhedlaeth hŷn!' meddai Delyth.

Safodd y ddau yn syllu ar y bedd am eiliad.

'Ty'd,' meddai Delyth o'r diwedd, 'maen nhw'n disgwyl amdanon ni yn y George – 'dan ni flwyddyn yn hwyr i'r parti fel ma' hi! A cyn ti ddeud y bydd hi'n rhyfedd heb Mam yno, mi fydd hi yno! Mae hi ynddat ti, ac yndda i.'

Gwenodd Robin. 'Chdi sy wedi cael ei cheg hi, beth bynnag!' meddai.

'A ti'n hwyr i bob man 'run fath â hi!' trawodd Delyth yn ôl. 'Ac w'sti be? Pan mae Anna'n sbio'n flin, fydda i'n ei gweld hi'r un sbit â'i nain!'

Ar y gair, galwodd Anna arnyn nhw.

'Dowch 'laen! 'Dan ni jest â llwgu'n fama!'

Edrychodd Robin ar Delyth. 'Dwi'n gweld be ti'n feddwl!'

Nofelau eraill gan Rhian Cadwaladr:

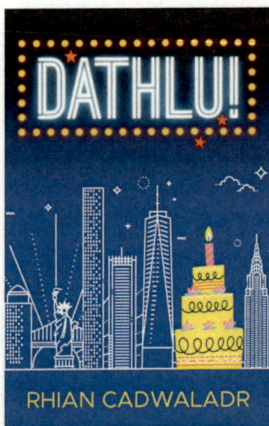

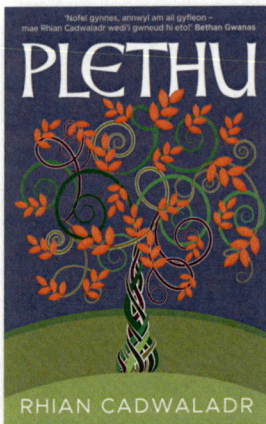

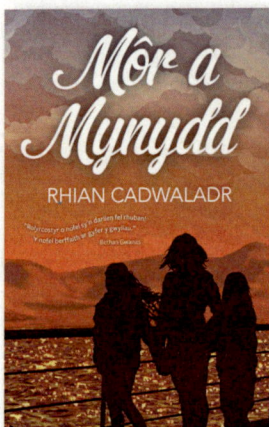